Förbaskade Tjej

När girigheten bestämmer hamnar empati och förnuft i utvisningsbåset

G A Lorén

Förbaskade Tjej

Omslag bild och design: G A Lorén

Förlag: BoD – Books on Demand, Stockholm, Sverige
Tryck: BoD – Books on Demand, Norderstedt, Tyskland

ISBN: 978-91-7699-937-0

Innehåll

Knepiga situationer

Jag har ofta en känsla av att folk inte lägger märke till mig. Något jag utnyttjar till min fördel i jobbet som privatdeckare, men ibland blir det kusligt. Som när jag stod framför toalettspegeln i en av Göteborgs populära pubar. Ja, det var inte min spegelbild som skapade känslan. Den kan vara skräckinjagande nog men om man tvingas betrakta den varje morgon i badrumsspegeln inträder med tiden en viss avtrubbning.

Det var personen som stod bredvid som gav mig den egendomliga känslan. När man står på en offentlig toalett bredvid en total främling brukar man iaktta en viss återhållsamhet och följa ett visst mönster. Dra en kam genom håret, tvätta händerna, gå ut. I synnerhet brukar man dämpa narcissistiska tendenser om man har sådana. Jag kunde iaktta honom i spegeln medan jag tvättade händerna. Det var en stor spegel som täckte hela väggen. Han såg lika självsäker ut som beteendet antydde. Rörelsen som strök tillbaka det tunna ljusa håret vid öronen kunde varit hämtad från en gammal Hollywoodfilm. Men då utförd av Rita Hayworth eller Jayne Mansfield. Sättet att sänka ögonlocken till hälften verkade också hämtat från en fyrtiotalsfilm. Fast nu med Richard Widmark eller James Cagney. Såg hotfullt ut.

Kosackmustaschen förstärkte intrycket av hård karaktär. Kanske för att den var så ljus och han var solbränd. Kostymen såg ut att vara skräddarsydd. En portfölj av typen som klarar en bombattack stod på den breda skivan intill handfatet. Han vände sig om och gjorde en grimas när han tittade över axeln på sin rygg. Plötsligt gav han mig en blick i spegeln. Det var ingen förskrämd blick som bad om ursäkt för det egotrippade beteendet. Det var en blick som sade: *stirrar du en gång till på det sättet kommer jag att mura igen dina ögon så att du har stirrat för sista gången.* Låter mycket att läsa in i ett snabbt ögonkast men det var så jag tydde det. Jag vände bort blicken som om han tänkt sätta den fiktiva hotelsen i verket här och nu. Mina nervösa ryckningar i handduksskåpet talade om att handduken inte gick runt som den skulle. Så brukar för all del handdukar bära sig åt i handduksskåp. Jag har aldrig sett någon lyckas med konststycket att dra fram en ren handduk i första försöket. Jag torkade händerna på en näsduk i stället och skyndade ut till puben. Mitt glas stod kvar på bardisken och såg ensamt ut på den långa öde ytan. Jag tog en klunk och försjönk i funderingar över det märkliga upp-trädandet jag just bevittnat.

En stund senare kom mannen ut från toalettrummet. Till min förskräckelse satte han sig bara några stolar bort. Portföljen lade han på disken. Hade varit naturligare att ställa en så stor väska på golvet. Jag höll andan medan jag väntade på en besk kommentar eller en ny föraktfull blick. Han tittade inte på mig. Jag var redan glömd. I hans iskalla kosmos finns inte töntar som försörjer sig på att sälja importerade porslinsfigurer till presentaffärer. Det visste han förstås inte. Min andra verksamhet som privatdeckare skulle jag aldrig våga nämna. Det skulle locka fram den sortens hånfulla leende som förföljer mig genom sömnlösa nätter.

En kvinna kom trippande från ett mörkt hörn och satte sig vid hans sida. Jag hade trott att han var typen som höll sig med glamorösa damer. Hon såg för all del inte illa ut, men verkade förskrämd och undergiven. Misstanken att de två var ett par bekräftades när han med barsk stämma bad henne ta bort ett hårstrå från ryggsidan av den mörkblå kavajen. Det var nog det han upptäckt när han vände sig om för att titta över axeln i spegeln och samtidigt fått syn på mig. Hon ryckte bort det som om det gav ifrån sig en elektrisk stöt.

Samtalet som följde kunde jag delvis uppfatta tack vare den stöddige mannens goda artikulation. Inte minst lyssnade jag för att han var så burdus mot den stackars kvinnan. Det framgick att han skulle resa någonstans och att de var på väg att ta farväl. En avskedsdrink fast scenen inte var särskilt kärvänlig. Kvinnan var så uppjagad att jag tyckte mig se nerverna krypa på hennes bara ar-

9

mar. Det var nog bara gåshud. Bartendern kom förbi och frågade om jag ville ha påfyllning. Jag hade bara tittat in för att gå på toaletten och känt mig tvungen att beställa en drink men den okänslige mannen med portföljen gjorde mig så nyfiken att jag beställde en till. Jag upptäckte att jag kunde betrakta de två i spegeln bakom baren om jag lutade mig lite åt sidan. Plötsligt gled han av stolen och klappade henne på kinden. Jag uppfattade att han kallade henne Sara och att hon svarade med Dan. Han grabbade tag i portföljen som om hans liv hängde på att han inte lämnade den ur sikte. Utan att vända sig om gick han snabbt mot utgången. Jag kastade en blick på kvinnan. Dörren hade knappt slagit igen bakom mannen förrän hon slet upp en mobil ur sin axelväska och knappade hysteriskt. Hon hade en gammal knappmobil precis som jag.

Därmed antog jag att showen var slut. Ingen svarade och när hon stoppat tillbaka mobilen kastade hon en förstulen blick på mig. Trodde kanske att jag var privatdeckare. Jo, det är jag, men jag jobbade inte åt den bryske personen som just lämnat henne. Det var så jag tolkade hennes uttryck, hon kände sig bevakad. Bartendern kom med min drink som jag ångrade att jag beställt. Nu skulle jag bli tvungen att sitta här och ha tråkigt en halvtimme till. Jag tycker inte om att svepa i mig drinkar. Alkoholen slår till som en klubba i pannan om jag försöker mig på det. En kvart förflöt under tystnad och eftertanke. Jag är van vid att det händer något när jag sitter vid en bardisk. Att någon lätt förfriskad figur attackerar mig för att dra sitt livs historia som alltid börjar med elände i barndomen och slutar med självömkan. Bartendern knäppte igång en musikspelare och jag lyssnade till en trumpet som smekte fram Hoagy Carmichaels gamla pärla *Stardust*. Lät poetiskt. Jag gissade på Chet Baker eller Wynton Marsalis. Jag tycker om stillsam jazzmusik men även glad tradjazz. Kvinnans mobil pep en glättig melodi och hon svarade avvaktande, nästan avvisande som man gör när man inte ser på displayen vem som ringer. Samtalet blev kort och formellt och avslutades med att hon berättade var hon befann sig.

När jag suttit ytterligare en kvart och kämpat med min drink kom en annan kvinna in i lokalen och tittade sig omkring innan hon gick fram till den ensamma kvinnan och frågade om hennes namn var Sara Allock. Jag gissade att det var hon som ringt och frågat var Sara befann sig. Fru Allock bekräftade med en nick och den nyanlända tittade åt mitt håll, konstaterade som alla andra att det satt något harmlöst på stolen och sänkte rösten till förtrolig eller hemlighetsfull. Jag hörde inte vad hon sade. Men när hon sagt det spärrade Sara upp ögonen och gapade som om hon inte fick luft. Hon for av stolen som nästan välte.

"Det kan inte vara sant. Han satt här för bara några minuter sedan…"

Kvinnan försökte lugna henne. Gick inte så bra. Jag noterade att det var en snygg dam mellan trettio och fyrtio. Lång och blond på det nordiska sättet. Uppträdandet tydde på officiell ställning, kanske polis, hennes beklagande hade drag av standardprocedur. Tydligen var beskedet av det smärtsamma slaget. Hon stannade så länge konvenansen krävde. Innan hon gick lade hon handen på Saras axel för att trösta. Jag spelade rollen av uttråkat barlejon och doppade näsan i glaset för att inte dra blickar till mig.

Ett riktigt drama hann jag tänka och beslöt mig för att stjälpa i mig de sista dropparna och lämna stället. Jag kastade en blick till på den nu ensamma kvinnan och såg att hennes axlar skakade. Närmare granskning gav vid handen att hon grät. Jag får ofta höra att jag inte har någon hand med kvinnor och tittade hjälplöst efter någon som kunde ta över. Fanns ingen utom jag. Bartendern hade försvunnit in i ett rum bakom baren. Till min ytterligare förskräckelse tittade hon på mig med rödgråtna ögon och en vädjande min som fick mitt hjärta att dra ihop sig. Jag fattade vinken och mitt glas och traskade bort till henne.

"Hur står det till här då?"

Jag lär mig aldrig att säga rätt saker eller anslå rätt ton i känsliga lägen. Jag hörde att jag lät som om vi träffats på ett party och jag försökte bekanta mig med henne. 'Hur står det till' skulle jag naturligtvis nöjt mig med och i en mindre hurtig ton. Jag vet inte hur man gör när man stöter på kvinnor men jag kan åtminstone bekanta mig. Hon tittade tacksamt på mig.

"Förlåt att jag kastar mig över dig på det här sättet. Men jag måste prata med någon. Har du tid?"

Jag nickade stelt. *Kastar mig över dig?* Märkligt ordval. Av någon anledning som jag aldrig förstått uppfattas jag som det perfekta bollplanket. Ensamma människor älskar att använda mig för att studsa både hårda och mjuka bollar mot. Min syster Jenny påstår att det beror på att jag aldrig kommer på något att säga, vilket tolkas som att jag är en bra lyssnare. Jag nickade inåt lokalen.

"Skall vi sätta oss vid ett bord?"

Hon torkade bort en tår från kinden.

"Gör det något om vi tar en promenad? Jag behöver luft."

Vi vände upp och ner på våra glas och jag upptäckte att mitt redan var tomt. Bartendern kom ut från sitt rum och jag betalade båda drinkarna.

När vi kom ut på gatan slog det mig att min förmåga att hamna i konstiga situationer inte svek mig. Jag kastade en blick på Poseidon uppe vid Götaplatsen. Det var bara sjuttiofem meter dit. Hon började gå åt just det hållet och jag slöt upp vid hennes sida. Hon gav mig den vädjande blicken igen.

"Du kanske förstår vad som hänt?"

Jag förklarade att jag uppfattat viss dramatik men att jag inte hade en aning om vad som förorsakat den. Det var sant. Hon nickade medan hon trippade på höga klackar.

"Min man är död."

Jag fick höra att mannen som lämnat henne var hennes man. Han hade gått till sin bil och när han satt sig i den hade den exploderat. Poliskvinnan hade informerat om händelseförloppet. Polisen misstänkte sprängladdning kopplad till tändningslåset.

Jag nickade och tänkte att bilen måste stått i närheten och lät blicken svepa runt. Det borde stå folk och titta på det demolerade fordonet. Men inga sådana tecken syntes. Vi borde också ha hört smällen. Vi traskade upp mot de gamla paradvillorna kring konstmuseet. Det finns en förfärlig massa trappor just där. Hon snubblade till och fick tag i min arm.

"Vad heter du?"

Jag berättade att jag heter Freddy Larsson och väntade på nästa fråga med viss bävan. Den handlade mycket riktigt om mitt yrke. Jag valde en stund mellan mina två jobb, importör av presentartiklar och privatdeckare. Bävan för att jag anade att deckare kunde medföra konsekvenser. Men som jag är ganska mallig över min spanarverksamhet drog jag till med det. Hon tittade förtjust och – tyckte jag – beundrande på mig.

"Då är du precis den jag behöver."

Jag log och svalde tungt. Ingen kvinna hade tidigare sagt att hon behöver mig. Hon smög handen in under min arm och tryckte sig tätt intill mig. Känslan var inte obehaglig. Men väldigt ovanlig i mitt fall. Kvinnor brukar inte trycka sig intill mig. Hon tittade på mig på det där sättet som förälskade tjejer på film brukar titta på sin betydligt längre fästman.

"Är du väldigt upptagen?"

Med vad, tänkte jag innan jag förstod att hon ville engagera mig. Mina uppdrag brukar inträffa med sex månaders mellanrum. Jag fingrade fram min plånbok och ur den mitt kort med text Freddy Larsson, privatdetektiv. Hon läste och nickade belåtet innan det åkte ner i axelväskan. Jag harklade mig, också belåtet.

"Jag har just avslutat ett fall. Gällde ett mord."

Jag ångrade mord innan ordet lämnat tungan. Låter som om jag brukar befinna mig i skottlinjen när kriminella typer drabbar samman. Fallet hade visserligen handlat om mord men min uppgift hade varit att bevisa biologiskt släktskap mellan tvistande arvingar. Hon sänkte rösten.

"Har du varit otrogen, Freddy?"

Mitt ansträngda leende övergick till en ofrivillig version av gråtfärdig. Det var en av de märkligaste frågor jag fått. Åtminstone av en kvinna som jag känt i tjugo minuter. Ville hon att jag skulle vara otrogen med henne? Det skulle jag kanske inte ha något emot, men det verkade okänsligt att prata om sådant när hennes man just hade dött. Men det var inte det som var budskapet.

"Jag har varit otrogen. Känns obehagligt nu när Dan är borta."

Då har du i alla fall någon som tröstar dig, tänkte jag men det hade varit ännu okänsligare att säga. Vad ville hon att jag skulle säga nu? En av mina märkliga egenheter är att jag inte säger vad jag vill säga utan vad jag tror att andra vill höra.

"Jag är inte gift."

Varför sade jag det? Som att säga 'jag har ingen att vara otrogen emot så det går bra att vara otrogen med mig'. Jag hade kunnat tillägga att jag aldrig varit varken trogen eller otrogen. Har ett problem med tjejer. Teoretiskt vet jag hur det går till att ladda bössan men jag lyckas aldrig pilla in patronen. Hade Freud haft tillgång till mig hade han inte behövt några andra studieobjekt. Hans teori om köttets lust och själens obotliga ensamhet var en obehagligt träffande beskrivning av Freddy Larsson. Jag bytte ämne.

"Berätta lite om dig själv och din man."

Det gjorde hon gärna. Plötsligt var hon inte alls försagd utan väldigt öppenhjärtlig. Jag undrade om hon ansåg mig engagerad som deckare och att hon därför ville presentera alla fakta. Men varför behövde hon en deckare? En person som dör i en bilexplosion får fart på allt vad polisen har av resurser. Bilden klarnade när hon fortsatte prata. Vi passerade villorna där redararistokratin hade bott och svängde in på den branta gatan som löper genom stadsdelen Johanneberg.

Jag fick lära mig att Dan Allock varit affärsman. Stenhård förhandlare. Bilden av mannen framför spegeln och blicken han gett mig fladdrade till på näthinnan. Stenhård var det rätta intrycket. Han hade en partner som hette Bruno Nortum. En man med ett temperament som skulle få vilken operadiva som helst att framstå som blyg och osäker. Medan jag lyssnade till målande beskrivningar av föremål som flög genom luften lade jag till koleriker. En blyertsspets som gick av kunde medföra att ett hålslag dunsade i väggen och gjorde hål i gipsen. Pennor låg spridda över golvet. Datorer med krossade skärmar var vardagsmat. De anställda stannade aldrig mer än några månader, ibland några dagar. Den timide unge mannen som fanns där nu hade stått ut fem veckor. Bernhard Lönn hette han.

Men för några dagar sedan hade det funnits anledning till ett utbrott. Lönn hade varit närvarande när det hände. Han hade sökt upp paret Allock i deras lägenhet för att lämna rapport och beskrivit Nortums utbrott i termer av vulkaner och jordbävningar.

Här är historien i korthet. När Nortum anlände till kontoret på måndagsmorgonen hade kassaskåpsdörren stått öppen. Firman hade under lång tid plockat ut hela sitt kapital från olika bankkonton för att investera i ett nytt projekt. Summan var tio och en halv miljon. Pengarna fanns i form av en bankcheck som bara kunde lösas in av Nortum och Dan Allock. Dessutom fanns femhundratusen i kontanter. Pengarna och checken hade deponerats i kassaskåpet på fredagen. Ingen utom firmans två ägare hade sett dem placeras där, inte ens Lönn. Allt detta hade Dan Allock berättat för Sara idag på morgonen som om han behövde vittnen. Annars invigde han aldrig sin fru i affärsverksamheten som handlade om att hyra ut kvalificerad personal till byggarbetsplatser. Bara Nortum och Allock hade kombinationen till kassaskåpet. Idag var det onsdag. Kloc-kan var fyra. Halv sex skulle Allock flugit från Landvetter. Destination okänd. Åtminstone för Sara.

Jag undrade varför man behövde så mycket kontanter, men hon visste inte. Allock hade bara informerat om vad som funnits i kassaskåpet. Stölden hade förblivit okänd för Sara om inte Lönn hade poppat upp.

"Har polisen några spår?"

"Stölden är inte polisanmäld."

Jag tittade häpen på henne. Hon förklarade igen att hon inte var insatt men att det fanns misstankar om oegentligheter. Vissa summor kunde vara svåra att förklara för skatteverket och polisen. Men det var hennes egen spekulation. Jag lade till tyst för mig själv att det kunde handla om att lura varandra. Högt frågade jag om det rått osämja mellan kompanjonerna. Underförstått om någon hade velat oskadliggöra Allock. Hon stannade i den branta backen och suckade.

"Dan hade inget annat än fiender."

Det förvånade mig inte. Jag hade träffat honom några minuter på en toalett och fått en känsla av att räknas till hans fiender för att jag tittat på honom.

"Någon med ett namn?"

"Hur många namn som helst. Titta i hans adressbok. Alla där kan ha haft anledning att sätta en kula mellan hans ögon."

Jag tyckte det var okänsligt att tala så om en make som just hade dött och undrade om en av fienderna gick bredvid mig just nu. Hon försökte inte ens spela den sörjande änkan.

"Var tror du pengarna är nu? Kan Nortum ha lagt beslag på dem?"

Jag fick inget svar men erinrade mig den solida portföljen. Vi nådde krönet på den långa backen och stannade för att pusta. En bit längre ner på andra sidan såg vi att det pågick aktiviteter. En bärgningsbil höll på att dra upp en personbil på flaket. En ambulans krånglade sig runt gatan och gasade kraftigt i den branta stigningen. På väg till Sahlgrenska med den döda kroppen, gissade jag. Sjukhuset låg några långa backar bort i den här kraftigt kuperade delen av staden. Jag frågade om Sara kände sig stark nog att se bilen och hon nickade kort. När vi kom närmare såg vi en förvånansvärd intakt bil med förkolnad interiör. Jag reviderade min misstanke att ambulansen kört iväg med kroppen. Den var kvar i bilen i form av förkolnade rester. Skulle ta lång tid att skrapa loss den från sätet. En blick på Saras profil överraskade mig. Istället för att se förfärad ut nickade hon bekräftande. Jag suckade resignerat. Harmoni och förtroende var nog inte en bra beskrivning av det så brutalt avslutade äktenskapet.

Längre än så blev inte min bekantskap med Sara. Åtminstone trodde jag det när jag fick syn på inspektör Bronsberg och den kvinnliga polisen från baren. De ignorerade mig och vände sig till Sara. Inte ens en överlägsen blick från inspektören som kände mig väl och betraktade mig som ett polisiärt irritationsmoment. Ett animerat om än ganska dämpat samtal tog vid. Jag visste inte vad jag skulle göra eller förväntades göra så jag gjorde som vanligt. Ingenting. Utom att stå som ett får och lyssna. Huvudbudskapet var att ingenting gick att identifiera. Bomben hade utplånat allt, inklusive föraren. Jag tittade in i fordonet och nickade bekräftande. Allting var svartbränt. Samtalet avbröts av att Saras mobil pep. Hon svarade nervöst och jag kunde höra en upprörd stämma i luren. Sara förklarade att hon inte visste och vände sig till poliserna.

"Det är Bruno Nortum. Allocks kompanjon. Han undrar om det fanns en portfölj i bilen."

Så finkänsligt, tänkte jag och fick även bilden av den mannen bekräftad. I stället för att fråga om Allock levde och därefter beklaga kompanjonens död frågade han efter portföljen. Tydligen innehöll den något av betydande värde. Allocks misstänksamma bevakande av väskan fick också sin förklaring. Nortum hade kanske lyssnat på radion som troligen var ute med nyheten. Ett samtal till polisen räckte för att räkna ut vems bil det var. Den flottaste av BMW modeller. Han hade kanske hunnit beklaga också, men anledningen till samtalet var portföljen. Jag försökte föreställa mig inledningen av samtalet: *hej, det är Bruno, beklagar sorgen fanns det någon portfölj i bilen?* Polisernas nickar tycktes bekräfta mina funderingar. Allting var förstört bortom igenkännande. Skulle ta lång tid att identifiera personen i bilen. Sara informerade Nortum, lyssnade en stund innan hon tog luren från örat igen och förklarade för ordningsmakten att det var en bombsäker väska. Poliserna ryckte på axlarna och bad henne be mannen återkomma när bilen undersökts. Jag hörde rösten vråla i telefonen att det var hans portfölj och att ingen annan fick röra den. Sara log skuldmedvetet och ringde av.

Därefter vidtog förhöret. Den kvinnliga polisen tog över vilket förvånade mig. Bronsbergs bild av kvinnor i allmänhet och kvinnliga poliser i synnerhet är inget som får feministiska rörelsen att överväga en medalj. Antydningar i det förflutna och sarkasmer från hans chef kommissarie Robertson hade gjort bilden klar. Tydligen var den här kvinnan hans överordnade.

Jag kände mig snopen och överflödig och gick därifrån medan bilen vinschades upp och förankrades på bärgningsbilen. En stund senare rullade ekipaget förbi mig. Jag rös när jag tänkte på att det fanns en död människa i den. En människa jag pratat med för en dryg timme sedan.

Jag var tacksam att Bronsberg inte sett mig eller inte brytt sig om mig. Han var visserligen inte lika sarkastisk som kommissarie Robertson men hans sätt att mäta mig med blicken var inte angenämt. Poliskvinnan hade inte heller tittat på mig. Hade nog inte lagt märke till mig vid bardisken heller. Ärendet hade varit alltför uppslukande.

Jag undrade varför Sara känt behov av att vända sig till en privatdeckare. Allting verkade solklart. Polisen skötte ärendet utan inblandning. Men min roll skulle inte förbli statisten i bakgrunden.

Det Rara Gamla Paret

Jag stannade vid trottoarkanten och granskade listan som var fäst vid en masonitskiva med en klämma, strök över en rad och stack ner skivan i dörrens sidofack. Jens och Jenny satt på bänksätet längst bak i min minibuss. Några lådor låg på golvet vid deras fötter. Jenny gjorde en frågande gest.

"Varför stannar du här? Gubben som ringde bor längst upp på gatan."

Jag pekade mot en liten butik i huset bredvid.

"Bara en snabb leverans. När jag ändå är här."

Jag gick ur bilen, öppnade sidodörren och klev in i lastutrymmet.

"Hjälp till med de här så går det fortare."

Jens kastade en föraktfull blick på lådorna.

"Ber du oss, en universitetslärare och en data-konsult att kånka omkring på allmän plats med ölsejdlar och löjliga porslinsfigurer. Mina studen-ter går den här vägen mellan institutionerna."

Jag drog ut den ena lådan. Det var inga tunga grejer.

"Du måste jobba med dina skuldkänslor, Jen-sen. Dina studenter skulle få respekt för dig om de såg dig utföra hederligt kroppsarbete. Och det syns inte utanpå vad som finns i lådorna."

Jenny tog ett djupt andetag.

"Skynda på. Den här gubben Eckering kanske ändrar sig om vi inte är där i tid."

23

Jag bar lådan till butiken, återvände och hämtade den andra. Jag var inte borta mer än tio minuter. De såg jättesura ut när jag satte mig bakom ratten igen. Jens suckade ut sina ord.

"Du har inte funderat på att göra en distinktion mellan dina två aktiviteter."

Jag svängde ut från trottoaren och pressade pedalen i den branta backen.

"Distinktion?"

"Det betyder att du skall lära dig att skilja på detektivarbetet och leveranser av fjantiga tomtar."

"Jag vet vad distinktion betyder. Vet du vad organisation är? Det här tog några minuter och besparade mig en extra resa. Vi är bara tio minuter försenade. Vad är tio minuter?"

Jenny lade armarna på det lilla bordet framför sig.

"Om du har fattat ett nervslitande beslut kan tio minuter vara en evighet."

Jag skakade på huvudet.

"Vad är nervslitande med att ta kontakt med en privatdeckare?"

Jens suckade igen.

"Det handlar om informationen han skall lämna, inte individen han skall träffa. Sade han varför han inte gick till polisen?"

"Han tyckte inte om att prata i telefon. Allt han sade var att han hade viktig information som gällde bilbranden. Han var väldigt hemlighetsfull och vägrade svara på frågor i telefon."

24

Vi kom upp till krönet av den långa backen och tittade efter husnummer. Det fanns ingen ledig parkeringsplats i närheten av den rätta adressen så jag fick rulla ner hundra meter, vända och ställa mig på andra sidan gatan. Jag tänkte inte på att jag parkerade precis där Allocks bil exploderat. Alla spår var borta utom lite svart på trottoarkanten. Två pojkar som hade stått och pekat tittade nyfiket när vi stannade. Jenny ville inte följa med till Eckering och satte sig vid ratten när Jens och jag strosade över gatan.

När Jenny är på gott humör är hon det charmigaste som finns. När hon är sur är hon just det. Jättesur. Jag hade berättat om mitt egendomliga sammanträffande med den döde och hans fru men inte om hennes ännu konstigare önskan att engagera mig. Jag hade inte hört från henne sedan dess. Jens kastade en blick över axeln när vi nådde trottoaren på andra sidan gatan.

"Vad tror du om den här historien, Sherlock?"

Det första som for igenom skallen var terrorism. Men det var nog för att man hör så mycket om terror nu för tiden. Ändå föreslog jag det. Jens suckade.

"Detta är Göteborg. Inte Pakistan eller Irak. Bombexperter är sällsynta här."

Vi stannade till utanför porten, letade upp namnet Eckering på en metalltavla och tryckte på knappen. Det snabba klicket i portlåset bekräftade misstanken att vi var observerade. Våra steg ekade mot stengolvet. Hissen stod och väntade.

"Terrorismen sprider sig över världen och vilket smarthuvud som helst kan lära sig det elementära om bomber på webben."

Den uråldriga hissen skakade till när den startade och vi fick ta stöd mot väggarna för att inte ramla emot varandra. Jens ryckte på axlarna.

"Jag tror inte de kan hitta den sortens information, men om de kan så bygger de bomber som blåser sönder hela kvarter och krossar hundratals rutor. Enligt tidningsartikeln var detta ett nätt och prydligt jobb. Föraren dog genast och bomben tände eld på bilens innandöme. Inget annat skadades, inte ens bilarna bredvid."

Hissen skramlade, ryckte och gnisslade tills den stannade med en ny skakning. Det gamla gallret gnisslade när det trycktes åt sidan.

Vi behövde inte ringa på. Herr Eckering kikade ut bakom sin lägenhetsdörr och vinkade nervöst. Vi skyndade in. Den gamle mannen stängde dörren, låste inifrån och satte fast säkerhetskedjan. Det kändes som ett besök på fängelset. Jag sträckte fram handen.

"Trevligt att träffas, herr Eckering. Det är jag som är Freddy Larsson."

Vi hörde att någon slamrade med porslin någonstans i lägenheten. Jag nickade mot Jens.

"Det här är Jens Laurits Jensen, min assistent."

Jag visste att Jens tycker lika illa om att bli kallad min assistent som jag tycker om att presentera honom på det sättet.

Den gamle mannens handslag var lamt och ska-kigt. Jag uppskattade hans ålder till åttiofem. Tro-lig ryggvärk gav honom en framåtlutande gång när han släpade sig genom hallen. En kort och stadigt byggd kvinna dök upp från ett kök som var obetydlig större än en rejäl garderob. Hon såg mindre skör ut än sin make men långt ifrån pigg och kry. Hennes nervositet förstärktes av det an-strängda leende. Obekanta män var troligen sällsynta gäster i parets residens. Hon lyste upp när snygge Jens log charmigt och visade sina jämna vita tänder.

"Jag hoppas ni inte har något emot en kopp kaffe."

Vi nickade och gick in i ett vardagsrum som troligen hade sett likadant ut sedan trettiotalet. Allting var brunt i olika toner. Tapeterna, mattan och möblerna såg dystert murriga ut. Väggarna var täckta med brunaktiga fotografier av barn, barnbarn, föräldrar och farföräldrar i en räcka som troligen sträckte sig tillbaka till fotografins barndom.

Vi satte oss i en tresitsig soffa mittemot två matchande fåtöljer. Innan herr Eckering gjorde oss sällskap dubbelkollade han balkongdörrens lås som om han fruktade en tjuvlyssnande fasad-klättrare. Han sjönk ner i en av fåtöljerna och såg ut som om han tänkte spendera resten av dagen i möbeln.

"Jag hoppas att det inte blir för dyrt. Jag är ing-en rik man."

Jag skrattade lågt innan jag noterade att munterhet inte uppskattades och avbröt med en dåligt agerad hostattack.

"Att lämna information räknas inte som konsultation. Kostar inget."

Han nickade lättad.

"Bra. Ni måste lova att inte nämna våra namn för polisen. Vi är gamla människor och jag har dåligt hjärta."

Jens tog fram sin mobil för att anteckna på den. Vi noterade att herr Eckering tittade misstänksamt på den och förklarade användningsområdet. Det förändrade inte det misstänksamma uttrycket men det kom ingen kommentar. Jens nickade vänligt.

"Ni kan lita på oss, herr Eckering. Betyder det att ni vill att vi skall vidarebefordra informationen till polisen?"

"Ja."

Fru Eckering anlände med en fullastad bricka. Hennes man följde hennes rörelser med oroliga blickar.

"Ella såg det också. Inte sant, Ella?"

"Det gjorde jag verkligen. Båda gångerna. Första gången var när vi åt frukost på balkongen som vi alltid gör när vädret tillåter."

Hon satte ner den skramlande brickan utan missöden och gick för att hämta kaffepannan. Hennes man tog vid där hon slutat.

"Vi har en kikare, förstår ni, gammal men väldigt bra. Jag såg allTihop genom den."

Jag höll tillbaka en suck när jag insåg att samtalet skulle peppras med oväsentliga detaljer. Jens knappade in en notering på sin mobil.

"Berätta vad ni såg."

Hans leende dog när Eckering istället för att svara på frågan drog en lång och omständlig version av kikarens historia. Den ursprunglige ägaren hade inte förstått värdet av föremålet han sålt till herr Eckerings far ett sekel tidigare. Jag tvingade fram ett leende. Att titta genom sådana kikare är ungefär som att titta genom pappersrullar. Min farfar hade också ägt en. Jens pressade också fram ett leende när historien tog slut.

"Mycket intressant. Jag är övertygad om att ni såg mannen tydligt när han satte sig i bilen."

Jag gissade att det var det som var berättelsens kärna. Någon hade satt sig i Allocks bil. Eckering tystade honom med pekfingret och skiftade mödosamt position i sin stol.

"Det var tre män."

Fru Eckering återvände med kaffet. Vi iakttog under tystnad hur hon fyllde kopparna innan hon satte sig i den lediga fåtöljen och räckte ett fat med kakor till Jens. Han valde ett chokladkex och skickade fatet vidare till mig.

"Anlände de samtidigt?"

Herr Eckerings runda huvud skakade en lång stund.

"Nej. Den första mannen kom tidigt på måndagsmorgonen. Klockan var inte mer än fem. Han

29

kom i en gammal skraltig bil som nästan inte or-
kade upp för backen. Han hade en verktygslåda."

Vi fick veta att mannen hade öppnat Allocks bil
med nyckel. Larmet hade blinkat när han stängde
av det. Han hade haft en overall av traditionell
typ. Det hade stått ett namn på ryggen. De två
makarna diskuterade en hel minut om namnet
hade varit tryckt med vita eller röda bokstäver.
Jag knaprade på min kaka och gav Jens en resig-
nerad sidoblick.

"Ursäkta mig. Vad stod det på overallen?"

Ytterligare en minut fylldes med försök att
återkalla texten. Herr Eckering avslutade med en
uppgiven axelryckning.

"Jag sade att jag skulle skrivit upp det med en
gång men jag glömde. Mitt minne är inte så bra
längre."

Fru Eckering satte näsan i vädret.

"Det har aldrig varit bra, Per-Eric. Du har glömt
saker sedan du var i tonåren."

Jag blåste på det varma kaffet och ångrade att
jag inte sagt att bara de första trettio minuterna
var gratis.

"Alla människor glömmer."

Jens gjorde en otålig gest.

"Så mannen med verktygslådan körde sin väg
efter att ha apterat bomben. Vad hände sedan?"

Vi fick veta att ingenting hade hänt förrän på
onsdagen, tidig eftermiddag. Den här gången var
det eftermiddagskaffe på balkongen. Jag väntade

en beskrivning av Allocks ankomst, hur han hade satt sig i bilen varvid bomben hade utlösts.

Det var fel. Allock hade visserligen anlänt men han hade inte satt sig i bilen, bara tittat in, sett tveksam ut och sedan ringt ett samtal på sin mobiltelefon. Därefter hade han skyndsamt lämnat platsen till fots. Fru Eckering inflikade att Allock pillat med något vid höger bakhjul innan han traskade iväg. Det ansträngande pratandet hade torkat gamle Eckerings strupe och han tog en ljudlig klunk av sitt kaffe. Jag nickade undrande.

"Vem kan han ha ringt?"

Fru Eckering satte näsan i vädret igen.

"Polisen förstås."

Jag ryckte frågande på axlarna.

"Varför skulle han ringa polisen? Ingenting hade ju hänt. Och om man ringer polisen stannar man kvar och väntar tills de kommer."

Herr Eckering torkade av munnen med en pappersservett.

"Han kanske hade bråttom och ringde sin fru så att hon kunde ta över."

Jag tänkte inflika att just då hade hans fru suttit vid samma bar som jag och smuttat på en drink men kände att den informationen var irrelevant just nu. Omnämnandet av Sara Allock föranledde en ny snörpning av fru Eckerings mun.

"Hans fru är en slampa. Hon träffar andra män fastän hon är gift."

Herr Eckering instämde med en bestämd nick och en förolämpad min å Dan Allocks vägnar.

"En av dem har funnits i många år. Jag träffade honom en gång hos tobakshandlaren. Han är dansk precis som du."

Han nickade mot Jens. Jag hade ätit upp min kaka och tog en till.

"Ni nämnde en tredje man. Var det den här danske personen?"

"Jag kan inte säga det säkert för just då åt jag en smörgås med skinka och ägg och för att inte spilla på mina byxor koncentrerade jag mig hårt på det."

Fru Eckering avbröt.

"Äggfläckar är svåra att få bort från bomullstyg, förstår ni. Per-Eric har alltid byxor av bomullstyg. Ylle ger honom klåda och ännu värre är det med syntetmaterial. Han har känslig hud. Han är rödhårig, eller han var rödhårig, och rödhåriga har känsligare hud än andra."

Jag drog fingrarna genom mitt rödbruna hår. Min hud är inte särskilt känslig.

"Kom mannen gående?"

"Nej han kom i taxi."

"Gick han direkt fram till Allocks bil?"

"Det måste han ha gjort för det small bara en minut senare."

Jag hörde att Jens knappade febrilt på sin mobil. Om inte polisen fått information på andra vägar hade vi en väldigt het rapport. Jens tittade upp från mobilen.

"Är det möjligt att den tredje mannen var Allock som kom tillbaka efter ett ärende?"

Detta hade inte fallit det gamla paret in. Fru Eckering hade inte sett mannen alls och hennes man hade varit upptagen med sin smörgås. Om Allock var den som dött i bilen var observationen av mannen med verktygslådan den enda information polisen inte hade. Herr Eckerings axlar åkte upp och ner i en resignerad gest.

"Det kan det ha varit, men då förstår jag inte varför han inte använde bilen för att göra sitt ärende."

"Han kanske bara gick för att köpa en tidning?" Jag fyllde i.

"Han kanske tog en taxi längre ner på gatan och återvände i samma taxi?"

Jens tog ett djupt andetag. Han kände nog precis som jag att vi höll på att förlora oss i spekulationer.

"Det är inte logiskt. Om Allock inte var den som dog i bilen borde han dykt upp eller ringt sin fru för att tala om att han är oskadd."

Vi funderade en stund under kakmumsande tystnad innan vi reste oss och tackade för kaffet. Vår värd och värdinna verkade lättade att prövningen var över. De hade lättat sina hjärtan, uppfyllt sina medborgerliga plikter och lyckats hålla sig utanför polisens uppmärksamhet. Herr Eckering fyllde i med att de sett polisen anlända och att de lyckats släcka branden med eldsläckare. Fast då hade den nästan slocknat av sig själv. Det som hände sedan hade jag upplevt på plats.

Den skakande hissen tog oss ner till gatuplanet. Jag såg i spegeln att Jens studerade mitt frånvarande uttryck.

"Vad funderar du på, boss. Du tänker väl inte bli inblandad i det här? Vi är bara springpojkar."

Vi klev ut i det gassande solskenet. Det slog mig att Sara inte hade ringt och bekräftat om hon ville engagera mig eller inte.

"Jag funderar på vem som dog i bilen. Det kommer att plåga mig tills jag tagit reda på det."

"Det är inte din uppgift att ta reda på, det är Robertsons bord. Om han har hand om fallet? Vi berättar vad vi vet och överlämnar bryderierna till honom."

"Ibland undrar jag om du har det rätta sinnelaget för deckarjobb, Jens."

"Jag vet inte ens vad rätta sinnelaget är i det sammanhanget men jag vet att ditt sinnelag först och främst är affärsman. Så om du börjar gräva i det här, vem skall betala?"

Jag såg att Jenny stod utanför minibussen och pratade med en ung man. När vi närmade oss gjorde han en gest som för att tacka henne och skyndade iväg nerför gatan. Jag gjorde också en gest fast mot Jens.

"Pengar är inte allt."

"Det brukar det vara för dig."

"Jag vill inte släppa ett fall som sätter igång min fantasi som det här. Vem var den här förbaskade tredje mannen, till exempel?"

Jenny tittade intresserat när hon såg våra enga-
gerade miner. Hon hörde det avslutande inpasset
men kommenterade inte. De klev in genom sido-
dörren och satte sig längst bak. Jens höjde rösten
när jag startade motorn.

"Följ mitt råd, Freddy, glöm hela historien och
köp dig en cittra."

Jag svängde ut från trottoarkanten.

"En cittra?"

"Tredje mannen. Filmen du vet. Ledmotivet
spelades på cittra av Anton Karas. Det är den
ende tredje mannen du skall bry dig om. Bra låt
förresten."

Jag såg i spegeln att Jenny hade svårt att hålla
sig för skratt fast hon inte hade en aning vad det
handlade om.

Konsten att berätta en historia

När vi en stund senare satt på en liten kinesisk restaurang i närheten av Avenyn och väntade på maten meddelade Jenny via minspel att hon hade något på hjärtat. Alla hennes shower börjar med hemlighetsfulla antydningar. Ofta i form av insinuanta ansiktsuttryck och gester. Hon hade just lyssnat till en sammanfattning av besöket hos Eckering och tyckte antagligen att mitt sätt att framställa var tråkigt. Jens små inpass hade inte piggat upp storyn. Å andra sidan hade sessionen hos det gamla paret varit ganska tråkig och eftersom jag alltid strävar efter saklighet och sanning kunde redogörelsen inte bli annat än tråkig. Hennes min meddelade att nu skulle det bli andra bullar. Hon började med sitt skojfriska leende. Det förstärktes när hon ställde tillbaka vinglaset efter en klunk och lät blicken dansa mellan våra ansikten.

"Kommer ni ihåg att jag sagt att deckarjobb handlar om att vara på rätt plats vid rätt tid?"

Jag trodde först att hon tänkte berömma oss för insatsen hos Eckering men det var det inte alls fråga om. Tvärtom. Och det fanns inte mycket att berömma. Huvudperson i Jennys redogörelser är Jenny. Jag gjorde en gest. Uppgiven och frågande var min avsikt, men den såg nog mest trött ut. Vad hade hon åstadkommit? Suttit i bilen och halvsovit? Hon fortsatte med en annan specialitet, den notoriska pausen som bygger upp spänning eller åtminstone förväntan. Jag smakade också på vinet.

"Du har sagt så mycket, Jenny. Jag kommer bara ihåg fragment. När jag tänker efter är det Jens som brukar säga så för att framhäva sitt vassa intellekt. Finns det någon poäng?"

"Jag bara undrade bara om ni kommer ihåg att jag sagt det."

Vi väntade en stund på en fortsättning som inte kom. Det ingår också i hennes taktik. Skapa förväntan och sedan tystna. Jens ryckte på axlarna.

"Vet du vad Jenny, ibland skulle jag vilja titta in i ditt söta lilla huvud. Bara av nyfikenhet."

Hon gav oss ett smakprov på det charmiga leendet. Inte det bedövande utan en mer underfundig variant.

"Vet du vad Jensen, jag tror inte du skulle få ut något av det."

Jens och jag suckade resignerat och länge. Jens ställde tillbaka sitt ölglas utan att ta en klunk.

"Kanske inte."

Vi förstod att detta var en slags prolog och undvek att avbryta. När hon såg att våra frågande uttryck höll på att växla till uttråkade fyllde hon lungorna och lutade sig över bordet.

"Var kaffet gott?"

Jag förstod att det var menat som en pik. Brukar betyda att vi hade kopplat av och haft det mysigt medan hon hade åstadkommit något av värde. En liten handrörelse underströk.

"När ni hade försvunnit in i uppgången kom en person fram till bilen och knackade på rutan."

Den följande pausen blev alldeles för lång. Jag kastade en blick mot himlen eller i det här fallet ett ganska smutsigt tak.

"Tänker du komma till saken eller skall vi gissa gåtor? Vi såg en person skynda sig därifrån. Vem var han?"

"Han presenterade sig som revisor på Allock & Nortum."

Jag såg en chans att ge tillbaka.

"Menar du Bernhard Lönn? Berättade han att Nortum fått ett raseriutbrott när han upptäckte att kassaskåpet var tomt?"

Jag har fått vackrare blickar än den hon gav mig.

"Vad vet du om den saken?"

Jag förklarade att jag lyssnat när Sara Allock redogjorde för händelsen i polisens närvaro. Då sade hon att det kanske var bättre om jag berättade resten. Jag gjorde en slapp gest och sade att jag inte visste mer än så. En vänligt leende servitris anlände med vår mat och försvann tyst och diskret. Vi smakade på delikatesserna. Jenny började om.

"Bernhard berättade att han sagt upp sig idag. Inte minst för att Nortum släpptes ur häktet en stund tidigare. Han satte en lapp på Nortums datorskärm. Tack och adjö med omedelbar verkan."

Jens hejdade henne med en gest.

"Varför satt Nortum i häktet?"

"För att han fått ett utbrott under förhöret och hotat både Robertson och en kvinnlig polis med anmälan för trakasseri av oförvitlig medborgare."

Jag erinrade mig telefonsamtalet från Nortum till Sara. Alla närvarande hade kunnat lyssna till utbrottet som gällt portföljen den gången. Jag redogjorde kortfattat och nämnde även att stölden inte var polisanmäld. Jenny torkade av munnen med servetten.

"Det var just det han ville prata om."

Jens tittade misstänksamt på henne.

"Varför berättade han allt detta för dig?"

Hon log generat den här gången. Det är inte ofta Jenny ser generad ut.

"Han frågade efter platsen där explosionen inträffat. Jag sade att det var just vid den här trottoarkanten."

Nu var det Jens tur att skicka en blick mot högre makter.

"Och i förbifarten råkade du nämna att du var polis på spaning?"

"Han frågade om jag hade med utredningen att göra."

"Och du svarade ja. Vet du vad straffet är för att utge sig för att vara polis?"

"Jag sade inte att jag var polis. Jag nickade inte ens, gjorde bara en min som han fick tolka hur han ville."

Hon visade vilken min hon gjort. Hon är väldigt skicklig på miner. Den här lämnade utrymme för mängder av tolkningar men en person som inte känner henne kunde utan vidare tyda den som *'ja, jag är polis men just nu på hemligt uppdrag'*. Jens kunde inte låta bli att skratta.

Vi åt en stund under tystnad. Maten var god på det där genuint kinesiska sättet fast Jens påstår att riktig kinesisk mat får man bara i Hongkong nu för tiden och att jag inte skulle tycka om den. Jag fyllde på Jennys och mitt vinglas. Hon återgick till berättelsen. Bytet av tonläge antydde att hon äntligen tänkte komma till kärnan.

"Anledningen till att stölden inte anmäldes är att summorna inte kan förklaras för polisen och skatteverket. Lönn var ansvarig men många av transaktionerna hemlighölls för honom. Och flera av de som nämndes fick han inte ta med i bokföringen." Hon nämnde summorna jag redan kände till, bankchecken på tio miljoner och femhundratusen i kontanter. "Checken får bara lösas in av Allock och Nortum."

Jag stoppade in sista tuggan och lutade mig tillbaka med glaset i handen.

"Sade han någonting om explosionen?"

Jens avbröt och redogjorde för Eckerings funderingar kring just den detaljen. Jenny nickade.

"Lönn vet att det inte var Allock som strök med."

Vi fick höra att Nortum halvt vansinnig hade ringt banken och försökt spärra checken. Det vill säga, han blev inte vansinnig förrän han lyssnat på banktjänstemannen. Hon gjorde en ny paus för att bygga upp spänning. Behövdes inte, storyn var intressant nog.

"Checken hade lösts in på fredagen strax innan stängningsdags. Pengarna flyttade till nummer-konto i Schweiz."

Jens tömde sitt ölglas och tittade sig om efter servitrisen för att beställa nytt.

"Vem löste in den?"

Svaret var det väntade. Dan Allock. Men då uppstod nästa fråga, varför bryta upp kassaskå-pet? Jag kunde se på minerna att spekulationerna dansade runt i allas huvuden. Jens formulerade sin först.

"Det kan betyda att han planerade hela skiten inklusive bilbomben."

Jag skakade på huvudet och noterade att Jenny inte höll med.

"Han planerade stölden så att det skulle se ut som just en stöld. Men bilbomben tror jag inte var hans idé."

"Varför kom han tillbaka efter han löst in checken? När han löst in den måste han förstå att han skulle bli avslöjad direkt. Syftet med hela arrangemanget måste ha varit att försvinna för alltid."

Jenny rynkade pannan. Spekulationen ledde som väntat hennes tankar till ämnet könsrelaterat.

"Och lämna sin fru, sin firma och allt annat?"

Jag funderade en stund på Eckerings observat-ioner och insåg att vi var tillbaka vid den första och den tredje mannen, vilka var de? Mannen som planterat bomben kunde för all del jobba på Allocks uppdrag men då verkade det som om vi talade om självmord. Aspekt nummer två var vem som skulle tjäna på hans död. Finns det en livförsäkring? I så fall borde pengarna betalas ut till Sara. Om det hela var fingerat, hade de två makarna tänkt sig att dela på pengarna? Jenny avbröt.

"Vadå fingerat? En person dog i bilen. Om det finns ett lik kallas det inte att fingera ett mord."

Jag tittade häpen på henne en stund innan det slog mig att jag återgått till min gamla vana att mumla högt när jag tänker. Trodde jag hade arbetat bort den ovanan.

"Som detektiv måste man alltid fråga efter motivet."

"Motivet är en bankcheck på tio miljoner och femhundratusen i kontanter. Behövs det mer?"

Jag invände att det kunde finnas två motiv och att vi talade om två olika brott, en stöld och ett mord. Kanske tre brott om försäkringsbedrägeri var en realistisk teori. Jens tittade fundersamt på mig.

"Du kanske har en poäng där, boss. Men hur förklarar man då att Allock var det tilltänkta offret i bilen?"

Jenny hade också ätit färdigt. Hon nickade lika eftertänksamt som Jens.

"Någon ville röja Allock ur vägen, men när han tittade in i bilen förstod han kanske att allt inte stod rätt till och tänkte ut ny komplott?"

Det lät långsökt. Då talade vi om ett fjärde brott. Jens fick sin öl och sköljde munnen.

"För att komma vidare måste vi rapportera till Robertson och höra vad polisen har kommit fram till."

Jag tittade lätt indignerad på honom. Som vanligt när det började bli intressant tog han och Jenny över fallet.

"Ett ögonblick, magistern. För en dryg timme sedan sade du att det var meningslöst att ta på sig fallet eftersom vi inte hade någon uppdragsgivare."

"Som goda medborgare måste vi rapportera vad vi vet. Om vi då samtidigt skulle få veta något som du kan rapportera till Sara Allock är det bara att tacka."

"Sara är inte min uppdragsgivare."

Jenny log igen. Nu tvetydigt.

"Hon kan bli. Koppla på charmen, boss."

Problemet är att jag inte har någon charm och om jag hade haft skulle jag inte veta hur man kopplar på den. Men det sade jag inte. Vi lämnade restaurangen med fulla magar och lika tomma huvuden som när vi hade satt oss till bords. Eller kanske inte. Allocks beteende var fullt av frågetecken. Om han fejkat stölden på fredagen så måste han varit angelägen att det skulle se ut som en stöld. Då var det ologiskt att inte polisanmäla. Fast hur skulle han komma undan med det om han själv löst in checken? Kanske förstod han att Nortum inte skulle anmäla. Det kunde i så fall bara betyda att den koleriske personen tänkte skipa egen rättvisa.

Den som får lever får se

Även om jag bestämmer mig för att inte vara för tidig är jag på avtalad plats minst en kvart innan avtalad tid. Men bara om jag har avtalat tid med Robertson. Om jag har avtalat tid med en tjej är jag en halvtimma för tidig. Men tjejer brukar inte avtala tider med mig om de inte är klienter. Annars kan jag vara lite slarvig med punktligheten. När jag väntar på Robertson brukar jag använda tiden till att snurra ett glas whisky och jaga upp mig inför samtalet. Andra tar en whisky för att lugna ner sig.

Jag hade precis satt mig när en man i medelåldern slog sig ner på stolen bredvid. Han log på det där fryntliga sättet som indikerar akut pratsjuka. Bartendern kom förbi och han beställde en whisky. Inte en vanlig blend som jag utan den dyraste single malt baren kunde prestera. Och ett glas vatten till som när man dricker fina viner. Jag gissade att han såg med förakt på individer som blandar fyra centiliter whisky med tre isbitar. Troligen straffbart i klubben som bara dricker Glenkinchie. Så hette whiskyn som bartendern ställde tillbaka på hyllan efter att ha serverat med ett uppskattande leende. Mannen höjde glaset och tittade på mig. Hans inledande fråga hörde till de märkligaste jag fått under mina många år som bardiskens bollplank. Jag trodde han skulle börja trevande med en kommentar whiskydrickare emellan. Hans sätt att artikulera tydde på vana att leda samtal i grupp.

”Vad tycker du om organdonationer?”

Jag stirrade häpen. Ville han att jag skulle donera ett organ här och nu?

"Det är väl okej."

"Har du donerat?"

Nu blev jag nästan chockad. Nej, jag har organen kvar, behöver dem själv ett tag till. Fast det sade jag inte högt. Jag såg inte att Jenny klättrade upp på stolen till höger om mig eftersom jag hade ryggen åt det hållet. Min nya bekantskap presenterade sig. Samtidigt fick jag en förklaring till valet av ämne. Han var kirurg och ägnade sig åt just implantat av donerade organ. Tydligen passade han på att slå ett slag för sin verksamhet när han tog ett glas. Satt antagligen många icke donerade njurar vid bardiskarna.

"Alla borde donera. Tänk om du råkar ut för en olycka eller blir allvarligt sjuk och behöver en ny njure eller en lever?"

Jag fick genast dåligt samvete och förklarade att det bara var slarv att jag inte hade anmält mig. Jag hade inte blivit förvånad om han halat fram ett formulär som jag skulle fylla i. En röst bakom min axel klargjorde att fler än jag hade kommit för tidigt. En alldeles för glad stämma kvittrade fram en alldeles för gammal vits.

"Jag tycker du skall donera din hjärna, Freddy. Dom har nog aldrig fått en obegagnad förut."

Jag log ursäktande mot kirurgen och presenterade Jenny. Hon gav honom vad jag kallar isbrytaren; det bedövande leendet som gör alla män knäsvaga. Han reagerade som väntat. Jag hoppades att han inte skulle bli fånig, vilket inte heller är ovanligt när hon lägger in överväxeln. Jag hade bara presenterat henne som Jenny, inte nämnt hennes efternamn eller förhållande till mig. Kanske trodde han att vi var ett par för han sade inget om hennes utseende. Jo, vi är ett par men syskonpar är nog inte lika avskräckande som fästfolk. Till min lycka dök polismakten upp. Det var faktiskt Robertson som föreslagit den här puben som mötesplats. Han satte sig på den lediga stolen mellan mig och kirurgen och beställde sitt eviga kaffe. Den kvinnliga polisen som tröstat Sara Allock på den andra puben satte sig till höger om Jenny. Presenterande vidtog igen. Lena Mansing som den kvinnliga polisen heter gav mig en lång undersökande blick.

"Dig känner jag igen. Satt inte du en barstol på Park häromdagen?"

Jenny kunde inte hålla sig nu heller.

"Freddy känner man bara igen om han sitter på en barstol och snurrar ett glas vattenskadad whisky."

Jag tittade inte på Robertson. Han brukar säga ungefär samma sak. Freddy Larsson hittar man på barstolar. Min blick hamnade på kirurgen. Hans leende kunde också bara tydas på ett sätt. Jag tänkte be om ursäkt för Jennys skojfriskhet men det hade bara gjort saken värre. Han tittade på klockan, svepte i sig whiskyn och tackade för sällskapet. Jag lovade att donera mina organ vid första bästa tillfälle. När jag sagt det tittade jag på

Lena och Robertson. Jag tänker inte ens försöka beskriva deras miner. Jenny förklarade glatt att jag lovat bort alla organ jag inte använder och att jag skulle börja med hjärnan. Alla log utom jag.

Det slog mig att vi samlats här av en mycket mer profan anledning. Bartendern anlände med beställningarna, kaffe till ordningsmakten och white lady till Jenny. Jag smuttade på min whisky medan kommissarien halade fram sin tjocka tummade anteckningsbok. Jag gissar att den innehöll mer kriminalhistoria än läroböckerna på polishögskolan. Åtminstone mer handfast historia. Han smakade på kaffet.

"Du nämnde ett vittne. Vad heter han och vad sade han?"

Jag hade som vanligt tänkt arbeta mig fram till vårt besök hos det gamla paret och via antydningar närma mig kärnan försiktigt. Hans enkla fråga spolierade hela mitt upplägg.

"Han var väldigt förtegen och bad oss att inte nämna hans namn för polisen."

"Förtegen? Han ringer dig och säger att han vill berätta om en allvarlig händelse han iakttagit och när du kommer dit är han förtegen?"

Jag log dumt. Jag är bra på dumma leenden.

"Han var bara förtegen när det gällde hans namn. Han är gammal och har dåligt hjärta. Han fru är också lite skröplig."

Lena Mansing gjorde en gest.

"Eckering?"

Jag tittade för första gången lite närmare på henne. Hon såg påfallande frisk och stark ut. Jag kom att tänka på deltagarna i gladiatorprogram på TV. Hon hade utan vidare platsat där. Hon var kortare än jag men inte mycket. Jag är en och åttiotre.

"Hur vet du det?"

"Vi knackade dörr. En av de lägenheterna som har bra utsikt mot brottsplatsen är Eckerings. Men han påstod att de inte sett någonting. Han verkade rädd."

Vi nickade unisont. Det var antagligen polisens påtagliga intresse som fått den gamle mannen att fundera och därefter ringa mig. Jag berättade att han bett mig vidarebefordra till polisen. För att ge ett professionellt intryck plockade jag också fram min anteckningsbok och lade på disken. Det var ingen bra idé. Den hamnade bredvid Robertsons tjocka exemplar och såg liten och förskrämd ut. Dessutom är den röd. Jag bläddrade fram rätt sida. Jag såg att Robertson sneglade men min handstil är sådan att ingen kan tjuvläsa. Jag har svårt att tyda bokstäverna själv. Min redogörelse blev ganska lång och detaljerad. Lena Mansing hade också plockat fram någonting att anteckna på men hon är lika modern som Jens och knappade på sin mobil. När jag slutat och stoppat tillbaka anteckningsboken blev det tyst en stund. Sammanbitna miner avslöjade att detta var dynamit för utredningen. Robertson gjorde en avslutande anteckning.

"Den förste mannen var alltså bombmannen. Frågan är om han jobbade på uppdrag av någon och i så fall vem? Man nummer två var Dan Allock och eftersom han var det tilltänkta offret är det inte troligt att han var uppdragsgivaren."

Det blev en ny paus. Jag tänkte lägga fram min teori om försäkringsbedrägeri men insåg att den kanske inte var så smart och förblev tyst. Lena Mansing drog eftertänksamt i en örsnibb.

"Det var synd att de inte såg den tredje mannen för det är troligen hans förkolnade lik som ligger på bårhuset. Vad tror du, Freddy?"

Jag hann inte svara förrän en hand hamnade på min axel. Jag behövde inte vända mig om. En annan hand tillhörig samma person vinkade till sig bartendern. Beställningen en stor dansk öl har jag nog hört ett par tusen gånger under årens lopp. Jens inleder alla sammankomster med en stor dansk öl. Hans ögon fastnade på Lena Mansing. Jag presenterade henne och såg uppskattning i de vackra mörkblå organen när de mötte danskens stålgrå blick. Jens har vad man kallar kvinnotycke. Han svarade på hennes fråga fast den var ställd till mig.

"En tanke är att det trots allt var Allock som återvände. En annan att han genomskådade komplotten och arrangerade någon annans död."

Robertson nickade igen. Han uppskattar Jens snabba tankeverksamhet.

"Vad tror du om Sara Allocks roll, Jensen?"

52

"Jag har inte träffat henne, bara hört Freddys beskrivning. Hon verkar vara ganska förskrämd."

Robertson nickade mot mig. Jag förstod att han ville höra mitt omdöme och jag förklarade att jag delade bilden. Inte så konstigt eftersom det var min bild Jens refererat till. Han vände sig till Lena med samma frågande uttryck. Hon nickade en lång stund.

"Jag undrar hur bräcklig hon är. När jag pratade med henne i lägenheten repade hon mod i frågor som gällde förhållandet till hennes man. Kvinna till kvinna. Äktenskapet var nog mer bräckligt än hennes karaktär."

Jag avbröt och berättade vad som hänt på puben efter att Lena gått därifrån. Att hon ringt sin älskare men att han inte svarat och att hon därefter sökt stöd hos mig. Jag redogjorde också för det konstiga samtalet när hon frågat om jag varit otrogen och hon berättat att hon varit det. Konstigt att berätta sådana saker för en total främling.

Robertson nickade belåtet. Jag anade att han ställt frågorna för att få sin egen bild bekräftad. Han lade till att det fanns en nyligen tecknad försäkring som skulle ge henne en ansenlig summa om hennes man dog. Hans blick försvann in bland flaskorna bakom disken.

"Jag talade med personen på försäkringsbolaget som var handläggare. Hon berättade att hon observerat återhållen osämja mellan makarna. Kvinnan övertalade mannen att höja beloppet rejält. Hans tanke hade varit ett betydligt lägre belopp och därmed lägre premie."

Jens sköt fram underläppen på sitt manliga sätt. Jag har tränat framför spegeln på just den minen men jag ser bara ut som om jag har kramp i läpparna. Hans blick försvann i tomma intet.

"Och ensam förmånstagare är Sara Allock?"

En nick bekräftade. Jag invände tyst för mig själv att Sara suttit i mitt synfält när bilen exploderade men det betydde ju inte att hon inte kunde arrangerat händelseförloppet eller varit delaktig i en komplott. Trots det var tanken på henne som kallhamrad intrigmakare och mördare svår att få in i skallen. Det blev tyst igen. För en gångs skull hade inte Jenny lagt sig i samtalet men det skulle strax bli ändring på det. Jag hade nämnt för Robertson att Jenny pratat med Bernhard Lönn. Den store kommissarien vände sig med ett leende till sin favorit som om han väntat på rätt tillfälle. Hon besvarade hans leende och plötsligt var allting så sockersött som det alltid blir mellan de två när hon smetar ut charmen. Lena noterade också och log inåtvänt. Tydligen hade hon inte ett liknande förhållande till sin chef fast hon också såg påfallande bra ut.

Som vanligt kryddade Jenny historien med egna små iakttagelser för att betona sin observationsförmåga men sammanfattningen var ungefär den vi hade hört på restaurangen. Allvaret sänkte sig igen och Lena Mansing antecknade för fullt på sin mobil. Jens hade satt sig bredvid henne. Jag såg att de två hela tiden sökte ögonkontakt och vid flera tillfällen råkade deras händer nudda vid varandra. Jag höjde ögonbrynen när jag såg att hon gled av stolen och försiktigt tryckte ett bröst mot baksidan av hans överarm medan hon tittade på hans mobil. Hade inte Jenny varit upptagen av sin redogörelse hade hon nog reagerat på det sätt hon alltid reagerar när andra kvinnor lägger an på Jens. Som en tigrinna som försvarar sina ungar. Trots att de två inte har något närmare förhållande. Men det skulle bli värre. Mycket värre ur Jennys synvinkel. Fast inte just nu.

När hon slutat ställde Robertson rutinmässigt de väntade frågorna men han hade fått alla svar. Allock var vid liv och starkt misstänkt för grov förskingring, stöld, bedrägeri och kanske värre saker. Ett problem var att stölden och bedrägeriet inte hade anmälts. Kommissarien stoppade ner anteckningsboken, drack upp kaffet och gled av stolen. Innan han lämnade oss stoppade han in huvudet mellan Lena och Jens huvuden. Det var så trångt att han nästan fick böka fram lite utrymme. Jag kunde tydligt höra vad han sade och vad de svarade. Tydligen var syftet att Jenny inte skulle höra. Hon hade satt sig på stolen kirurgen lämnat och jag fungerade buffert mellan henne och de övriga. Hon verkade lite snopen att debatten inte fortsatte så att hon kunde utveckla sina teorier och misstankar. Kanske lite förnärmad också. Hon är lika ovan vid att bli ignorerad som jag är van vid att bli det.

Jag hörde Robertson säga i låg ton att Lena var bodybuilder och att hon lätt kunde bryta både armar och ben på misshagliga personer. Jens försäkrade att han var övertygad om hennes kapacitet men att han inte skulle ge henne anledning att praktisera sina färdigheter på honom. Lena invände generat att hon alls inte var så stark, men medgav att hon var kroppsbyggare. Innan hon reste sig och gled av sin stol såg jag att hon stack ett papper till Jens bakom hans rygg och att han uppfattade gesten och tog emot med en diskret rörelse som om han behövde klia sig just där. Jag kastade en blick på Jenny och såg att hon följde proceduren i spegeln bakom baren. Hennes min var miltals från det charmiga leendet jag sett för en stund sedan.

Jag var tvungen att medge att ur min synpunkt var spektaklet inte helt oangenämt. Jag visste att både Jens och Jenny hade tillfälliga romantiska och sexuella kontakter men de flörtade aldrig med andra i varandras närvaro. Jag hade trott det var en oskriven lag. Nu hade det hänt. Kanske var Jens attraherad av långa starka kvinnor. Jenny var nog femton centimeter kortare än amasonen från polishuset.

Men deras amorösa påhitt angår inte mig annat än som pikanta inslag i min enformiga fantasivärld.

Sprucket och drucket

Jag tror jag nämnt att Jenny brukar kolla min e-post. Ibland på min dator, ibland på sin egen. Hon kan alla knep och fastän jag försöker stoppa henne genom att ändra lösenord är hon snart där igen. Kan bero på att jag skriver ner lösenordet på en dokumentsida som jag också byter namn på. Listar hon snart ut. Nu är min inkorg antagligen norra halvklotets tråkigaste med korrespondens i stil med 'hej, jag har inte fått leveransen du lovade', 'jag förstår inte fakturan kan du förklara', 'ring mig i morgon'. Och mina lika trista svar. Men när jag är igång med ett fall kan det vara intressantare. Då vill jag inte att hon läser mina mejl.

Samma morgon hade jag fått ett konstigt mejl från en för mig helt okänd person. Det var undertecknat med initialerna D.G. och han ville träffa mig så snart som möjligt. Liv i fara, kunde jag läsa. Jag tog för givet att det var en man. Ännu konstigare var att mejlet kommit till mitt privata konto, inte det jag tillhandahåller på min hemsida. Avsändarkontot sade mig ingenting. Men jag blev nyfiken och svarade att jag skulle vara på plats klockan två samma dag. Platsen var ett kafé inte långt från Gullbergsvass. Jag trodde att husen i de kvarteren var rivna för längesedan men ett stod tydligen kvar. Jag suckade förstående när jag parkerade bilen vid den uppgivna adressen. Om man inte rev det gamla landshövdingehuset snart skulle det falla ihop av sig självt. Fiket visade sig

vara ett ölställe av den sorten som får hälsovårds-
inspektörer att famla efter stöd.

Interiören var lika sjabbig som exteriören an-
tydde. Solskenet utanför förstärkte den deprime-
rande känslan när vi klev in. Jag var glad att jag
hade bett Jens följa med. När det gäller att få folk
att prata är hans frejdiga danska sätt nästan lika
effektivt som Jennys leende. Dörren hade en
spricka som var så stor att man kunde stoppa in
en blyertspenna. Glasrutan hade också en spricka
som man försökte dölja med tejp och en smutsgrå
gardin på insidan. Jag skulle tveka att ta med en
person med självdestruktiva tendenser till den här
lokalen.

Vi lät våra blickar svepa runt. Borden såg ut att
vara gjorda av vrakdelar som legat femtio år på
havsbotten. Hål och spår efter skeppsmask syntes
tydligt. Dukar hade nog aldrig övervägts som en
del av inredningen. De röd- och vitrutiga gardi-
nerna var fransiga nertill. Fönstren var så smut-
siga att man skymtade bilar och människor utan-
för som i tjock dimma. Ölfläckar och odören från
otvättade kläder rynkade våra näsor. Jens berät-
tade senare att han aldrig hade föreställt sig själv
på en plats som den här. Ett tiotal gäster satt en-
samma eller två och två vid borden och stirrade
på tomma flaskor de kramade med vitnande kno-
gar. Ingen mötte våra blickar och ingen sade
någonting. Den oskrivna lagen tycktes vara 'sköt
dig själv och skit i andra'. Jens gjorde en gest mot

min säckiga bruna kavaj som har varit föremål för hans sarkasmer i åratal.

"Det har aldrig fallit mig in att din kavaj skulle räknas till overdressing."

Jag instämde med en nick.

"Jag har sett en och annan skabbig pub i mina dagar men den här tar priset."

"Gör mig en tjänst, boss. Kalla det inte för pub. En pub är ett trevligt ställe där du tar ett glas i glada vänners sällskap. Det här stället ger mig självmordstankar."

Vi slog oss ner vid det enda fönsterbordet. I det mörka hörnet bakom Jens satt till min förvåning en ung kvinna. Hennes ansikte och överkropp var gömda bakom en engelskspråkig dagstidning. Förutom de smala fingrarna var det var bara benen i tajta jeans som avslöjade hennes kön. Väldigt läckra och välformade ben, kunde jag konstatera. En snygg kvinna var lika malplacerad här som en talgoxe i ett akvarium. Jag ryckte på axlarna. Det var för all del inte långt till centrum och en turist kunde förirra sig in var som helst. Kanske var det någon konsert på gång på Ullevi.

Vi slog oss ner och en äldre servitris kom in genom en dörr vi inte lagt märke till. Hon hasade sig fram till vårt bord och torkade av det med en trasa som lämnade en oljig hinna efter sig. Jens började sin vanliga harang om danskt öl men avbröts bryskt.

"Falcons."

"Förlåt."

"Vi har bara Falcons. Om det inte passar…"

Hon nickade mot dörren. Jens höll upp en avvärjande hand och log tveksamt. Jag vet att hans uppfattning om svenskt öl i allmänhet och lättöl i synnerhet inte lämpar sig för tryck. Men just nu visste han inte att det bara fanns lättöl. Vi beställde varsin. När hon hasat sig iväg tittade jag mig omkring igen. Ingen mötte min blick nu heller men en okammad man i fyrtioårsåldern och klädd i en smutsig armejacka tittade faktiskt på mig en sekund innan han vände bort blicken som om han gjort något otillåtet. Jag gjorde en slapp gest.

"Vi är inte här för nöjes skull, Jens. Någon bad mig komma hit. Folk i dödsfara kunde jag läsa i mejlet. Jag trodde han skulle sitta här och vänta."

"Det är sådant här som gör detektivarbete så spännande. Han kanske mötte sin dödsfara och strök med under tiden."

Servitrisen kom förbi och dunkade två flaskor på bordet utan att titta på oss. Glas förekom inte. Vi öppnade flaskorna med en öppnare som låg i ett askfat. Jag tänker inte beskriva Jens grimas när han ställde tillbaka flaskan efter den första klunken. Servitrisen passerade igen och Jens pekade på ölflaskan. Hon tittade faktiskt på honom men det var ingen angenäm blick. Så hade hon nog tittat om han hållit upp en död råtta. Jens pekade på sin flaska.

"Ursäkta frun, men vad kallar ni det här?"

Hon flyttade blicken till flaskan. Hennes röst lät som om hon sjungit blues på rökiga barer i sextio år.

"Öl, naturligtvis. Vad skulle vi annars kalla det?"

"Precis vad jag trodde. Du förstår, min vän och jag hade en liten dispyt om saken..."

Hon avbröt genom att helt enkelt hasa iväg. Hennes enda förpliktelser bestod i att be gästerna beställa, betala eller lämna lokalen. Jens danska accent höjde inte hans status. En liten rädd man kröp ihop när hon närmade sig hans bord. Våra huvuden skakade i sympati med hans elände.

Jens gjorde en slapp handrörelse.

"Varför föreslog du inte ett möte på ditt kontor? Visserligen inte den mysigaste platsen på jorden men jämfört med det här..."

Han upprepade gesten. Den här gången inkluderade den allt mänskligt elände. Jag gjorde en liknande rörelse.

"Det stod i mejlet att han ville träffa mig här av säkerhetsskäl."

"Uppenbarligen en man med intuition. Varför ringde han inte? Då hade du kunnat klämma ur honom vad han ville och besparat oss en massa tid."

Jag lyssnade bara med ett halvt öra. Mannen i den sluskiga armejackan hade rest sig och närmade sig tveksamt vårt bord. När han kom närmare kunde jag studera hans gråbleka, fårade ansikte och ögon som var så blodsprängda att rött kunde gällt för officiell ögonfärg i hans pass. An-blicken av den sorgliga skepnaden berättade en historia om ett liv i kraftig utförsbacke. Hans ögon vandrade en stund mellan oss två innan blicken fastnade på mig.

"Ursäkta, är det du som är Freddy Karlsson, detektiven?"

Jag undrade lätt irriterad varför han låtit oss vänta. Det var han som ville träffa mig, inte tvär-tom.

"Larsson. Ja, det är jag."

Han satte sig utan att fråga bredvid Jens.

"Det var jag som skickade mejlet."

Han tittade misstänksamt på Jens. Jag hörde att min röst lät trött när jag förklarade.

"Min assistent. Du måste ha en assistent i deck-arbranschen. Vad kan jag hjälpa dig med?"

Jens flyttade sig instinktivt när mannen hävde sig upp på armbågarna. Jag kände också odören som gav mig associationer till en mardröm som brukar plåga mig när jag har ätit för många räkor. Hans röst påminde om servitrisens.

"Jag är i knipa, ser du. Någon är efter mig." Han tittade sig omkring som om denne någon var närvarande. "En väldigt farlig man."

Jag undrade om jag såg lika entusiastisk ut som jag kände mig. Jag höll tillbaka en axelryckning.

"Verkligen? Vem är han och varför är han efter dig?"

"Det kan jag inte berätta."

Jens betraktade honom från sidan.

"Du kan inte berätta? Hur skall vi kunna hjälpa dig om vi inte vet vem du talar om? Vad heter du, förresten?"

Jag såg att slusken inte tyckte om Jens raka attityd.

"Du kan kalla mig Dennis." Han tvekade en stund som om han tänkt lägga till ett efternamn. "Den här mannen tänker döda mig. Han är farlig."

Jag föreställde mig groll mellan två gamla suputer.

"Det är nog bättre om du vänder till polisen. Vi är inte i livvaktsbranschen."

Dennis skakade en knytnäve i luften. Kommentaren gjorde honom riktigt upprörd.

"Jag kan inte gå till polisen. Dom är också efter mig."

Jens signalerade till mig att avsluta tramset. Jag satte ögonen på slusken.

"Om det finns någon substans, berätta här och nu och ge oss all information. Annars kan vi lika gärna glömma alltihop."

Dennis ändrade attityd till gråtfärdig. Han grabbade tag i ärmen på min kavaj.

"Ni måste hjälpa mig. Jag är död om ni sviker mig."

Jag ryckte loss min ärm.

"Till att börja med kan jag upplysa dig om timkostnader." Jag drog till med en summa som hade fått en stjärnadvokat att rodna. "Plus omkostnader. Ursäkta att jag säger det men du ser inte ut att vara kapabel till sådana summor."

"Jag kommer att vara det om den här mannen inte dödar mig."

"Hur skall det gå till?"

"Jag får en tredjedel när hans livförsäkring faller ut."

Jag såg att Jens blick sökte stöd hos högre makter.

"Menar du att vi skall döda den här grabben för att du skall få ut hans försäkringspengar som du skall betala vår räkning med?"

Dennis gav honom en ilsken blick.

"Naturligtvis inte, alla tror att han redan är död. Bara två vet att han lever."

"Två förutom han själv."

"Just det."

"Vem är den andre?"

"Kan jag inte berätta, hon är också i en jävla knipa. Men jag är nummer ett på hans lista."

"Vilken lista?"

Dennis vände sig till mig igen. Jens snabba förhörsteknik gjorde honom nervös. Jag lade händerna på bordsskivan som om jag tänkte lämna stället.

"Jag beklagar men vi kan inte hjälpa dig. Om vi inte får alla detaljer kan vi få för oss att du tänker blanda in oss i något olagligt. Så fungerar det inte i deckarbranschen."

Dennis hjärnaktivitet – tillfälligt uppiggad av spänningen och hotet mot hans liv – skar sig kraf-

66

tigt mot den dimmiga blicken. Han lutade sig närmare mig.

"Du måste lova att inte berätta för någon."

Jag bekräftade med en trött nick och såg fram emot en ny portion nonsens.

"Diskretion är vad vi är kända för."

Dennis lät blicken svepa över lokalen. Ingen mötte hans blick. Övriga gästers normala tillstånd tycktes vara halvsovande.

"Okej, du ska få namnet på killen som är efter mig."

Jens såg ut som om han tänkte skratta. Mest åt det överdrivna sättet att presentera ärendet. Men han hejdade sig när den hesa rösten viskade fram det hemliga namnet. Han lutade sig närmare Dennis för att höra bättre. Jag halade fram min anteckningsbok och en penna.

"Kan du beskriva honom?"

Jag krafsade ner en beskrivning som hade passat en vikingahövding med fruktansvärt temperament. Egenskaper som brutalitet, hänsynslöshet och mordlystnad nämndes i förbigående.

"Var finns han nu?"

"Jag tror han har lämnat landet men han kommer tillbaka."

"Vad skall vi göra om och när vi hittar honom?"

Detta var en fråga som inte hade sysselsatt Dennis försupna hjärna. Han funderade en lång stund med ett finger mot nästippen.

"Jag vet inte."

"Har han begått något brott?"

"Inte än men han kommer att göra det."

"Vi kan inte trakassera människor för att någon tror att de skall begå ett brott. Det måste finnas ett reellt hot. Och om mannen i fråga begår ett brott måste vi lämna över till polisen."

Jag såg en ny skräckslagen blick i Dennis ögon.

"Tala inte om vad jag heter."

"Vi vet inte vad du heter." Jag tittade trött på honom. "Säg mig, har du någonsin haft ett anständigt jobb?"

Suputen sträckte upp sig. Förolämpningen färgade hans ansikte rött.

"Jag var i armén. Sergeants grad."

Jens nickade eftertänksamt. Arméjackan fick sin förklaring.

"När var det?"

"Tio år sedan. Jag var desarmeringsexpert. Jag var bäst i hela armén, är fortfarande bättre än dom som jobbar kvar."

Plötsligt betraktade vi mannen med ett helt annat allvar. Desarmering innebar detaljerad kunskap om explosiva ämnen. Jag insåg att vi hade en ny het rapport till kommissarie Robertson.

"Vad hände?"

Dennis tystnade. Hela ansiktet tycktes hänga som på en blodhund.

"Sparken. Jag söp för mycket, sade dom."

"Kan man förstå. Darrande händer kan ställa till det i den branschen."

"Mina händer har aldrig darrat. Jag var offer för en konspiration."

"Jag förstår."

Jag bläddrade fram sidan med rubriken Dan Allock. Dennis hade låtit undslippa sig att den andra personen var en kvinna. Kunde inte vara någon annan än Sara. Hennes liv kunde vara i akut fara om Dennis hade rätt angående Allocks brutalitet.

"Okej, Dennis, var kan vi få tag i dig?"

Dennis lät blicken glida runt innan han gjorde en ryckig rörelse. Sjappet räknades tydligen som den fasta punkten i hans tillvaro.

"Jag är här varje dag. Fast inte före tolv."

Han reste sig. Jag tänkte inte skaka hand med honom.

"Okej du har min e-postadress. Hur fick du tag i den förresten?"

Han såg skuldmedveten ut.

"Min syster….en kvinna jag känner gav mig den."

Jag fick min misstanke bekräftad. Sara Allock hade mitt visitkort med alla kontaktuppgifter. Dennis var alltså Saras bror. Medan han stapplade mot utgången slog det mig att fallet hettat till ordentligt. Min mobil pep och jag såg att det var Jenny. Jag lät nog ganska trött för hon piggade upp mig med sitt gamla käcka 'farbror Freddy'. Jag frågade var hon befann sig och berättade att fallet tagit en ny vändning och att jag hade massor att berätta. Hon frågade om jag menade om sergeanten. Jag gjorde en grimas och min blick hamnade på tidningen den unga kvinnan höll framför sitt ansikte. I samma ögonblick sänkte hon den. Glittrande ögon som jag kände alltför väl tittade på mig på det gamla vanliga sättet. Jens såg min reaktion och vände sig om. Det har nog aldrig skrattats på det sättet i ölsjappet. Servitrisen kom ut från sitt rum och tittade argt. Munterhet var nog strängt förbjudet. Vi bestämde oss för att gå någon annanstans och äta en bit. Jenny hade mycket att berätta. Men hon behövde inte berätta att hon snokat runt på min dator. Måste ha skett samma förmiddag. Hon har nyckel till min lägenhet.

Varje förändring är en förbättring

Jenny hade anlänt per cykel så vi slängde in den i min rymliga minibuss. De satte sig på bänksätet framtill och trängdes i stället för att ha det bekvämt bak i bilen. Jenny satt emellan oss. Hade inte bilen varit utrustad med automatväxel hade jag fått be henne flytta knäna varje gång jag skulle växla. Jag såg att hon var på sitt bitska humör och anade anledningen. Bekräftelsen kom nästan omedelbart.

"Vem vann brottningsmatchen?"

Jag försökte hålla tillbaka mitt leende men tror inte det lyckades. Det här skulle bli roligt. Jens försökte låtsas att han inte förstod men det gick inte så bra. Hon upprepade inte frågan, satte bara ögonen på honom. Han slog ut med en hand.

"Det är inte alls som du tror."

"Det är antagligen mycket värre. Vem vann?"

Vi lyssnade till den mest krystade berättelse jag någonsin hört. Han hade visserligen träffat Lena men bara på en medioker restaurang där de hade ätit en medioker måltid och druckit ett mediokert vin. Efter det hade de gått var och en hem till sig. Jenny log men det var inte det söta leendet.

"Och tittade på var sitt mediokert tv-program?"

Det kom inget svar, bara en trött min och ett lika trött stirrande på ingenting. Jag var besviken. Jens brukar kunna prestera mycket bättre. Jag började nynna en melodi. Det var en sång han hade lärt mig och som vi brukade sjunga när vi gick hem från krogen förr i tiden. Jag sneglade på honom. Blicken i retur var inte den vänligaste han gett mig. Jag visste att han kom ihåg texten.

"There was a crooked man and he had a crooked hat, he had a crooked sixpence and he walked a crooked mile, he had a crooked cat and he had a crooked mouse, they all lived together in a crooked little house."

Jag gav honom en ny blick.

"Medioker?"

Jenny kunde inte hålla sig. Inte jag heller. Efter stund föll Jens in i munterheten. Jag hade stannat på Östra Hamngatan för att släppa en förskoleklass med två lärarinnor över gatan. Vi skrattade så högt att barnen tittade förvånat på oss innan de satte händerna framför munnarna och började skratta de också. Lärarinnorna log och skakade sina huvuden.

Vi slutade inte förrän jag svängde in på Vasagatan. Jenny pekade framåt gatan.

"När vi ändå är här kan vi svänga in till dig så kan jag visa något på din dator."

"Ja, du har ju redan varit på den idag. Vad tänker du hitta på nu?"

Hon svarade inte men log underfundigt. Vi var ganska hungriga och Jens frågade om det fanns något att äta. Jag parkerade utanför min port och medan de gick upp till lägenheten slank jag över till pizzerian med standardbeställningen.

Jenny hade ställt min nyinköpta sladdlösa extraskärm så att vi kunde se den från soffbordet där vi skulle äta våra pizzor. Jens hade varit vänlig nog att öppna ett av mina dyraste viner fast det låg många goda billiga Cabernet Sauvignon i samma ställ. När Jens häller upp blir det inte små skvättar i botten på glasen; det fylls upp till en halv centimeter under överkanten på mina stora rödvinsglas. En flaska räcker till tre glas. Jag muttrade men han låtsades att han varken hörde eller förstod.

Vi var ganska hungriga och åt under tystnad. Vi drack också under tystnad. Jag har lagt märke till att om man inte pratar när man dricker försvinner vätskan mycket fortare än om man småpratar om ingenting. I synnerhet när man dricker dyra viner hos mig. När vi sköt ifrån oss tallrikarna reste Jens sig för att hämta en flaska till. Jag kastade mig före honom och valde ett enkelt men gott Riojavin. Det är en kamp som ständigt pågår i min lägenhet när JeJe är på besök. Jag kallar den vinbataljen.

Jenny dukade av och pillade en stund med datorn innan hon satte sig bredvid Jens. Vi vände blicken mot skärmen. Den var stor som en medelstor teve och lika skarp. Föreställningen började med en interiör av ölsjappet. Alltihop hade filmats med hennes iPhone av senaste modell. Skärpa och exponering var perfekta. Figurerna runt borden var så tysta att vi trodde det var något fel på ljudet. Det ändrades när dörren öppnades och en för mig välbekant person kom in och tittade sig runt som Jens och jag hade gjort. Avsmaken stod skriven över hela ansiktet. Det slog mig att Jens och Jenny inte hade träffat eller sett Sara Allock. Jag förklarade att det var hon. Hennes klädsel bröt så brutalt med miljön och klientelets otvättade uppsättningar att min tidigare allegori om talgoxen i akvariet inte förslog. Jenny påpekade att hon hade en Rolex på handleden. Jag tvivlade på att gubbarna i lokalen såg skillnad på Rolex och billig postordermodell. Vi kunde se hur hon gick direkt fram till sergeant Dennis bord och slog sig ner efter att ha kontrollerat stolsitsen. Den slabbiga servitrisen hasade sig fram och ställde sig vid bordet. Sara såg nervös ut. Dennis beställde en coca-cola åt henne. När servitrisen hasat sig iväg lutade han sig över bordet.

"Var är mina pengar?"

Hon hyschade och tittade sig förskräckt omkring. Han följde hennes blick.

"Bry dig inte om dem. Deras förstånd lämnade deras huvuden för många år sedan tillsammans med alla andra sinnen. Tjejen är utlänning. Förstår inte ett ord svenska."

Jenny förklarade att hon lutat iPhonen mot askfatet och att hon pratat engelska när hon beställde. Servitrisen hade förstått det enda ordet coca-cola. Vi kunde se att Saras bröst hävde sig, att hon blev medveten om sitt flåsande och dämpade sig.

"Du måste ha tålamod, Dennis. Försäkringsbo-laget vill ha obduktionsresultatet innan de beta-lar. Det kan ta veckor."

"Vilken obduktion? Det finns inget kvar att obducera. Jag har läst tidningarna."

"Det är standardprocedur. Och polisen ställer frågor."

Sara tittade mot den filmande iPhonen men tycktes inte misstänka något. Dennis gjorde en irriterad gest vars innebörd var att hon skulle titta på honom.

"Det är polisens jobb att ställa frågor. Vi är inte misstänkta, eller?"

Trots att de pratade lågt var det så tyst i rummet att mobilen fångade upp varenda stavelse. Sara tittade sig omkring igen. Det var tydligt att hen-nes nervositet irriterade Dennis.

"Jag sade att de inte lyssnar. Nu skall du lyssna noga på mig. Det är jag som råkar illa ut om någonting går snett. Jag behöver ett förskott för att hålla mig undan ett tag."

"Jag har inga pengar. Dan stoppade alltihop – både privata pengar och firmans kapital – i port-följen."

Dennis frågade vilka firmapengar hon pratade om. Hon berättade om Lönns besök och Nortums raseriutbrott. Alla som kände Allock tycktes veta att hans portfölj var bombsäker.

"Polisen måste lämna tillbaka portföljen till dig när det har lugnat ner sig. Då vill jag ha hälften av de pengarna också."

En hårslinga föll ner på fel sida av Saras öra. Hon strök tillbaka den med en nervös rörelse.

"Dom har den inte. Jag frågade. Fanns ingenting i bilen annat än offrets tänder. Det är dom de skall undersöka."

Dennis skakade på huvudet som om han försökte aktivera de få hjärnceller som fortfarande var användbara.

"Vad tror du om det?"

"Vad skall jag tro. Den förbannade portföljen var inte där."

Plötsligt kunde man se en skrämd glimt i sergeantens ögon.

"Jag tycker inte om det här, Sara. Vad tycker Brian?"

"Det är det jag vill tala med dig om. Brian är försvunnen. Jag har inte hört av honom sedan dagen innan det small."

"Han har kanske gått under jorden tills saker och ting lugnat ner sig. Om dom kommer på att han är din älskare, kommer han också att räknas till de misstänkta. Eller?"

"Jag förmodar det, men han kan inte lämna mig ensam i en stund som den här. Han lovade att ta kontakt så snart som möjligt efteråt. Han kunde skriva eller ringa."

Dennis förklarade att det innebar en risk. Saras telefon kunde vara avlyssnad och posten kontrollerad. Han undrade varför hon inte ringt från en automat och fick svaret att hon försökt men ingen hade svarat. Hon tillade med låg röst att hon var rädd att något hemskt hade hänt. Han gjorde en ryckig gest.

"Som vadå?"

"Jag vet inte. Bara en känsla."

Vi kunde se att hon gav Dennis ett oväntat leende och berömde honom för att han skött sin del av jobbet så bra. Till och med polisen hade uttryckt sin beundran för att det var så snyggt gjort. Dennis tog en lång girig klunk ur sin flaska och rapade så ljudligt efter prestationen att Sara ryckte till. Han torkade munnen med jackärmen.

"Det är sådana saker jag är känd för. Men det var svårt att gömma undan kablarna till bomben. Skönt att veta att Dan är borta. Han var ett monster. Hade gärna sett hans förkolnade rester."

"Jag skymtade de förkolnade resterna när de hissade upp bilen på bärgaren. Önskar att Brian varit där och stöttat mig. Vad menar du med svårt att gömma undan kablarna?"

"Dom är så färggranna nu för tiden. Fanns bara gula och röda i affären."

"Du menar att det gick att se att en bomb var apterad?"

"Bara om man vet hur det går till?"

"Så Dan kunde se att det gick kablar från tändlåset till....vart?"

Plötsligt såg Dennis liten och förskrämd ut.

"Ner under sätet."

"Gula och röda kablar? Om jag hade sett gula och röda kablar i min bil hade jag reagerat. Utan att veta något om hur man apterar bomber."

Sturskheten var helt borta ur Dennis attityd när han sänkte blicken och tittade på sina händer. Sara gav honom den mest iskalla blick jag någonsin sett i en kvinnas ögon.

"Vet du vad du har gjort, Dennis?"

Inget svar. Frågan krävde inget svar.

"Du har undertecknat din dödsdom. Och min."

Hon ryckte på axlarna och reste sig.

"Jag visste att du skulle klanta till det." Hon gjorde en dramatisk paus. *"Jag visste det."*

Vi kunde följa hennes trippande steg mot utgången. Samtidigt såg vi hur Dennis hand började skaka. Hans ögon drogs ihop och öppnades i intervaller, munnen öppnades också och ljudet av flämtningar blandades med rosslingar. Det andra, mycket hemskare perspektivet hade öppnat sig i hans fantasi. Vem hade dött i bilen och var fanns Allock nu? Framför allt, vad tänkte det i högsta grad levande monstret ta sig till härnäst? Ja, det senare var de tankar jag gissade for igenom hans huvud. Åtminstone var det tankar som for igenom mitt huvud.

Jenny gick bort till min laptop och pillade en stund för att stänga av och antagligen avlägsna alla spår av inspelningen. Jag bar tillbaka skärmen till skrivbordet. Vi satt tysta en stund och funderade på den uppskakande upplevelsen. Jag framförde synpunkten att Dennis inte vetat att han var hotad av Allock när han engagerade mig samma morgon. Han hade trott att Allock strukit med i bombdådet enligt planerna. Men vilken livsfara hade han pratat om i mejlet? Fylledille? Hade han andra fiender? Kunde han ha tänkt ut det Jens och jag hade lyssnat till under den korta tid som gått mellan Saras sorti och vår ankomst? Jag frågade Jenny och hon berättade att det inte rört sig om mer än fem minuter. Hon drog handen tankfullt genom sitt tjocka hår.

"Vi vet att Allock är vid liv, polisen vet. Sara vet. Dennis vet det bara sedan Sara berättade."

Jens lutade sig tillbaka i soffan och tittade fundersamt upp mot taket medan han fyllde i med att Lönn och Nortum vet.

"Sara vet inte att polisen vet. Det kan ligga i polisens intresse att hålla sanningen från henne. Å andra sidan vet inte polisen vad vi vet. Att det kanske ändå handlar om försäkringsbedrägeri. Robertson kanske tror att hon skall leda dem till Allock." Han gjorde en paus och tog en klunk vin. "Men den här Brian måste de få tag i. Han spelar tydligen en av huvudrollerna. Polisen kanske känner till honom."

Jenny tog på sig sin sarkastiska uppsyn.

"Då kan ju du som har nära kontakter mjölka polisen." Nu var det hennes tur att göra en paus. Hon är väldigt duktig på insinuanta pauser. "Fast i det här fallet är det kanske polisen som mjölkar dig."

Jag var inte upplagd för deras interna bollande av spydigheter och pressade fram ett trött leende. Om Dennis trott att Allock var vid liv när han mejlade mig måste han haft ett annat uppdrag i tankarna. Hotet från Allock hade dykt upp under slutet av samtalet med Sara och var bara en spekulation, givet deras kunskaper eller brist på kunskaper. Hur var det med Brian? Vad visste han och kunde han vara hotet som Dennis svamlat om?

Jens svalde en klunk vin och lät blicken försvinna i fjärran en stund innan den hamnade på mig.

"Om du hade ringt mig och bett mig flytta din bil, vad hade jag svarat då?"

Jag ryckte på axlarna.

"Du hade frågat varför den behövde flyttas och varför jag inte kunde göra det själv."

"Bra, chefen. Och då hade du svarat att den stod på förbjuden plats och att du var på väg till flygplatsen. Bråttom både att flytta bilen och att hinna till Landvetter."

Bråttom är ett bra ord om man vill få fart på folk. Svårt att ignorera när någon säger bråttom. Jag förstod inte vart han ville komma. Han förklarade att Allock måste ringt någon han känner väl och vill göra väldigt illa. Jag invände tyst för mig själv att uttrycket göra någon illa är ganska blekt när det handlar om ett brutalt mord. Jenny log snett.

"Ett bra val i det sammanhanget borde vara hustruns älskare. Den här Brian som nämndes på kaféet. Dansk, sade Eckering."

Vi funderade en stund. Jag plockade fram min anteckningsbok och skrev ner hela rapporten. Tog en stund. Under tiden hann Jens och Jenny tömma vinflaskan. När jag var klar och tänkte belöna mig med ett glas stirrade jag en lång indignerad stund på den tomma buteljen. De två marodörerna såg oskyldiga ut och Jenny konstaterade lakoniskt att jag måste öppna en ny flaska. Det tänkte jag inte göra.

Flegmatisk vs Kolerisk

Så länge Sara och nu även Dennis försåg mig med information kunde jag inte släppa fallet. Fast jag fortfarande inte hade någon uppdragsgivare var jag tvungen att vidarebefordra uppgifterna. Jag mejlade Robertson och berättade på hans telefonsvarare att jag hade massor av information. Idag var det måndag. Vanlig arbetsdag men jag hade inga leveranser och väntade inga leveranser de närmaste dagarna. För att fördriva tiden bestämde jag att ta en sväng till firma Allock och Nortum. Mest för att bekanta mig med omgivningarna. Adressen var ett litet industriområde i Gamlestaden. Eller före detta industriområde visade det sig när jag kom dit.

Jag parkerade på vad som såg ut som en byggarbetsplats och tittade mig omkring. Såg ödsligt ut. På en barrackliknande byggnad i ena hörnet av den fria ytan satt några skyltar. Jag knallade dit. Allock & Nortum Enterprise hade någon krafsat ner på vad som såg ut att vara en bit kartong. Amatörmässigt var ett milt uttryck i sammanhanget. De kunde åtminstone tryckt ut något snyggt på datorn och klistrat dit. Jag knackade på dörren och väntade på att ljud skulle höras inifrån kontoret. Det hände inte. Jag kände på handtaget. Till min förvåning var dörren öppen. Jag klev in och befann mig direkt inne på kontoret. Ingen hall eller något som liknade förstuga. Skrönorna om Nortums temperament ringde i öronen. Jag ropade 'hallå' så tyst att jag nästan inte hörde det själv. Inget svar. På en datorskärm satt en handskriven not. Jag läste och konstaterade att det var papperet Jenny talat om och som innebar Lönns uppsägning. Jag gick igenom det spartanska kontoret och vidare in till ett lika stort rum innanför. En bekväm stol stod vid skrivbordet och jag slog mig ner för att vänta eller fundera eller för att jag inte visste vad jag skulle göra. En bil stannade utanför och några sekunder senare rycktes dörren upp så att den höll på att flyga av gångjärnen. Åtminstone lät det så från min position. Det våldsamma ljudet fick mig att dra slutsatsen att det var Nortum som anlänt. Som vanligt drabbades jag av akut hjärnförlamning. Det lilla som ändå rörde sig där inne resulterade i två möjliga scenarier. Båda lika obehagliga. Om jag gav mig till känna skulle det kanske resultera i ett flygande hålslag som träffade där näsroten övergår i pannbenet. Sådant gör ont. Om jag inte gav mig tillkänna och han kom in i det här rummet skulle kanske något ännu större och tyngre komma flygande. Jag försökte föreställa mig hur det kändes att träffas av den kubformade brevtyngden jag lagt märke till. Så jag rörde mig inte och gav inte ett ljud ifrån mig i väntan på explosionen.

Hårt klampande steg hördes. Tydligen hade han fått syn på lappen på datorskärmen. Ljudet av tejpen som revs av från skärmen lät som ett piskrapp. Hans röst stämde väl med beskrivningarna av temperamentet.

"Jaså, du har slutat. Bra, vem behöver en fjant som dig."

Jag hörde att en telefonlur slets från sin hållare och strax därefter fingrar som lät som hammarslag mot knapparna. Innan någon hunnit svara stannade en annan bil utanför. Nya klampande steg, betydligt tyngre än Nortums. Jag föreställde mig en bjässe på två meter. Nortum slängde på luren med sådan kraft så att min fantasibild blev en telefonlur i två bitar. Den första rösten var Nortums och inte som jag väntat den ilsket klampande besökarens.

"Jag vet, Svensson, men vi har ett problem. Allock dödades i en bilexplosion och polisen tror att jag hade något med det att göra. Dom höll mig inlåst i två dagar och pumpade mig full med frågor. Kan du tänka dig, låsa in *mig* i två dagar."

Jag tolkade Svenssons tystnad som att Nortum borde låsas in i två år – på ett dårhus. Jag gissade att detta inte var första meningsutbytet mellan de två. Hans röst var djup och hotfull.

"Jag beklagar att Allock strök med men jag vill ha mina pengar. Jobbet är gjort och vi var lovade pengar förra fredagen. Det är elva dagar sedan."

Mannen var tydligen jättestor för jag hörde att Nortum började svettas med rösten.

"Du skall få dem. Jag måste prata med banken om några detaljer. Titta in i morgon."

"Det tänker jag göra, Nortum, och om pengarna inte finns här så återvänder jag med mina gubbar. Dom är riktigt förbannade." Mannen gjorde en paus. "Det här är inte Khazakstan."

Det blev tyst en stund. Svensson hade något mer på hjärtat.

"Jag ringde polisen. De sade att någon snott firman på tio miljoner och att ingen anmälan gjorts. Stämmer det?"

"Det är bara dumheter. Vi har två konton. Men jag måste åka till Köpenhamn för att få ut pengar från det andra."

Ny tystnad innan de tunga stegen hördes igen och dörren stängdes. Jag väntade med hjärtat i halsgropen på att Nortum skulle uppenbara sig i dörröppningen och ta ut sin frustration på mig. Det skedde inte. I stället hörde jag att han bankade på telefonens knappar igen. Den här gången svarade någon. Jag hörde honom boka plats på nästa lediga flight till Kastrup. Jag höll andan igen. Nu var det färdigt. Han hade pumpat upp så mycket ilska att jag såg datorn komma flygande genom luften och mosa mig.

Fel igen. Han ringde ett nytt nummer och beställde ett hotellrum. Jag uppfattade namnet på hotellet som något som ingår i HBTQ rörelsen. The Queer? Innan jag hann avfärda det som dumheter hörde jag snabba steg mot ytterdörren som flög upp och stängdes med en smäll. Det slog lock för mina öron men smällen avslutade i alla fall skräckupplevelsen. Jag suckade och reste mig för att gå fram till fönstret och se hur mannen jag hört så mycket om och av egentligen såg ut. Till min förvåning var han påfallande kort och rörde sig på ett nästan feminint sätt. Jag log lättad och tittade bort mot min bil. En cyklist hade stannat och tittade misstänksamt på den. Det tog en stund innan jag kände igen Jenny. Jag väntade tills Nortum försvunnit med vrålande motor innan jag öppnade dörren och ropade på henne. Motorljudet dränkte min röst så jag fick upprepa hoandet när det försvunnit. Hon kastade sig på sin cykel och kom farande som en tävlingscyklist. Cykeln for runt ett halvt varv när hon tvärbromsade.

"Vad gör du här?"

Vi log fånigt när vi hörde att vi sade samma sak samtidigt. Hon fortsatte.

"Jag försöker få tag i Lönn. Adressen han gav mig stämmer inte. Finns han här?"

Jag förklarade att han inte gjorde det men att mannen som just försvunnit med en rivstart var Nortum. Hon frågade vad jag pratat med honom om. Jag berättade att jag bara tjuvlyssnat. Min mobil gav ifrån sig sms-signalen. Jag läste högt att Robertson bad mig ringa så snart jag kunde. Jag hade direktnumret till honom bland kontakter. Första signalen hann inte ens tuta färdigt innan han svarade. Han hade just lämnat Sara Allocks lägenhet och var på väg till en Pizzeria strax intill. Fanns bara en just där. Jag lovade att vara där om tio minuter. Vi lastade in Jennys cykel och startade nästan som Nortum gjort en stund tidigare. Det slog mig medan vi kryssade fram på smågator att jag sällan varit så uppskattad i ett av Robertsons fall. Det slog mig också att om han hade ringt när jag satt i inre rummet på Nortums kontor hade jag inte känt mig lika avslappnad som jag gjorde just nu. Men troligen mörbultad av flygande objekt. En annan tanke var att för Sara och Dennis var det avgörande att Allock var död. Annars inga försäkringspengar. I Nortums huvud fanns det bara en tanke. Döda Allock och roffa åt sig firmans pengar. Inför lagbasen hade han bara hållit skenet uppe när han sagt att Allock var död. Allock ville döda alla.

Gnissel

Det förvånade mig att klockan var nästan tre när jag parkerade utanför en pizzeria där bilen exploderat. Tiden hade försvunnit med raketfart. Ständigt hungriga Jenny hade inte heller ätit. Vi klev in i den minsta pizzeria jag någonsin sett. Två bord varav det ena var belamrat med tallrikar. Lokalen kanske såg så liten ut för att store Robertson och långa vältränade Lena Mansing ockuperade det andra bordet. En liten man med stora svarta mustascher kom ut från vad som att döma av dofterna var köket. Han vred sina händer och beklagade och bad oss komma tillbaka senare. Jenny hade redan satt sig bredvid Robertson. Då kom han fram till bordet och beklagade sig inför Robertson och Lena för att vissa människor inte har vett och etikett. Robertson förklarade att vi tillhörde sällskapet och att han kunde ta våra beställningar samtidigt. Jag suckade och valde vad som såg mest prisvärt ut. Jenny bestämde sig för sin standard, pasta Bolognese. Poliserna hade inte fått sina portioner så de kunde inte ha väntat länge. Jag inledde med att vi hade två redogörelser, gårdagens möte på ölsjappet och dagens incident på Allocks firma.

Innan jag hann börja halade Lena fram sin mobil och gjorde sig beredd att anteckna på den. Det slog mig att Jenny kunde ha små giftigheter på tungan angående amasonens eventuella samröre med Jens. Våra drycker anlände. Jag hade beställt vatten och Jenny rödvin. Det hade inte sett bra ut om jag druckit ett antal glas rödvin och därefter gått ut och satt mig i min bil medan polisen tittade på.

Redogörelsen för händelserna på ölsjappet följdes under koncentrerad tystnad från ordningsmakten. Det var Jenny som pratade. Jag satt mest och nickade. Det förvånade mig att hon inte spelade upp samtalet mellan Sara och Dennis och jag tyckte att hon utelämnade vissa detaljer, men gissade att hon hade en strategi. Hon nämnde inte ens att det fanns en inspelning. Sara nämndes inte överhuvudtaget men vissa detaljer som Sara nämnt var med. Bland annat ljög hon att Dennis berättat om Brian och hans försvinnande. Det var Sara som sagt det. Huvudtemat var annars Jens och mitt samtal med sergeanten. Medan vi pratade kom maten in och vi började genast tugga. Lena delade sin pizza i tårtbitar som hon höll i ena handen medan hon antecknade med den andra. När vi hade slutat rapportera lastade Robertson sin gaffel med räkor och satte sin fundersamma blick på mig.

"Så den tredje mannen kan vara den här Brian. Om det är resterna av honom vi har på bårhuset kan det kanske gå att identifiera med hjälp av tandkort."

Jenny spärrade upp sina ögon.

"Är det allt som finns kvar?"

"Som sergeanten sade så var det skickligt utfört. Ett proffsjobb. Inte så konstigt om det var ett proffs som gjorde det."

Lena tittade upp från sin mobil.

"Då vet vi alltså att det handlar om en komplott som gick snett. Saras bror verkar vara huvudperson."

Jag tänkte nämna att Brian kunde vara hjärnan bakom men av någon anledning gjorde jag det inte. Kanske för att Jenny gjort mig konfunderad. Dennis kunde omöjligt ha planerat en så komplicerad intrig.

Jenny tog en klunk vin.

"Då är frågan vilket eller vilka motiv han hade."

Robertsons ögon smalnade medan han upprepade vad han sagt tidigare. Tre brott innebär tre motiv. Det första var stölden av tio miljoner. Polisanmäld eller inte är det ett motiv. Pengar är alltid ett motiv. Det andra brottet är bilbomben. Det motivet hade antytts på ölsjappet, försäkringspengar och önskan att bli av med Dan Allock. Det tredje brottet är inte heller svårt att hitta ett motiv till även om det var en stundens ingivelse. Allock ville göra sig av med en person som varit en nagel i ögat på honom under många år.

Lena gjorde en gest mot gatan och de närliggande husen.

"Vi kommer just från Sara. Hon verkade nervösare än vanligt men i ljuset av vad ni just berättat är det inte så konstigt. Hon berättade att Allock varit otrogen under hela deras äktenskap. Med olika kvinnor. Tydligen hade han en dragningskraft på vissa damer."

Robertson tittade misstänksamt på henne.

"Det hörde inte jag."

"Du var i badrummet. Vissa saker pratar inte kvinnor om när män är närvarande."

Jenny avbröt.

"Har."

"Förlåt."

"*Har* dragningskraft, inte hade. Han är fortfarande i livet."

Just det. Allock fanns fortfarande och han var ett akut hot. Jag berättade om mitt konstiga besök hos Nortum och hans meningsutbyte med lagbasen Svensson. Jag avslutade med en frågande blick på Robertson.

"Varför behöll ni honom så länge? Är han misstänkt?"

"Vi behöll honom bara för att han fick utbrottet vi har nämnt tidigare. Olaga hot. Han är i princip avfärdad."

Jenny höll inte med.

"Vad händer om han springer på Allock och de är beväpnade båda två?"

Lena ryckte på axlarna.

"Det får vi ta itu med när den situationen uppstår. Men jag tror att det är Allock vi skall vara rädda för. Nortum är bara duktig på att skrika."

Det blev tyst en stund igen. Jenny lät sina vackra mörka ögon vila på Lenas ansikte. Inte förstrött utan med en skärpa som antydde avsikter. En kort stund var jag rädd att det skulle komma en sarkasm om intima ögonblick. Det gjorde det men på Jennys raffinerade sätt.

"Han borde göra något åt sin säng. Den gnisslar så förbannat."

Blickarna som träffade hennes oskyldiga ansikte tycktes föreslå en session på hjärnskrynklarens soffa. Utom Lenas som drogs ihop som i väntan på något dramatiskt. Hennes kinder färgades lätt röda. Jenny fortsatte på sitt obekymrade sätt.

"Jag har sagt till honom men han lyssnar inte." Hon flyttade blicken oväntat till mitt ansikte. "Inte sant, Freddy. Din säng låter som en katt med svansen i kläm när man vänder sig."

Jag skickade min blick mot taket medan jag förklarade att när Jenny varit ute och festat och inte har lust att gå hem till sig så kommer hon hem till mig och lägger sig helt sonika i min säng. Ibland ligger jag och sover men då väcker hon mig och säger att hon är väldigt trött. Så jag får ta mitt täcke och stappla ut till soffan i deckarkontoret. Det skulle aldrig falla henne in att sova på soffan.

Alla förstod syftet med inpasset. Budskapet var 'tafsa inte på min kille' fast det inte var hennes kille mer än Lenas kille. Jenny kan bara veta att Jens säng gnisslar om hon har gymnastiserat i den. Min säng är alldeles ny och modern och gnisslar inte ett dugg. Lenas rodnad tydde på vetskap om gnissel i sängen. Gnissel i sängen som Jenny lättvindligt förvandlade till gnissel mellan de två snygga tjejerna. Jag önskade att Jens varit närvarande. Bara för att se honom trassla sig ur situationen. Men han skulle få en rapport av mig. När Jenny uppnått sitt mål bytte hon ämne lika lätt som hon viftar bort en fluga.

"Har ni pratat med Lönn? Han verkar vara en skarp kille."

Robertson ryckte på axlarna.

"Han är inte misstänkt och inte inblandad. Vad skulle vi prata med honom om?"

"Vad han vet om Allock? Vart han brukar åka, vilka hotell han brukar ta in på?"

"Vi har frågat Sara. Hon vet ingenting. Allock berättade aldrig något för någon. Hans uppdelning av mänskligheten var – och är – jag och idioterna. Varför skulle en anställd som varit där några veckor känna till mer än Allocks fru?"

"Vet man aldrig. Jag tänkte prata med honom men adressen var fel och han svarar inte på telefonnumret han gav mig."

Det blev tyst en stund. Jag funderade på varför en så liten firma som Allocks behövde en ekonom. Jag har också en liten firma men jag sköter det ekonomiska själv. Vid toppar som före jul ber jag Jenny hjälpa mig men det är bara för att arbetet hopar sig. Revisor anlitar jag för att hålla mig på rätt sida i skattesystemet. Samma person sedan jag startade min business. Hon går igenom bokföringen på några timmar. Jag ställde frågan som om jag pratade för mig själv men Lena hade varit inne på samma tankegångar och frågat Sara. Anledningen till ekonomens närvaro var Allocks dåliga sifferminne. Så dåligt att han inte kom ihåg sitt eget telefonnummer. Nortum var inte att räkna med i ekonomiska sammanhang heller. Han blev så förbannad om siffrorna inte stämde att samma gamla hålslag kom flygande. Lena avslutade med en slapp gest.

"Allock har en vana att skriva upp viktiga siffror på underarmens insida. Ibland är den fullklottrad."

Jag nickade eftertänksamt. Lönn kände förstås till Allocks vanor och svagheter när de var så uppenbara som den här. Robertson gav mig en av sina spydiga blickar.

"Vilket intresse har du i det här, Larsson?"

"Bara nyfikenhet. Jag blev involverad av Eckering. Hade han svarat på era frågor när ni knackade dörr hade jag inte varit här. Jag behöver en klient, någon som betalar. Och ett uppdrag."

"Om jag känner dig rätt kommer du att hitta en klient. Och ett uppdrag." Han kliade sig i nacken. "Jag förmodar att vi får kalla Nortum till förhör igen. Och dela ut öronproppar till alla närvarande."

Jenny fuktade läpparna med sitt rödvin.

"För att han beställde en flight till Köpenhamn?"

Kommissarien nickade och gav Lena en blick.

"Kolla med Landvetter när nästa plan går till Köpenhamn, försök få med en man. Ring Bronsberg, han älskar sådana uppdrag. Han är som ett häftplåster när han är på spaning. Om du inte får tag i honom, kontakta dansk polis och be dem hålla ett öga på Nortum."

"Och skaffa öronproppar? Vad skall de eller vi hålla ögonen på?"

"Det gäller bankkonton. Vi måste veta var pengarna finns. De kan leda oss till Allock. Nortum är på jakt efter Allock. Allock är på jakt efter Sara och sergeant Dennis. Om den här Brian inte var den som strök med i bilen så är han på jakt efter honom också."

Jenny ryckte på axlarna.

"Dårarnas vendetta?"

"En dåre som kan hitta på vad som helst. Jag har aldrig sett en människa tappa kontrollen som Nortum gjorde för en småsak." Han tystnade en stund och lät blicken vandra mellan våra ansikten. "Allock tappar aldrig kontrollen och han är ingen dåre."

Jag harklade mig. Min fantasibild var betydligt fredligare.

"Om Nortum bara åker för att hämta pengar från det andra kontot för att ha pengar till sina byggare är han tillbaka i morgon. Är det inte bättre att vänta och haffa honom på flygplatsen?"

Robertson gav mig en av sina trötta blickar.

"Det finns inget annat konto. Vi har kollat. Firmans hela kapital var pengarna som försvann. Han kommer inte tillbaka i morgon. Hans enda tanke är att få tag i Allock och försöka tvinga till sig pengarna. Skräckscenariot är att han lyckas. Därför måste vi hålla ett öga på honom. Och hoppas att han leder oss till Allock."

Jag kände mig dum. Och ännu dummare när Robertson kallade till sig kyparen för att betala och satte hela summan på polisens konto. Det hade inte förekommit i min fantasivärld att jag skulle få en måltid betald av polisen. När vi strosade ut mot bilen kändes det som om vårt engagemang i fallet hade avslutats i och med avlagd rapport på den lilla pizzerian. Jag har sällan haft så fel. Det var nu det skulle börja.

Ögongodis

Veckan hade arbetat sig fram till fredag och det var dags för traditionell drink hemma hos mig medan vi diskuterar var vi skall äta vår traditionella fredagsmiddag. Jenny lusläser GP:s uteätarspalt och vet allt om nya spännande restauranger. Jag hade missat lunch och kände att om några timmar skulle det gå att pressa ner en pocherad sjötunga eller en wienerschnitzel med mycket potatis. Jag kan äta hur mycket som helst utan att det syns på midjemåttet.

När jag stannade utanför porten till huset där jag bor fick jag nästa överraskning. Tack vare Jennys ständiga närvaro i mitt liv är jag van vid kvinnlig skönhet. Tjejen som stod och väntade utanför porten var snygg på ett annat sätt. Jenny bryr sig inte mycket om smink och att kamma sig så noga. Hennes hår och hy sköter sig själva på något sätt. Den här kvinnan såg så perfekt ut att mina tankar landade i Hollywood. Jag försöker vara diskret och inte stirra när jag ser sådana exemplar av det läckra könet men den här gången fungerade det inte. Gick inte att låta bli. Och jag fick ett intryck av att hon inte hade något emot det. Det skulle vara förbjudet att se så sexig ut.

För det var vad hon gjorde. T-shirten formade sig kring ett par bröst som var perfekta i storlek och form. Jeansen såg ut att vara målade på benen och accentuerade en lika perfekt stjärt och perfekta lår. Helhetsintrycket etsade sig fast på näthinnan och jag visste att jag skulle ligga vaken de närmaste nätterna. Byxorna slutade vid knäna. Vaderna såg ut att vara designade av Michelangelo. När jag tittat mig mätt på kroppen flyttade jag blicken till ansiktet. Ögonfärg brukar man inte se förrän man står alldeles intill personen. De här ögonen lyste så att man såg den ljusbruna färgen på femton meters håll. Nu stod jag för all del en halv meter ifrån henne men jag bedömde att jag skulle noterat ögonfärgen på femton meters avstånd. Hon stod alldeles stilla och lät mig glo som den trånsjuke idiot anblicken gjorde mig till. Håret var kolsvart och klippt i en stil som förde tankarna till Charlestonbrudar man ser på gamla filmer. Jag fick bita mig i tungan för att inte be henne snurra runt ett varv. Hennes leende verkade uppmuntra en sådan önskan. Om jag hade frågat är jag ganska säker på att hon hade gjort det. Hon avbröt mitt stirrande genom att nicka mot porten.

"Ursäkta mig, vet du om Freddy Larsson, privatdetektiven bor här?"

Nu började det snurra i mitt huvud på allvar. Inte nog med att hon var söt och sexig så att det gjorde ont att titta på henne – hon hade kommit för att träffa mig av alla människor. För att hon inte skulle tro att jag bluffade och ville ställa in mig trasslade jag fram ett kort ur plånboken.

"Jag är Freddy Larsson." Jag räckte henne kortet. "Freddys Agentur, det är min firma."

Hon tittade på kortet och gav mig ett leende som kändes ner i knäna.

"Jag heter Pernille Sko Allisen. Jag undrar om du kan avvara ett par minuter av din dyrbara tid."

Jag hörde att hon var dansk och undrade om jag hörde rätt. Sko låter som någonting som brukar klämma ihop mina fötter. Kanske sade hon Skog eller Skov. Hon pratade ungefär som Jens. Han har också lagt sig till med den göteborgska språkmelodin med en liten knorr i slutet på varje mening så att man låter gladare än man är. Eller hon hade alltid pratat så. Hon lade handen på min arm. Det var en varm dag och jag hade kortärmad skjorta. Beröringen skickade en elektrisk stöt genom hela kroppen. Jag insåg att jag måste jobba med min värdighet. Jag nickade mot porten. Hyresvärden hade just installerat ett lås med kod. Jag var så förvirrad att jag fick leta i minnet en lång stund innan jag kom ihåg numret.

Vi gick uppför den gamla trappan. Jag bor på första våningen. I min iver gick jag före henne. Hade gärna gått bakom och haft den läckra rumpan några centimeter framför ögonen. Jag nöp mig hårt i kinden för att skärpa mig. Jag som aldrig hade haft ihop det med en tjej fantiserade om en kvinna som bara kunde knäppa med fingrarna för att få vilken man som helst. Jag insåg att det var löjligt. När man drömmer om filmstjärnor är man medveten om att det är en dröm. När objektet i fantasierna går tätt bakom dig och är på väg till ditt hem blir det plötsligt substans. Men i stället för att känna mig smickrad och upphetsad blev jag paralyserad och skräckslagen. Den ständigt närvarande moralvakten knackade i bakhuvudet. *Stilla dig, Larsson, du spelar inte i den divisionen.* När jag öppnade dörren till lägenheten och släppte in henne hade känslostormen mojnat till den gamla vanliga stiltjen. Mitt livs historia i repris för hundrade gången.

Jag bjöd henne att sitta i soffan på deckarkontoret. Ett glas vin ville hon gärna ha och lite tilltugg. Jag brukar förbereda lite goda skaldjursmixar på fredagar när jag väntar besök. Idag var det Skagenvariant i crème fraiche och löjrom med goda kryddor och färsk dill. Jag pratade från hörnet där kylskåpet och flaskorna finns.

"Vad kan jag hjälpa dig med?"

"Det kan vi prata om medan vi dricker vin. Berätta om dig själv."

Blodet började pumpa igen. Den här otroliga tjejen ville höra om min obetydliga person. Och hon lät allvarlig. Jag levererade de fakta som fanns på mitt omständliga sätt. Precis som när jag informerat Sara avslutade jag med att berätta att jag är singel. Och precis som då ville jag bita av mig tungan. Mitt leende tangerade personliga rekordet i fånighet när jag ställde ett glas framför henne. Den här gången hade jag valt ett av de dyraste vinerna i min samling. Jag visade flaskan stolt och fick ett uppskattande leende i retur. En tredjedel av glaset skall man fylla har jag lärt mig och höll buteljen elegant i botten. När det var gjort slog jag mig ner.

"Nu är det din tur. Jag hör att du är från Danmark."

"Riktigt. Jag kommer från en liten by som heter Helsingör."

Liten by? Jag har ofta varit i Helsingör, inte bara som turande vinhandlare. Men jag vet att by i Danmark inte är detsamma som by i Sverige. Köpenhamn är också en by.

"Min assistent Jens är från Köpenhamn. Han har bott i Göteborg i tjugo år. Han är lärare. Hur kom det sig att du hamnade här?"

Hon berättade att hennes bror hade bott här i sju år och att han tycker bra om staden. Göteborgare är så lättsamma och man kommer direkt i kontakt med dem. Brodern har en liten rörelse och erbjöd henne ett jobb. Hon hade just blivit arbetslös. Och så träffade hon sin man här. Jag kände att den avslutande informationen ansträngde mitt leende.

"Är han svensk?"

"Ja, men han är inte min man längre. Vi skilde oss för fem månader sedan. Jag återtog mitt tidigare namn."

"Det var tråkigt att höra. Skilsmässan menar jag, inte att du bytte namn."

Jag såg på hennes min att hon inte tyckte att jag lät alldeles uppriktig. Hon log som Jenny brukar göra när jag pratar smörja.

"Inte tråkigt för mig. Han roade sig med andra kvinnor."

Jag slog mig ner mittemot henne och hejdade mig med glaset halvvägs till munnen.

"Skojar du? Andra kvinnor när han är gift med dig? Är det något fel på honom?"

Hon log lyckligt. När jag försöker tänka ut komplimanger brukar de bli krystade eller larviga men när de bara poppar ur munnen som den här blir det bättre. Hon till och med blinkade.

"Han är tävlingsdansare precis som jag. Finns gott om snygga typer i den branschen."

Min fantasibild av Charlestondansande tjejer från tjugotalet fick plötsligt substans.

"Det kunde jag gissat. Att du är dansare. Jag skulle gärna komma och titta på dig någon gång."

"Du är välkommen. Min nye partner och jag dansar bra tillsammans. Alltid höga poäng."

Mitt leende stramade i kinderna när den nye partnern nämndes.

"Är han din partner utanför dansgolvet också?"

Jag förstod att jag gjorde mig till åtlöje när hon släppte ut ett smittande skratt.

"Nej det är han inte." Hon sträckte sig över bordet och klappade min hand. "Du är skojig, Freddy. Jag tycker om skojiga drängar."

Jag skrattade också fast inte smittande. Det hade inte varit min avsikt att vara skojig men om hon tyckte om skojiga killar anslöt jag mig gärna till den kategorin. Jens käcka signal på dörrklockan avbröt. Hon ställde tillbaka sitt glas efter en klunk.

"Väntar du besök? I så fall kan jag komma tillbaka en annan gång."

Jag gjorde en avvärjande gest och förklarade att det var min assistent Jens. Samtidigt med honom eller en stund senare brukar min syster dyka upp. Pernille gav mig en uppfordrande blick som om hon ville skicka mig till dörren för att öppna. Jag berättade att det inte behövdes. Jens och Jenny traskar bara in.

Jens var ensam. Precis som när han träffat Lena Mansing var det stora charmen som kopplades på när hans blick dunsade emot min nya bekantskap. Verkligen dunsade för han ryckte till som om han fått en elektrisk stöt. När han hörde att den här skönheten var dansk vidtog en föreställning som förvandlade mig till passiv åskådare. Jag lyssnade till berättelser om trevliga restauranger och förskönande omdömen om respektive hemorter. Pernille tycktes ha tillbringat mer tid i Köpenhamn än i Helsingör. Åtminstone efter skoltiden. De märkte inte att jag gick och hämtade tilltugget och bytte till vitt vin. De var så upptagna och skrattade så högt och så ofta att de inte hörde Jenny anlända. Hon stannade på tröskeln till deckarkontoret och skakade på huvudet en lång stund. En oväntad paus i det glada danska samtalet uppstod. Pernille och Jens satt bredvid

varandra med ryggarna mot dörröppningen. Jag
såg både dem och Jenny. Inte minst såg jag hen-
nes ansikte stelna när Pernille lade handen på
Jens arm som hon gjort med mig en stund tidi-
gare. Men Jennys röst var lika ljus och glad som
vanligt.

"Om jag stör kan jag komma tillbaka en annan
gång."

Det var andra gången på en kort stund en vack-
er kvinna sagt så. Alla vände sig mot rösten. Jag
gjorde en gest mot Pernille och presenterade da-
merna för varandra. Båda tittade uppskattande på
den nya bekantskapen. Jenny hade delat sin lugg
och såg oemotståndlig ut när hon dessutom slö-
sade med sitt leende. Jag anade att anblickarna
innebar startskottet för samma gamla tävling.
Snyggast i stan, brukar jag kalla den. Jenny
skäms verkligen inte för sig men jag ser natur-
ligtvis på henne med andra ögon eftersom hon är
min syster. När andra ser en sexig snygging ser
jag en näbbig jänta som förpestade min uppväxt.
Samtidigt är jag stolt över henne. Men det skulle
jag aldrig säga så att hon hör det. Hennes själv-
känsla behöver inte mer näring. Hennes lite slar-
viga stil framhäver hennes charm och skönhet.
Perfekta tjejer som Pernille har en annan sorts
utstrålning.

Jag hade inte hunnit berätta för Jens om Jennys
lilla föreställning på pizzerian. Att göra det nu
vore ett slag under bältet. Men jag anade att
Jenny med illa dold glädje skulle utnyttja episo-

den för att förhindra en upprepning med den här läckra kvinnan. Medan jag dukade fram mat och dryck lyssnade jag på de små nyanserna i samtalet. Tillfället kom när Pernille frågade Jens om han var singel. Innan han hann svara höjde Jenny sitt glas och skålade för den nya bekantskapen. Efter att ha tittat Pernille i ögonen vände hon blicken mot Jens.

"Jag skulle hälsa från Lena. Är det något gnissel mellan dig och henne?"

Jag såg på Jens min att han fick hela sitt upplägg spolierat.

"Vad menar du? Vad är det som gnisslar?"

Jenny vände sig till mig med samma oskyldiga min.

"Freddy hörde det också. Hon tyckte att det var ett förfärligt gnisslande."

Jag kunde inte hålla mig. Det var inte snällt att skratta i det här läget men det gick inte att hålla tillbaka. Jag såg på Jens att han förstod vad det handlade om. För en gångs skull var det inte jag som var föremål för mängdens gyckel. Jag log så oskyldigt jag kunde.

"Jag hörde inget gnissel, bara Jennys beskrivning av ett gnissel."

Pernille såg tveksam ut till en början men insåg att detta var ett internt skämt och deltog med ett leende. Jag gjorde en ursäktande gest.

"Bry dig inte om dem. De älskar sina små lekar. Det går över om en stund."

Jenny hade nått sitt mål och övergick till att smaska i sig godsakerna jag ställt fram. Precis som på pizzerian släppte hon ämnet för att låta giftpilarna verka i lugn och ro. Hon nickade mot skålen med skaldjursblandningen.

"Väldigt god röra, Freddy." Hon vände sig till Pernille med sitt vackraste leende. "Freddy är bra på att röra ihop saker och ting. Inte sant, Jens."

Nu var det Jens som inte kunde hålla sig. Med Pernilles och Jennys hjälp ekade skrattet så att jag befarade att grannarna skulle ringa värden och säga att det pågick ett hejdlöst tjutande i min lägenhet. En av dem, en grinig man i medelåldern var fullt kapabel till det.

Så roligt var inte skämtet och jag förstod att det var återhållet skratt som måste ut. Det outtalade som sätter fart på fantasin. När det skrattats färdigt tömde Jens sitt glas och fyllde det ogenerat upp till kanten. Han gav Pernille en snabb blick.

"Är det en bra gissning att du sökte upp Freddy för att ta hans tjänster som detektiv i anspråk?"

Hon blinkade okynnigt.

"Det var min avsikt men jag har ändrat mig. Jag tror jag satsar på andra tjänster till att börja med. Ni är så trevliga drängar."

Jenny lade sig i.

"Låter spännande men tyvärr är Freddys motto plikten framför allt."

Jag hade tänkt säga att vad hon än önskade skulle vi göra vårt bästa för att vara till lags. Nu var det tillfället borta. Alla bytte uttryck till något som skulle föreställa allvar. Men okynnet fortsatte att lysa i Pernilles ögon. Jag harklade mig.

"Vi åtar oss det mesta men vi sysslar inte med spänning. Förlåt, jag menar spaning."

Hon samlade sig med ett djupt andetag.

"Det gäller min bror. Han har försvunnit. Det behöver inte betyda någonting, han är helt oberäknelig, men han brukar lämna ett meddelande inom två eller tre dagar. Nu har han varit borta en vecka."

Jag lyssnade artigt och förstod ingenting. Men det gjorde Jenny, det osagdas mästare. Nu var det hon som blinkade okynnigt åt mig.

"Kommer du ihåg att Robertson sade att du var duktig på att hitta uppdrag och klienter?"

Jag uppfattade frågan som retorisk och väntade på en fortsättning. Det kom ingen. En stunds tystnad avbröts av Pernille som började berätta sin historia. Medan vi lyssnade fick Jennys inpass substans. Pernille började med att fråga om vi hört talas om bomben som demolerat en bil i måndags. Vi anade vad som var på väg. Hon började med en djup suck.

"Det är en delikat historia. Min bror Brian är ogift men han tycker om kvinnligt sällskap."

Jag såg på Jens att han skärpte sina sinnen.

"Tänk att det finns sådana män."

Hon tog en klunk vin.

"Han har ett förhållande med frun till mannen som dog i explosionen. Hon heter Sara Allock."

Vi fick veta att förhållandet pågått sedan Brian anlänt till Göteborg. Han hade träffat Dan Allock i Köpenhamn, följt med honom till Göteborg där han presenterats för Sara och blivit kär direkt. Det var en av anledningarna till att han stannade kvar. Där slutade redogörelsen.

Jag tittade mig omkring. Vår rapport skulle inte pigga upp henne. Jens och Jenny tittade uppfordrande på mig. Jag hade hoppats slippa uppdraget. Men innan jag presenterade de obehagliga nyheterna ville jag höra hela hennes version.

"Har du träffat Allocks?"

"Vi umgicks regelbundet under några år. Det tog slut när Dan Allock började stöta på mig. Min ex var av den svartsjuka sorten. Men jag har fortfarande kontakt med Sara."

"Har du pratat med henne efter olyckan?"

"Jag ringde på torsdagen för att uttrycka mitt deltagande. Smällen inträffade på måndagen men jag väntade några dagar eftersom jag misstänkte att hon hade fullt upp med att svara på polisens frågor."

Jag log blekt. På torsdagen hade Sara varit på det klara med att hennes man var vid liv.

"Lät hon upprörd?"

Det var en dum fråga. Självklart var Sara upprörd över händelsen. Pernille förstod min fråga rätt. Hon förklarade att hon inte noterat någon överdriven känslosamhet i Saras stämma. Det hade förvånat henne en smula men hennes egen oro hade gällt Brian så hon hade inte fäst någon större vikt vid det. Sara hade inte hört från Brian. Detta visste vi genom konversationen på ölsjappet. Ny tystnad med nya uppfordrande blickar från Jenny och Jens. Pernille hängde omedvetet på genom att undra om Sara blivit inblandad i något hon tappat kontrollen över. Det var precis den frågan jag behövde för att komma igång. Mitt leende stramade i kinderna.

"Det är ingen dålig gissning. Jag kan inte berätta hur det gått till men vi har kommit över information som inte är allmän kännedom." Jag gjorde en liten paus för att bygga upp drama. "Det var inte Dan Allock som dog i bilen."

Om anledningen varit en annan hade jag njutit av anblicken av hennes uppspärrade ögon. De tycktes bli dubbelt så stora och dubbelt så vackra. Jag gissade att den sårbara minen appellerade till mitt manliga ego. Farbror Freddy är något att luta sig emot när det blåser. Hon kippade efter andan.

"Vem var det då?"

Frågan avslutades abrupt som om det värsta tänkbara scenariot dansade genom hennes huvud.

"Det var väl inte…?"

Jens lade sin hand tröstande på hennes bara underarm.

"Vårt vittne såg mannen som planterade bomben. Han såg också Dan Allock en stund innan bomben small. Men han såg inte den som till slut satte sig i bilen. Bara att han kom i taxi. "

Han berättade hela historien med låg stämma, utelämnade inga detaljer och avslutade med en ursäktande axelryckning. Hennes ögon växlade uttryck till glödande ilska.

"Det slemmiga krypet! Precis så skulle Dan agera i en sådan situation. Han visste att Brian och Sara hade ett förhållande. Det passade honom bra; han hade själv hur många affärer som helst och han hade inte legat med henne på åratal."

Jag tyckte att jag hörde hur det pumpade i hennes tinningar men närmare analys gav vid handen att det var mitt hjärta som bankade. Hon samlade sig med ett blekt leende.

"Kan det ändå ha varit Dan Allock som satte sig i bilen."

Nu var det min tur att berätta historien om bankchecken. Hon nickade bedrövat. I hennes fantasi kunde det fortfarande vara Brian som strukit med. Jag tittade undersökande på henne.

"Känner du en person vid namn Dennis Grichter, före detta sergeant med massor av kunskap om explosiva ämnen?"

Hon nickade men hennes min sade avsmak.

"Han är Saras bror. Ett fyllo. Han fick sparken från armen för åratal sedan. Tror ni att det var han som planterade bomben?"

Jenny ställde tillbaka vinglaset efter en klunk.

"Vi vet att det var han. Vi vet också att han vet att något gick fel och att Dan Allock är vid liv. Inte fel med bomben, den fungerade som den skulle, men allt annat tycks ha gått åt pipan. Sergeanten är dödsförskräckt."

Pernille drog efter andan igen.

"Har han anledning att vara. Dan är ett monster. Vet Sara?"

Vi nickade alla tre. Jenny tog vid och berättade om mötet på ölsjappet. Hon är mycket bättre på att levandegöra skeenden än Jens och jag. Helt annan mimik. Pernille nickade eftertänksamt när hon slutat.

"Innebär det att Sara och Dennis planerade och utförde det hela tillsammans?"

Jenny ryckte på axlarna.

"Det är en av teorierna. Men vi känner dem för lite för att dra slutsatser."

Jag förstod att Jenny var ute efter att få mer information om just de personernas karaktärsdrag. Hon hade som väntat tagit över fallet. Pernille hade svaren.

"Det måste finnas någon annan. Någon med en hjärna."

Jag såg på henne att det i samma ögonblick slog henne att hjärnan kunde vara hennes bror. Hon kämpade för att hålla tillbaka tårarna. Jag insåg också att min roll som budbärare var över. Jens sneda leende meddelade att han också förstått. Från och med nu var vi inblandade upp över öronen. Robertsons sarkasm om att Freddy alltid hittar en klient hade också besannats. Jens lät som om han tänkte högt snarare än ställde en fråga.

"Tror du att Brian har sitt finger med i detta? I så fall kan det ha varit han som satte sig i bilen."

Jag undrade vem han vände sig till med sin fundering och eftersom ingen svarade kände jag mig manad. Utan att ha tänkt ut något bra svar. Jag började som vanligt med en harkling och hoppades jag skulle komma på något under tiden. Mina harklingar kan bli ganska utdragna. Jenny tycker att allt jag gör tar lång tid. Så hon tog över, men inte förrän harklingen satte sig i halsen och övergick till hostattack med kräkinslag. Jag tog upp min näsduk och tryckte mot munnen medan ögonen tårades. Hon tittade länge och beklagande på mig innan hon flyttade blicken till Pernille.

"Det stämmer inte. Om Brian var en av konspiratörerna skulle han blivit misstänksam om Allock bett honom flytta bilen just den dagen."

Fundersam tystnad sänkte sig över rummet. Jens avbröt med en blick ut genom fönstret.

"Om han inte var inblandad kan det ha varit han som strök med."

Pest eller kolera. Pest – Brian utmålades som en av tre presumtiva mördare. Kolera – det var han som fanns som förkolnade rester på bårhuset. Jag såg på Pernille att hon föredrog det första alternativet. En tår rullade ur hennes öga. Hon strök bort den med en halvt irriterad, halvt sorgsen gest.

"En sådan sörja."

Jag tyckte mig se kaoset i hennes inre. Trösta är inte min bästa gren; jag är alldeles för krass, men jag gjorde ett försök.

"Det är bara spekulationer. Brian kanske inte alls har med saken att göra. Han kanske dyker upp i morgon. Återvänder från en sexresa till Bangkok."

Jag såg på Jennys min att sexresa till Bangkok inte var något bra förslag. Låter nog gubbsjukt i hennes öron. Pernille sken upp fast det innebar en annan svartmålning av broderns karaktär.

"Det är precis sådana saker han kan hitta på. Pysa iväg utan ett ord och komma tillbaka lika oväntat med ett sorglöst smil."

Jag gav Jenny en spydig sidoblick. Hennes blick i retur sade *blinda hönor hittar också korn*. Jag tänkte att Brian kanske behövde en lektion i ämnen som hänsyn och omtanke. Det var tyst en stund igen. Jenny samlade sig med ett djupt andetag.

"Det finns en möjlighet till. Brian var hjärnan bakom komplotten men han vet inte att den misslyckades. Däremot vet han att han räknas till de misstänkta och har gått under jorden."

Pernille tittade förvånad på henne.

"Varför skulle han räknas till de misstänkta?"

Jenny insåg att hennes budskap inte skulle pigga upp den nya väninnan. Leendet var ansträngt.

"Polisen vet att Sara och Brian har ett förhållande. Han är redan med på listan. De vet vem Allock ringde på sin mobil vid tidpunkten för bomben."

"Vem var det?"

"Ville de inte säga."

Jag fruktade en sekund att hon skulle berätta att det var vi som genom tjuvlyssnandet på ölsjappet hade bidragit med informationen. Men det gjorde hon inte. Jag hade inte hört polisen säga vem Allock hade ringt. Pernille suckade djupt igen.

"Undrar var Allock är nu?"

Tack vare mitt tjuvlyssnande när Nortum beställt sin flygresa hade vi en teori om den saken. Jag redogjorde för våra tankegångar. Pernille såg bister ut när jag slutat.

"Är han där nu?"

Vi förstod att hon menade Nortum. Men också att Nortum var på jakt efter Allock. Den hetlevrade visste var den iskalle brukade bo. Plötsligt slog det mig att detta var vår chans att bedriva lite spaning. Något som jag alldeles nyss sagt att vi inte sysslar med. Jens läste mina tankar.

"Har du full tank, boss?"

Det var inte så jag hade menat. Jag tycker inte om när det går fort. Jag behöver två dagar för att planera minsta förflyttning. Nu såg jag Jenny hasta in i mitt sovrum och hämta den väska hon förvarar där. Tog en halv minut innan den dunsade ner på golvet vid mina fötter. Övernattningsväskan kallar hon den. En liten käck kabinväska. Innehåller toalettartiklar, underkläder och ett ombyte kläder. Används när hon har sovit över hos mig. Jag försökte invända att vi inte skulle hinna fram till Köpenhamn innan Nortum var borta. Jag erinrade mig namnet på hotellet men tvekade att säga det. Kan inte vara sant att ett hotell heter the Queer. I så fall bara om det är reserverat för ett visst klientel. Jens gick in till mitt sovrum och min garderob för att packa en

116

väska till mig. Allt han själv behöver finns i föräldrarnas lägenhet. Jag tittade ursäktande på Pernille när jag uttalade namnet på hotellet. Hon sträckte upp sig och stirrade på mig. Jens stack in huvudet från sovrummet.

"The Square. Skitbra ställe. Mitt i stan. Då åker vi direkt dit. Vi behöver nog stanna några dagar."

Han gav Pernille en frågande blick men hon skakade på huvudet och sade att hon inte kunde vara borta så länge om inte Brian var på plats i Göteborg. Någon måste sköta firman. Jag hade egentligen kunnat använda samma ursäkt. Jag såg framför mig en hotellräkning för tre enkelrum. Och då visste jag inte att the Square inte bara var skitbra. Det var även skitdyrt. Jens räddade mig. Hans föräldrar var i New York så vi kunde bo deras rymliga femrummare. Han visste inte när de kom hem. Hans syster var troligen där. Hon brukade flytta in hos föräldrarna när de var bortresta. Annars bodde hon i egen lägenhet. Jag hade just tänkt säga att Jenny inte behövde följa med – för att spara kostnaden för ett rum – men det behövdes alltså inte. Å andra sidan hade hon bara skrattat åt ett sådant förslag. Jenny måste vara med när det händer någonting. Jag kastade fram en teori att Allock kanske inte bodde på det hotellet och att resan bara skulle mynna ut i att vi fick syn på Nortum i lobbyn. Svaret kom unisont och handlade om att jag var en tråkmåns och fegis. Jens slog ut med en hand.

"Lyssna noga, chefen. Nortum är ute efter pengarna, han känner till Allocks vanor, han vet vilken bank han skall besöka."

Jag gjorde en likadan gest.

"Jag har sett båda männen. Om det kommer till handgemäng har Nortum inte chans."

"Nu sade du nästan något vettigt. Inte handgemäng men Nortum har bestämt sig för att skipa sin egen rättvisa. Med en pistol, inte knytnävarna."

Jenny slog upp vin i sitt glas och höll upp det som för att studera färgen på vätskan.

"Om jag har förstått saken rätt så är Nortums motto 'handla först, tänk sedan'. Allocks sätt att gripa sig an saker och ting verkar vara tvärtom. Planera noga."

Vi tittade en lång stund när hon hade tystnat. Hennes vana att låta som om hon tänkte fortsätta gjorde att vi satt tysta och väntade. Jag suckade.

"Och Jennys motto är 'handla mycket om någon annan betalar'."

Hon satte ögonen på mig.

"Och Freddys motto känner vi till 'handla inte alls, det kanske gör ont'. Så här tror jag Allock har tänkt sig fortsättningen. Han känner sin hetsige kompanjon väl och räknar med att ha honom i hasorna ganska snart. Jag tror att det är Allock som tänker skipa sin egen rättvisa. Han behöver bara vänta."

"Du tror att en efterlyst mördare tar in under eget namn?"

"Han är inte efterlyst. Han är mördarens till-tänkta offer. Och det går att lista ut vilket alias han använder om man känner honom väl."

Jens ögon smalnade. Hur tokiga Jennys idéer än är så väcker de hans eftertanke. Men jag hade invändningar. Om iskalle Allock väntade på sin kompanjon och tänkte skipa sin egen rättvisa var det väl dumt att ta in på ett hotell där Nortum lätt kunde hitta honom. Bättre att ta in på ett annat hotell men söka upp brushuvudet på the Square. Jag framkastade teorin och fick till min förvåning inga spydigheter till svar. Så jag sade emot mig själv. Om man är det tilltänkta bytet är det en-klare att vänta på jägaren än att jaga själv. Bättre låta någon annan göra misstagen. En annan över-raskning var att Pernille inte visade tecken på att bryta upp. Hon log lite skyggt när jag grabbade tag i min väska.

"Gör det något om jag stannar här i natt? Det känns så tryggt här."

Jag nickade fortfarande förvånad.

"Självklart. Du kan låna en pyjamas i skåpet i badrummet. Fast det är nog inte din storlek."

"Jag sover alltid naken."

Jag visste att den lilla passusen skulle hålla mig vaken hela natten. I min säng ligger en sanslöst sexig tjej spritt naken och jag är inte där. Jens verkade inte heller oberörd. Men det var Jenny som fnittrade till av ingen synbar anledning.

"Innebär det att du engagerar Freddy som de-tektiv?"

Hon tittade blygt på mig och log osäkert. Min tolkning av minen blev *'jag skulle gärna vilja men det kanske är för dyrt'*. Jag förekom frågan. "Vi skall göra allt vi kan för att hjälpa dig att hitta din bror. Det ekonomiska kan vi diskutera senare."

När vi strosade nerför trapporna hörde jag Jenny säga till Jens att det går ju att betala på olika sätt. Jag försökte stänga ute fnissandet men det gick inte så bra. Jens ville köra hela vägen så att vi slapp byta förare när vi kom till Köpenhamn. Jenny och jag satte oss på soffan längst bak i bussen. En halvtimma senare rullade vi på motorvägen mot Malmö. Tre timmar senare rullade vi in i Köpenhamn. Jenny hade sovit nästan hela vägen med huvudet mot min axel.

Rädd om livet eller rädd för livet

Det tog inte många minuter att installera oss i lägenheten. Ingen var hemma. Lite käbbel om vilka som skulle dela rum slutade med att jag bestämde mig för att sova på den jättelika soffan i vardagsrummet. Min kommentar att jag var van att sova på soffor var menat som en pik men uppfattades som att de hade tillmötesgått en önskan från min sida. Jenny parkerade sin väska i gästrummet medan Jens valde sitt gamla pojkrum. Jag gick runt och räknade en stund och kom fram till att det var en sexrumslägenhet, inte fem som jag trott. Det fanns ett bibliotek som jag inte lagt märke till vid tidigare besök. Takhöjden var ungefär som i min lägenhet, tre och en halv meter.

Vi tog en taxi till hotellet. Chauffören tog oss för gäster på det fashionabla stället och väntade antagligen frikostigt med dricks. Men vi hade inga danska pengar så han fick knappa in summan utan dricks på sin lilla dator. En man som stod utanför hotellet slog följe med oss in som om han vore angelägen att räknas till vårt sällskap. Det var något bekant över honom men det berodde nog på att han såg ganska vanlig ut. Lång och kraftig med tjockt brunt hår. När han såg att jag tittade på honom vände han bort ansiktet som om han fått syn på något intressant i andra ändan av den stora lobbyn. Det var något med hans utseende som både stämde och inte stämde men jag kunde inte sätta fingret på det just nu.

Till vår förvåning var lobbyn full av poliser. En av dem stod i dörröppningen som en biljettkontrollant. Vi granskades noggrant och blev inte insläppta förrän vi visat ID handlingar. Mannen som slagit följe med oss höll upp en rumsnyckel. Polisen som granskade korten talade mot sin axel i en liten mikrofon och fick svar i en öronsnäcka. Vi traskade fram till disken. Portieren var upptagen av ett samtal med vad jag trodde var en civilklädd polis. Båda kastade misstänksamma blickar på mig när jag förklarade att jag sökte en person vid namn Dan Allock. Portieren ögnade igenom liggaren och skakade på huvudet. Jens hade slutit upp vid min sida. Jag beskrev Allock som jag gjort tidigare – en vikingahövding – men fick bara en ny huvudskakning i retur. Mannen som slagit följe med oss in hade ställt sig snett bakom mig. Jag anade att portieren trodde att han hörde till vårt sällskap. Men det var inte logiskt. Han hade en rumsnyckel och borde vara känd av mannen bakom disken. Jens stod på min andra sida och bakom honom slöt ytterligare en person upp. Portieren såg villrådig ut.

"Om herr Allock registrerar sig senare, skall jag lämna ett meddelande?"

Jag nickade tafatt och rabblade upp mitt namn och min adress inklusive telefonnummer. Mannen med det tjocka bruna håret vände sig plötsligt om och gick snabbt mot utgången. Märkligt beteende hann jag tänka. Jag trodde han slagit följe med oss för att kunna smyga förbi polisen men tydligen hade syftet varit ett annat. Och varför hade han inte lämnat rumsnyckeln som han använt som ett slags passerkort?

Jenny hade slagit sig ner i en soffa och pillade som vanligt med sin mobil. Jag skulle just fråga portieren varför det var så många poliser i lobbyn när mannen som ställt sig bredvid Jens sträckte fram något som han ville att jag skulle se. En polisbricka. Han nickade mot hörnet där Jenny slagit sig ner.

"Vill ni följa med dit bort. Jag har några frågor."

Jag gav honom en häpen blick innan jag strosade iväg åt det hållet. Han nickade åt Jens som slog ut med handen. Vi såg nog ut som fågelholkar när vi slog oss ner bredvid Jenny. Hon skulle också vara med förstod vi när han gav henne en kort nick. Jag fattade inte vad han ville oss men jag ville gärna veta vad som pågick. Hans öppningsreplik gjorde mig ännu mer häpen.

"Vi har väntat på er. Kommissarie Robertson berättade att ni är duktiga på att lägga näsan i blöt."

Så där ja. Duktiga på att lägga näsan i blöt. Jag hoppades att det betydde något annat på danska men hans min sade att det gjorde det inte. Jens övergick till ren danska.

"Vad är det som pågår här?"

Polismannen tittade misstänksamt på honom.

"Lyssnar ni inte på radio?"

Vi ryckte på axlarna. Han berättade att det just skett ett mord i ett av rummen och att den döde kom från samma by som vi. Jag kände hur mina ögon spärrades upp.

"Bruno Nortum?"

Han nickade bistert. Tydligen hade han fått hela historien serverad av Göteborgspolisen och trodde vi hört om mordet på radio. Jens berättade att vi var i Köpenhamn för att försöka förhindra det som just skett. När kommissarien frågade hur det skulle gå till – om vi hade tänkt avväpna mördaren och frihetsberöva honom i väntan på polisen – log vi ansträngt. Utom Jenny som log sitt charmiga leende. Polismannen noterade att rummet plötsligt blev ljusare och precis som alla män mjuknade han direkt. Jag tänkte att om man skall avväpna Jenny får man börja med leendet. Kommissarien log tillbaka.

"Förlåt, jag glömde presentera mig. Hekke Tomsen, mordroteln."

Jag presenterade oss fast jag hade en känsla av att det inte behövdes. Robertson hade nog lämnat beskrivningar tillsammans med våra namn. Jag undrade hur han hade beskrivit Jenny, favoriten.

"Då vet ni att Allock och Nortum inte bara är partners, de är dödsfiender sedan Allock stack med alla pengarna. Robertson har spaning på Allock."

"Vi vet. Men nu är det vårt problem eftersom mordet skett här." Han gjorde en paus. "Ni är alltså övertygade om att Allock ligger bakom?"

Jens ryckte på axlarna.

"Han är den ende med ett motiv, eller hur?"

Tomsen lät blicken vandra mellan våra ansikten innan den stannade på mitt.

"Sarah Allock, Dennis Grichter, Brian Allison."

"Vad är det med dem?"

"Alla har motiv. De har redan försökt röja Allock ur vägen med en bilbomb."

Jag tänkte påpeka att de bara var misstänkta men ångrade mig. Tomsen var kanske lika kitslig som Robertson när man andades någonting om att det fanns sprickor i deras utredningar och teorier.

"Hur gick mordet till och när hände det?"

Han berättade att det hänt vid niotiden kvällen innan och att Nortum blivit skjuten i bröstet. En kudde hade använts som ljuddämpare. Jens drog ihop ögonbrynen.

"I Allocks rum?"

Tomsen skakade på huvudet och förklarade att det skett i Nortums rum. Ungefär en kvart efter att han checkat in. Allock hade troligen väntat i lobbyn och följt efter på avstånd eller lyssnat när han checkade in och hört rumsnumret. Men han bodde inte på samma hotell. Jag funderade en stund på mannen som följt oss in i lobbyn och använt en hotellnyckel som inträdesbiljett. Det kunde naturligtvis vara nyckeln till ett rum på ett annat hotell. Ingen hade undersökt den och han hade inte lämnat ifrån sig den vid disken. Ganska smart om man inte vill visa sina ID-handlingar.

Jens invände att Allock borde stått inom hörhåll vid Nortums incheckning och att Nortum borde reagerat. Tomsen ryckte på axlarna och sade någonting om förklädnader. Jag tyckte det lät långsökt och tänkte att Allock var den sorten man kände igen hur han än klädde ut sig. Inte minst hans stöddiga attityd var omöjlig att dölja. Jag funderade en stund på min oemotsagda hypotes att det var bättre att ta in på ett annat hotell och vänta i lobbyn. Den hade bekräftats. Oemotsagd av Jens och Jenny. Min egen protest att det var bekvämare att vänta på samma hotell var jag glad att jag hade hållit för mig själv. Men det skulle bli rörigare. Mycket rörigare.

Tomsen ställde några rutinfrågor och avslutade förhöret med uppmaningen att vi skulle hålla oss utanför det här. Om Allock var den skyldige var han en farlig man och fick han för sig att vi var honom på spåren måste vi vara försiktiga. Här tystnade han och gjorde en otäck gest med handen framför strupen. Vi tackade för varningen och reste oss.

När vi var ute på gatan igen och tittade oss om efter en taxi pep min mobil. Jag kände inte igen numret på displayen och svarade tveksamt. Jag råkade titta på Jenny när jag hörde vem det var. Tydligen såg jag lika lycklig ut som jag kände mig. Hennes min och vaggande huvud sade 'gör dig inte till ett större åtlöje än du är'. Det var Pernille som ringde och meddelade med kvittrande stämma att Brian hade hört av sig. Till Sara, inte till henne. Han befann sig på ett hotell i Köpenhamn. När jag upprepade namnet på hotellet med frågande stämma pekade Jens med tummen över sin axel. Tydligen låg det strax intill. Pernille berättade att Sara genast bokat flyg, att hon haft tur och var på Landvetter nu. Planet var kanske redan i luften. Innan hon ringde av berättade hon att Brian hört av sig via hotellets e-postkonto, inte per telefon. Han var nog rädd att polisen hade koll på hans egen e-post och hans mobil. Min rapport om Nortum och mordet avbröts av ett pip i telefonen. Samtalet var avslutat.

Vi ändrade oss angående taxi och beslöt att äta en god middag på hotellet och gick in igen. Polisen i lobbyn kände igen oss. Vi förklarade varför vi återvänt. Inte för att han frågade utan för att vi kände oss iakttagna och skuldmedvetna. Till vår förvåning fanns det ingen restaurang på det eleganta stället. Receptionisten upplyste oss om att det var promenadavstånd till ett otal fina matställen. När hon började räkna upp gjorde Jens en gest och talade om att han var född och uppvuxen sjuhundra meter från den här platsen.

Jag visste sedan tidigare att Jens förändrades när han befann sig i sin hemstad. Som om han var ambassadör och måste visa upp de bästa sidorna av den kungliga staden. Fast just nu bara de bästa sidorna av sig själv. Han var på så gott humör att han erbjöd sig att betala drinkarna före maten. Inte för att han är snål i andra sammanhang men det har blivit så självklart att jag står för alla notor i Göteborg att saken inte ens diskuteras. Jennys påverkan förstås. Hon inbillar sig att jag kan dra av allting på firmans konto. Skatteverket har en annan uppfattning.

Jag drog en kortversion av telefonsamtalet. Ja, det hade varit kort så det fanns ingen annan version men Jennys föreställning att allt jag gör blir långrandigt sitter djupt rotad. Vi traskade iväg till rådhusplatsen och satte oss vid en mysig uteservering med riktiga fåtöljer i svart konstmaterial. Klockan var sex och det var fullt med folk. Vi hade tur att ett sällskap just reste sig och lämnade fyra platser till oss. En servitris befann sig vid bordet för att duka av och vi passade på att beställa. Jag beställde en likadan öl som Jens. Tillsammans med min eviga whisky. Jenny som aldrig betalar själv tittade på drinklistan och beställde något dyrt och konstigt. Vi tittade oss omkring och log. Precis så här skall det vara i Danmark, en lagom ljummen kväll och lagom mycket sorl. Rådhusplatsen erbjuder mycket för ögat och vi betraktade folk som strosade förbi. Och de betraktade oss. Inte blygt och skuldmedvetet som man gör i Sverige när man möter främmande blickar utan vänligt och nyfiket. Flickan återvände snabbt med våra öl och min whisky. Jens svepte i sig en tredjedel av vätskan i sitt glas innan han satte blicken frågande på mig.

"Varför hörde han av sig till Sara och inte till Pernille?"

Frågan hängde i luften en lång stund. Jag hade inte funderat på den saken. Huvudsaken var väl att han hört av sig. Inte till vem. Jag smakade också på ölet.

"Varför inte? Han förstod att de skulle prata med varandra."

Jennys drink skulle ta en stund att blanda så hon tog en klunk ur mitt whiskyglas.

"Det intressanta är att han troligen finns på hotellet just nu."

Jens tittade koncentrerat på henne som om orden inte ville sjunka in.

"Det är ju rent förbannat att vi inte vet hur han ser ut."

Vi funderade på detta beklagliga faktum. Jenny föreslog att han kunde vara lik Pernille. Jag undrade hur en man kunde vara lik en så sexig kvinna som Pernille. Att vara syskon betyder ingenting. När jag sade det tittade jag på Jenny. Leendet som växte i hennes ansikte berättade det uppenbara. Syster och bror kan vara olika som puma och bäver. Jag suckade. Jens leende berättade att hans tankar var inne på samma spår. Men han återgick till det aktuella ämnet.

"Om du har levt i ensamhet en tid, vem vill du träffa först då? Din syster eller din älskarinna?"

Jag log och ryckte på axlarna. Jag har aldrig haft någon älskarinna men det är ingen som tror. Anekdoterna Jens och Jenny älskar att berätta på puben handlar alltid om mina misslyckade försök att få till det med tjejerna. Därför tror de att jag lyckas emellanåt. Jenny träffar jag naturligtvis gärna för sällskaps skull. Men det var inte det han menat. Frågan krävde inget svar och jag spann vidare på temat. Det allvarliga temat.

"Han kunde ha hört av sig till båda."

Jenny fick sin drink. En äckligt grön vätska med vitt skum, sugrör och ett litet paraply. Jens skakade på huvudet när han tittade på den men kommenterade inte. Jenny noterade gesten och fnittrade till. Men hennes kommentar handlade inte om drinken.

"En del har väldigt bråttom när det tränger på."

Leendet antydde debatt om könsrelaterade ämnen. Jag skyndade mig att återknyta till det akuta problemet.

"Det tar en dryg halvtimme från Landvetter till Kastrup. Kanske en halvtimme med taxi från Kastrup till hotellet."

Jens nickade instämmande.

"Hon kan vara här när som helst. Vi dricker upp och sedan traskar vi över till hotellet. Sätter oss i lobbyn och väntar."

Jenny smakade på sin drink.

"På vad? En kärleksakt? Och vilket hotell?"

Jag förklarade att Pernille nämnt hotellets namn. Ett vanligt namn förklarade jag. Scandic

Palace fanns nog i de flesta större städer i Europa. Jens såg ut som om han tänkte börja skratta men nöjde sig med att skaka axlarna innan han ändrade till allvarlig min och förklarade att han hade onda aningar som han inte kunde förklara. Han ville gärna vara på plats när Sara och Brian träffades. Fast utom synhåll. Jenny gjorde en gest åt mitt håll.

"Ring Pernille och fråga hur Brian ser ut."

Varför hade jag inte tänkt på det? Numret fanns i mobilen. Bara att returnera samtalet. Två signaler gick fram. Bilden av en naken Pernille på min säng fladdrade till när jag hörde hennes röst. Hon lät glad och levererade en beskrivning som jag noterade med rynkade ögonbryn. Den stämde exakt in på mannen som följt med oss in i lobbyn på Hotell Square. Lång och kraftig med tjockt brunt hår. Den här gången hann jag berätta om mordet på Nortum. Jag tryckte bort samtalet och upprepade Pernilles information. Jens tittade fundersamt på mig.

"På tal om beskrivningar, exakt hur ser Allock ut? Inga vikingahövdingar om jag får be."

Jag letade i minnet en stund. Det enda jag kom på var skallig och insjunkna kinder. Inte mycket att komma med förstod jag när jag såg deras minspel. Vi satt en bit ifrån ingången till vad jag trodde var en restaurang. Jens och Jenny satt med ryggen mot entrén men jag kunde registrera alla som gick in och ut. En stunds tystnad uppstod och jag såg att Jenny koncentrerade sig på något som pågick bakom min rygg. Hennes pupiller tycktes växa. Plötsligt ryckte hon till sig drinklistan som låg på bordet och höll den framför ansiktet. Jag stelnade också till. Den kraftige mannen med det tjocka bruna håret passerade mig väldigt nära och gick in genom de öppna dörrarna, inte som en strosande turist utan med bestämda steg. Jag försökte göra mina vänner uppmärksamma på iakttagelsen men då var han redan inne och utom synhåll. Det började kännas som skarpt läge.

"Undrar om det är långt till det här hotellet Pernille nämnde? Vi kanske borde vara på plats när Sara dyker upp."

Jenny var fortfarande koncentrerad på det som pågick bakom min rygg. Hennes ögon hade smalnat till springor. Hon hörde inte att jag pratade med henne. Men det gjorde Jens. Hans leende ackompanjerades av en gest mot byggnaden vi satt intill.

"Insjunkna kinder går att fixa med sådana där kindpåsar som clowner och skådespelare använder. Du som är så skarpögd, boss, såg du om det fanns något namn på det här stället?"

Jag hade inte sett det men servitrisen gick just förbi och jag vinkade till mig henne. Hon tittade förvånad på mina två glas som jag knappt hade rört. Jag förklarade att jag inte ville ha något mer att dricka och frågade efter namnet på stället vi satt vid. Svaret fick Jens att släppa ut sitt skratt. Och mig att le generat. Servitrisen log också fast muntrare än jag. Vi satt så att jag hade uppsikt över ingången till hotellet vi just pratat om men jag såg inte namnet på dörren. Om jag gjort det hade jag inte behövt fråga. Jag kastade en blick på Jenny. Det förvånade mig att det inte kom någon sarkasm om mig och min observationsförmåga. Hon hade fortfarande uppmärksamheten riktad åt samma håll. Plötsligt gömde hon ansiktet bakom menyn som hon gjort en stund tidigare. Ytterligare en man passerade så nära vårt bord. Så nära att hans hand strök emot min axel. Ingen jag känner, tänkte jag när jag följde hans vandring utefter byggnaden. Han kastade en blick in genom dörröppningen till hotellet innan han skyndade vidare i högre tempo. Nästan småsprang. Längre bort såg jag honom vinka till sig en taxi med hysteriska rörelser. Jenny lade tillbaka menyn på bordet och nickade över sin axel efter mannen.

"Vet ni vem det var?"

Våra huvudskakningar talade om att vi inte visste. Hon berättade med upphetsad stämma att det var Bernard Lönn. Knappt igenkännbar i stora mörka glasögon. Han hade också tjockt brunt hår. Jag ryckte på axlarna.

"Då väntar vi bara på Robertson och Lena så har hela ärendet flyttat till Köpenhamn."

Jenny behövde gå på damernas och försvann in i hotellet. En taxi stannade en bit bort och en kvinna steg ur. Hon hade bara en liten kabinväska. När hon gick med raska steg mot oss såg jag att det var Sara Allock i högklackat och raffiga kläder. Jag erinrade mig att jag tyckt att hon inte passade som sällskap åt machograbben Dan Allock. Nu verkade hon kvalificerad för en Bondfilm.

Av någon instinktiv anledning ville jag inte att hon skulle se mig så jag följde Jennys exempel och smet in i lobbyn. Jenny var inte i damrummet utan stod vid disken och pratade med receptionisten. Jag skyndade mig fram för att varna Jenny. Vi ursäktade oss och drog oss undan till en av många sittmöjligheter. Jenny flyttade sig närmare mig och sänkte rösten.

"Den kraftige med det tjocka håret är Brian. Han är på sitt rum."

Jag nickade mot receptionen.

"Hur fick du reda på det?"

"Jag sade att jag var Sara Allock och undrade om det fanns något meddelande till mig."

Jag stirrade häpen på henne. Hon fortsatte obekymrat.

"Det fanns det. Brian väntar på mig. Jag fick rumsnumret."

"Är du från vettet? Sara är på väg hit just nu. Jag såg henne kliva ur en taxi."

"Då måste jag smita. Kom så går vi."

Jag kastade en blick mot ingången. I samma ögonblick kom Sara in och tittade sig omkring. Hennes blick vandrade förbi mig utan tecken på igenkännande. Jenny hade ryckt till sig en tidning från bordet och gömt sig bakom. Det var tredje gången på en kort stund hon praktiserade den varianten. Jag sänkte också min röst.

"Skynda dig ut innan hon har pratat med receptionisten."

Jenny kan vara väldigt snabb, inte bara när hon fingrar efter min plånbok, och ålade sig förbi mig som en vessla. Några sekunder senare var hon utom synhåll. Jag kastade en blick mot receptionen och såg att receptionisten pekade åt mitt håll. Jag hade förutsett händelseförloppet och pillade fram min mobil för att se upptagen ut. Jag har också tjockt hår men färgen är mer åt det rödbruna hållet. Tankarna började fladdra när jag såg att hon gick åt mitt håll. Hon visste genom Pernille att jag var i Köpenhamn och hon kände till mitt ärende. Och trots allt var jag engagerad i fallet. Jag låtsades överraskad.

"Nej, men Sara. Vilken överraskning! Vad gör du här?"

När jag sagt det kom jag att tänka på att Pernille kanske berättat att hon tänkte ringa mig och anmäla Saras ankomst. Hennes reaktion tydde inte på att så var fallet. Hon slog sig ner bredvid mig och nickade mot dörren. Tydligen hade hon fått en glimt av Jenny.

"Vem var kvinnan som satt här?"

Jag uppfattade en ton jag aldrig hört i hennes röst förut. Inte ens när hon hotat sin bror Dennis och kallat honom idiot hade den skärpan funnits där. Jag uppbådade allt jag har av skådespelarkonst. I mitt fall en uppgift som tar två sekunder.

"Åh, ingen jag känner. Varför frågar du?"

"Hon uppgav mitt namn och frågade efter meddelande. Hur känner hon mig och Brian?"

Jag log skuldmedvetet. Det här gick inte att bluffa sig ur. Åtminstone inte om man har min fantasi. Eller brist på fantasi.

"Jaså hon! Det är en släkting till mig. Hon ville bara veta om Brian bor på hotellet. Hon känner Pernille."

Blicken jag fick hörde inte till de kärvänligaste jag träffats av.

"Hon skall hålla sig från Brian. Han är min."

Jag log lättad den här gången. Hon var svartsjuk på Jenny. Den situationen var lättare att slingra sig ur. Jag berättade att vi var här för att Nortum blivit mördad kvällen innan och att Jenny inte var något hot mot Saras fästman. Jag ångrade fästman men det var försent att ändra. Dessutom hade vi inte känt till att Nortum blivit mördad när vi lämnade Göteborg. Sara verkade inte bry sig om den detaljen heller.

"Jag tycker jag känner igen henne. När jag träffade en bekant på ett kafé satt en tjej som var väldigt lik henne och läste en tidning. Jag känner igen solglasögonen."

Det slog mig att Jenny satt på sig ett par solglasögon innan hon försvann. Jag log dumt. För mig ser alla solglasögon likadana ut. Sara höll ett par i handen. Hon sträckte fram dem och berättade att Jenny alias tjejen på kaféet haft likadana. Jag tittade på dem och ryckte på axlarna men

136

skärpte mig när hon berättade vad de kostade. Månadshyran för min lägenhet är inte långt ifrån den summan. Jag trodde att saken därmed var överstökad. Det var den inte. Hon satte blicken hårt på mitt nollställda ansikte.

"Spanar hon på mig för din räkning? Och vem har i så fall engagerat dig?"

Jag är känd för mina ansträngda leenden men det jag presterade nu torde höra till guldkandidaterna. Det stramade så hårt i kinderna att jag fick hjälpa till med halsmusklerna för att rätta till det. Jag hoppades att det inte skulle ackompanjeras av ett svagsint skratt. Så naturligtvis steg ett imbecillt läte ur min strupe. Jag satte mitt hopp till att hjälpen är som närmast när nöden är som störst och till min förvåning poppade en historia upp i mitt förlamade huvud. Den handlade om att Jenny var gift och att hon var i Köpenhamn för att träffa sin älskare som också var gift. Var får jag allt ifrån, tänkte jag och kände att det imbecilla leendet återvände i en ny ofrivillig variant. Den här gången för att min fantasi producerade en bild av Jens reaktion på mitt påhitt. Jag var glad att jag inte kunde se mitt ansikte. Till min ytterligare förvåning svalde hon fabeln. När jag senare berättade för Jens sade han att det var just min taskiga fantasi som hjälpt mig. Det jag försökt slå i Sara var precis det hon själv höll på med. Träffa sin hemlige älskare.

Saras skratt och vänliga leende fick mig att återvända till nuet. Jag berättade att vi lovat Pernille att leta efter Brian men att det uppdraget sköttes bättre av Sara. Stenen som tyngt mitt bröst föll ner på den mjuka mattan. Åtminstone kändes det så. Men det var min mobiltelefon som föll ur min hand. Samtidigt kom mannen med det tjocka håret in i lobbyn. Jag gjorde en gest mot honom.

"Här är din gode vän Brian."

Jag såg att mannen tittade åt vårt håll innan han vände tvärt och nästan sprang in i ett intilliggande rum. Sara tittade häpen på mig.

"Vem var det?"

Jag tittade lika häpet på henne. Jenny hade fått både beskrivning och rumsnummer. Det här var mannen som bodde i det rummet. Jag frågade om Sara fått ett rumsnummer. Hon nickade stelt som om hon förstod vad som höll på att hända. Det var samma rumsnummer. Hjärtat började bulta i mitt bröst. Här var något kraftigt ur balans. Tankarna började dansa som om de kämpade om finalplats i hambotävling i Delsbo. Sara såg skrämd ut när hon lade handen på min arm.

"Vem är han?"

Jag sade att jag inte visste något annat än att det var Brian och föreslog att vi skulle gå ut och sätta oss på serveringen utanför. Detta kändes inte behagligt. Vi skyndade oss ut. Sara tog med sin lilla väska. Jens och Jenny satt kvar och läppjade på sina drinkar. Jag presenterade dem helt fräckt som älskare och älskarinna. Rätt åt er, tänkte jag och log belåtet åt Jennys ilskna min. Jag såg på dem att de förstod att jag kokat ihop något som jag inte riktigt bemästrade.

Men de såg också nyfikna ut. Vi redogjorde för de egendomliga händelserna. Brian var alltså inte här men någon annan utgav sig för att vara Brian. Jenny föreslog att det kunde vara för att locka hit Sara. Vem hade anledning att göra det? Hon lät frågan hänga i luften medan våra tankar producerade det enda realistiska svaret. En man kom ut genom dörren. Han var klädd i elegant svart kostym. Jag kom att tänka på Allocks kostym från första gången jag sett honom. Skräddarsydd hade jag tänkt då. Men den här mannen var mörkhyad och gick på det slängiga afrikanska sättet jag hade sett på TV. Det var när han höjde handen för att vinka till sig en taxi som jag såg att handen var lika vit som min. En stor palmliknande växt i en kruka skymde sikten så jag tvingades luta mig åt sidan. Jens tittade också efter honom men mera förstrött. Jag redogjorde med låg men upphetsad stämma för mina iakttagelser. Men då var han redan inne i taxin som gjorde en sväng och snabbt försvann ur synhåll.

Våra blickar tappade fokus. Jag tittade på Jenny som plötsligt såg både disträ och skärrad ut. Hon talade också med låg och spänd röst.

"När jag frågade efter Brian undrade receptionisten om jag menade mannen som tatuerat siffror på underarmen."

Jag såg att det plingade till i alla huvuden samtidigt. Vi hade stått intill Allock i den första lobbyn; vi hade sett honom flera gånger sedan dess. Han hade troligen suttit på den här serveringen och iakttagit oss. Han hade signalement på oss alla tre och vid receptionen hade jag rabblat upp mitt namn, min adress och mitt telefonnummer. Jens och Jennys namn hade han kunnat registrera när vi visade ID för den förste polismannen. Mitt hjärta bultade till när det slog mig att han dessutom borde ha känt igen mig som den stirrande tönten på pubtoaletten i Göteborg. Att han sett mig med Sara i lobbyn förbättrade inte oddsen. Jag var den som hade spolierat hans plan att ta emot Sara på sitt hotellrum. Sara bröt tystnaden.

"Nu vet han att vi är honom på spåren. Var det han som mördade Nortum?"

Våra unisona axelryckningar svarade ja på frågan och meddelade samtidigt att vi var skärrade. Jens förklarade att polisen inte hade några spår men att de letade efter Allock av andra skäl. Robertsons skäl. Jenny såg så frånvarande ut att jag gjorde en gest för att återkalla henne till verkligheten. Hon blinkade till.

"Jag funderar på vad Lönn gjorde här. Konstigt sammanträffande."

Det slog mig och tydligen Jenny samtidigt att det fanns fakta som inte var lämpade för Saras kännedom. Ett sådant var vår kännedom om Lönn. Jag hade gärna diskuterat siffror på underarmen med Jens och Jenny. Som tur var hade även Sara försvunnit in i sin egen värld. Fanns många anledningar för oss alla att fundera på vad som kunde hända härnäst. Jens vinkade till sig servitrisen för att beställa en drink till Sara. Han lät blicken vandra runt för att annonsera dramatik. Den stannade på Sara.

"Om inte Jenny hade presenterat sig som Sara Allock i receptionen hade du promenerat till rummet och träffat – eller träffats av – din man."

Han tystnade för att låta fantasin bygga bilder av skeendet. Orden *träffat* och *träffats* lämnade inte mycket till fantasin. På min näthinna fladdrade en bild av hetsporren Nortum, liggande blodig på mattan. Därefter en likadan bild av Sara i samma situation. Jag fortsatte tankegången och nu var det min blick som vandrade runt.

"Allock har många på sin lista. Brian är en av dem. Tänk om han trots allt finns här i Köpenhamn?"

Funderingen piggade inte upp dem. Jag tröstade med att Allock troligen var på väg till Göteborg just nu. Per flyg eller bil. Det gick att ta taxi till en hyrbilsfirma. Sara ursäktade sig med att hon måste checka in för att ha någonstans att sova. Jag erbjöd henne att följa med oss till Göteborg nästa dag men hon ville vara ensam när hon tänkte igenom den nya hotfulla situationen. Jennys argument att Allock kunde komma tillbaka för att slutföra sitt uppdrag bet inte på henne. Vi avbröts av pipet från Jens mobil. Han tittade misstänksamt på displayen innan han satte den till örat. Personen i andra ändan pratade så högt att alla runt bordet kunde höra. Kommissarie Tomsens röst lät mycket strävare i telefon än den gjort i verkligheten. Han undrade om vi sett till mannen med det tjocka bruna håret. Jens berättade hela historien inklusive Allocks sorti i taxi och att han sminkat sig mörk i ansiktet men glömt händerna. Han lade till att Jenny med sin fräckhet antagligen förhindrat ytterligare ett mord.

Tomsen berättade att de misstänkt att det var en förklädd Allock som var på jakt. Senare skulle vi få höra att Pernille ringt till Robertson och framfört de misstankarna. Robertson hade naturligtvis genast tagit kontakt med polisen i Köpenhamn. Samtalet avslutades och jag kastade en blick på Sara. Till min förvåning såg hon inte rädd ut, snarare beslutsam. Hon tömde sin drink, grabbade tag i sin väska och gick in i hotellet. Jag insåg att min bild av Sara Allock som en för-skrämd kvinna utan egen vilja hade krackelerat.

Vi började bli hungriga och Jens tog oss med till något som heter Torvehallerne. Lät si så där tyckte jag och när han förklarade att det var en saluhall ryckte jag på axlarna. Vi traskade efter honom som ankungar efter ankmamma.

Jag är alltid skeptisk när Jens gör reklam för sitt Köpenhamn men den här gången var jag tvungen att kapitulera. Här fanns allt för öga och gom. Massor av restauranger och små stånd med mat från hela världen. Man kunde välja att sitta ner eller stå vid en disk och smaska. Inte minst kunde man välja en klämma med ankkött som var så god att jag var tvungen att köpa en till. Tillsammans med ett glas mörkt öl var det så gott att jag gav stället som serverade tre stjärnor i min privata restaurangguide. Fast tyst för mig själv så att inte kammen skulle växa på Jens. Till honom sade jag att det var okej. När vi stod där och käkade fick vi plötsligt sällskap. En glad dansk tjej ställde sig mellan Jens och mig och tryckte Jenny närmare Jens. Jenny stod redan mellan oss. Nykomlingen var välkänd för oss alla tre. Det är inte bara jag som dras med en frejdig syster. Jens syster heter Shirley, är två år yngre än sin bror, blond, kort-klippt och lika fri från hämningar som han. Hennes öppningskommentar var inte oväntad.

"När jag hörde att ni hade startat en slags detek-tivbyrå trodde jag – efter att jag slutat skratta – att ni skulle få uppdrag i stil med att hitta borttap-pade nycklar eller hämta ner kattungar ur träd. Nu är ni inblandade i ett mordfall och mördaren ver-kar vara på fri fot här i byn. Vad händer om han får reda på att ni snokar?"

Jens frågade hur hon visste det och undrade hur hon hittat oss. Hon förklarade att hon pratat med Tomsen. Då undrade jag hur Tomsen visste var vi fanns. Hon tittade sig omkring. Vid ett annat stånd stod en man i träningsoverall och tuggade på något som såg asiatiskt ut. När han såg att vi tittade åt hans håll vände han sig mot flickan som serverade och pratade med henne. Shirley log spydigt.

"Som jag antydde, det finns proffs och det finns amatörer. Tomsen sade att ni antagligen behövde beskydd de närmaste dagarna. Hur mår Freddy nu för tiden?"

Precis som Jens kunde hon byta ämne mitt i en mening. Det tog en stund innan jag fattade att jag var tilltalad. Innan jag hann berätta att jag mådde bra var hon inne på nästa ämne. Det handlade om första gången vi träffats. Det var hemma hos mig och jag hade just kommit ut från badrummet. Hon hade haft sällskap med Jens som bara hade knallat in som vanligt. Jag var inte naken men jag höll på att borsta tänderna. Med en diskborste. En blick i hallspegeln talade om att jag hade tandkräm upp i näsan och under hakan. Borsta tänder med en diskborste är inget jag rekommenderar. Min ursäkt att jag inte kunde hitta min tandborste mottogs med glada leenden. En tid senare hade jag varit hemma hos Jens föräldrar när fadern i huset kommit ut från sitt arbetsrum med en diskborste i handen. Följande samtal utspelade sig.

"Vad är detta?"

Jens mor vände sig till Jens.

"Jens, vill du upplysa din far om föremålets användningsområde. Han tycks inte känna till det."

Fadern mörknade.

"Jag menar vad gör den på mitt skrivbord?"

Shirley tog borsten ur faderns hand och slog den lätt mot sin handflata.

"Det var jag som lade den där."

Fadern, suckande.

144

"Varför är jag inte förvånad. Gjorde du ren mina böcker med den?"

"Jag slog ihjäl en fluga."

Jens nickade förnumstigt.

"Det verkar som om Shirley är bättre skickad att förklara vad den skall användas till."

Shirley berättade att hon inte kunde hitta flugsmällaren.

Så när det gäller diskborstar är familjekampen oavgjord. Fast det är min bravad det skojas om på puben, aldrig Shirleys. Vi tystnade en stund. Mina tankar återvände till det Shirley sagt om polisskydd. Om det var riktigt att mannen var polis innebar det att den här historien började bli allvarlig på ett kusligt sätt.

Jag skulle just börja formulera mina funderingar när Jenny formulerade sina. Det kanske ligger någonting i att det går långsamt när jag tar tag i taktpinnen. Adagio, skulle Jens älskaren av klassisk musik kalla det. Hon lät blicken vandra mellan våra ansikten som hon alltid gör när hon vill bygga upp drama. När alla tittade på henne började första akten. Prologen kanske är en bättre beteckning.

"Vi har alltså en kallblodig mördare som känner till våra namn. Han har anledning att tycka att vi lägger oss i saker som vi inte har med att göra. Våra adresser är lätta att hitta i telefonkatalogen. Utom min för jag har ingen fast telefon."

Jens såg bekymrad ut.

"Han har redan mördat en person. Kanske två om han är inblandad i bilbombsincidenten. Vi måste ringa Tomsen och tala om att vi vet att mannen med bruna håret är Allock."

Shirley nickade åt mannen hon trodde var polis.

"Varför inte prata direkt med hans underlydande?"

Jag protesterade.

"Det är bara ett antagande att han är polis och om han är ute på hemligt uppdrag skulle han aldrig medge det. Är det någon som har Tomsens nummer?"

Shirley hade det på sin mobil. Jens touchade in siffrorna på sin telefon. Inte ens en signal hann gå fram. Tomsen satt tydligen med mobilen i handen. Jens berättade lugnt och stilla vad vi kände till och vad vi misstänkte. Vi hörde att Tomsen tackade för upplysningen och meddelade att han genast skulle ringa Robertson i Göteborg. Om Allock tagit flyget kunde han snart vara på Landvetter. Jenny pockade på uppmärksamhet men då var det försent. Hon suckade.

"Det vore väl enklare om danska polisen kollade passagerarlistorna på Kastrup."

Vi nickade instämmande medan jag undrade om man kunde flyga utan att uppge sitt rätta namn. Jenny plockade fram sin mobil och började trixa. Hennes konsultfirma håller henne med den senaste modellen och det verkar inte finnas någonting hon inte kan fixa med den. Vi såg att hon var koncentrerad och ägnade oss åt inåtvända funde-

146

ringar för att inte störa. Jag sneglade åt mannen vi trodde spanade på oss. Han tittade åt vårt håll men utan särskilt fokus. Förstod kanske att vi skulle bli misstänksamma om han vred huvudet åt ett annat håll. Proffs och amatörer ringde i mitt bakhuvud. Jenny satte mobilen mot örat och lyssnade en stund. Jag hade inte sett eller hört henne ringa upp någon. Hon tog en klunk av sin gröna drink medan hon fortsatte att lyssna. Informationen fick henne att nicka bekräftande.

"Dan Allock är inbokad på ett flyg till Zürich om en timme. Swissair."

Nytt touchande och nytt lyssnande.

"Just nu lyfter ett annat plan till samma destination. Lufthansa. En av passagerarna heter Bernard Eràble."

Hon uttalade namnet med kraftig fransk accent. Jag gjorde en slapp gest.

"Intressant. En fransman flyger till Zürich från Köpenhamn. Har nog aldrig hänt förut."

Jag såg att Jens skärpte sig.

"Eràble, maple, ahorn."

Jag tittade på honom som på en förrymd psykopat. Maple visste jag vad det betydde men förstod inte sammanhanget. Men det gjorde Jenny och Shirley. Jenny log och blinkade mot mig.

"Vad tror du om det, boss?"

Vad skulle jag tro? Jag såg att mina tre vänner redan hade sina teorier klara. Jag hade ingen aning om vad det handlade om. Men det skulle jag få. Jens drog ihop sina ögon till smala springor.

"Eràble betyder lönn på franska."

I mina öron låter erable som ett ljud som uppstår när man kräks. Men det sade jag inte. Det slog mig att jag bara sett Bernard Lönn bakifrån. Jag skulle inte känna igen honom om vi träffades. Han hade sprungit förbi mig utanför hotellet och jag hade noterat en lång smärt man klädd i ljus blazer och grå byxor. Både klädsel och kroppsbyggnad stämde in på en stor del av den manliga befolkningen i Skandinavien. Det hade bara gått fyrtiofem minuter sedan han touchade min skuldra vid uteserveringen. Jag gick igenom tidsaspekterna. Taxi till Kastrup, tur som en tokig med flighten, en timme till Zürich. Något senare skulle Allock vara på samma plats. Jag framförde mina funderingar och ryckte på axlarna. Det var inte emot lagen att flyga till Zürich. Allock var efterlyst eller åtminstone eftersökt för mordet på Nortum.

Den tanken slog Shirley i samma ögonblick. Hon letade upp Tomsens nummer. Han svarade lika snabbt den gången. Polismannen hade bara lyssnat några sekunder när hans stämma ändrade tonläge. Han ringde av och vi anade att han gav order om att haffa Allock vid flygplatsen. Jag kunde inte få ur huvudet att Allock bokat i eget namn. Lönn hade använt ett alias så tydligen gick det att göra så. En variant var att Lönn hade fixat ett falskt pass. Kanske räckte det med ID-kort.

Vi kände oss nöjda med vår insats. Vi hade gjort vår plikt som medborgare i både Sverige och Danmark. Resten var upp till polisen. När vi gick därifrån passerade jag mannen vi trodde var polis på nära håll. Han tittade nyfiket på mig och log nästan innan han vände bort huvudet som om han fått syn på något intressant. Gesten var så överraskande att jag visste att jag inte skulle få beteendet ur huvudet på länge. Han hade också tjockt, brunt hår. Den hårfärgen är inte så vanlig bland skandinaviska män, men nu kändes det som om det fanns fler brunhåriga män än blonda i den här delen av världen.

Logik är inte alltid logisk

Pernille var kvar i min lägenhet när jag anlände nästa eftermiddag. Fast hon hade inte varit där hela tiden. Hon hade just kommit med andan i halsen för att rapportera. Jag hade ringt och meddelat tiden för vår ankomst.

Hon berättade att hon hade traskat över till kontoret för att ha något att göra medan hon väntade på mig. Den primära verksamheten bestod i att översätta affärskontrakt och vara konsult åt folk från EU som ville få in en fot på den skandinaviska marknaden. Klienterna var mest tyskar och britter. Det var Brian som översatte och därför ville kunderna alltid prata med honom om formuleringar och detaljer. Språken hade båda syskonen gratis, mamman var amerikan och pappan var dansk med tyska rötter. Pernilles uppgifter bestod i att svara i telefon, översätta de enklare delarna av kontrakten och vara trevlig mot de få klienter hon träffade. Den senare uppgiften skötte hon mycket väl. De flesta var män och hon blev ofta bjuden på lunch eller middag.

När Brian inte var där kändes det ensamt och tråkigt, berättade hon och gjorde en grimas. I synnerhet när han var borta flera veckor som nu.

När hon suttit där idag och gjort ingenting hade hon hört ett ljud i korridoren utanför. Inget konstigt med det, en kvinna som jobbade på kontoret vägg i vägg brukade titta in för att ta en fika. Det fanns även en vattenautomat som användes av alla som jobbade på samma etage.

Men det var inte kvinnan som åstadkom det här ljudet. Pernille gjorde en paus och gav mig en blick jag uppfattade som att hon ville ha något att dricka. Jag hämtade vin och några glas. Jag hade tänkt ägna den här stunden åt att lämna rapport från Köpenhamn, men hennes rapport verkade mer angelägen. Hon tittade frånvarande på när jag fyllde glasen.

"Kommer du ihåg att du föreslog att Brian var på sexresa i Thailand?"

Jag nickade och förklarade att det var dumt. Stundens korkade ingivelse. Hon nickade också och log men såg fortfarande egendomligt frånvarande ut. Ljudet i korridoren hade nämligen åstadkommits av nämnde person. Hon slog ut med handen i en bekräftande rörelse.

"Han hade varit i Köpenhamn."

Hon tystnade och såg ut som om hon lämnat mig och begett sig till en annan planet. När hon suttit en stund och stirrat på ingenting harklade jag mig och berättade hela historien om våra upplevelser i kungliga huvudstaden, att vi trott att Allock var Brian och att Jennys påhitt hade hindrat Sara från att traska rakt in i lejonets kula. Kanske räddat hennes liv. Det tog en stund att redogöra för hela förloppet men den här gången lyssnade hon uppmärksamt. När jag slutat suckade hon djupt och berättade att hennes bror tittat in på kontoret som om han kommit tillbaka efter en kafferast.

"Jag vet att han har ansvarskänsla som en salamander och jag brukar bara skaka på huvudet åt hans upptåg men nu blev jag förbaskad och sade att jag trodde han var död."

Jag fick höra att Brian inte förstod vad hon menade när hon pratade om bilbomben. Jag skärpte rösten.

"Försöker han bluffa sig ur skiten?"

"Det vore likt honom men jag förklarade att polisen tror att det är han som är hjärnan bakom komplotten mot Allock. Och att det är ett samtal registrerat på hans mobil vid den aktuella tidpunkten. Strax innan det smällde. Då sade han att han inte har med saken att göra och att det troligen var Allock som strök med i bilen. Jag visste inte att ni hade stött på Allock i Köpenhamn och kunde inte argumentera emot. Sedan sade han något som fick mig att fundera."

Jag fick höra att Brian sagt att Allock har så många fiender att det måste finnas minst tjugo misstänkta. Jag log uppmuntrande men förstod inte vad som fått henne att fundera. Hon log som Jens brukar le åt min tröghet.

"Har. Han sade att Allock *har* så många fiender. Om han tror att Allock är död borde han ha sagt *hade* så många fiender."

Jag fattade äntligen men eftersom jag visste att Allock var vid liv hade jag inte satt mig in i de tankebanorna. Min taskiga fantasi igen. Men jag förstod att Brian bluffade när han påstod att han trodde att det var Allock som strukit med. Jag kom att tänka på något som Jens brukar säga. *Den smarte följer logikens lagar men det gör inte alltid den sluge.* Brian verkade vara lite för slug för sitt eget bästa. Pernille var inne på samma tankegångar förstod jag när hon tog ett djupt andetag och tittade allvarligt på mig.

"Jag fick ur honom vem han ringt och vilket ärendet varit. Han påstod att han plötsligt kommit ihåg att han inte hade tid att flytta Allocks bil och därför hade han ringt en bekant som har en verkstad på samma gata."

Pusselbitarna ramlade på plats. Gamla paret Eckerings iakttagelser om den tredje mannen fick sin förklaring. Det otäcka var att Brian med berått mod hade skickat en oskyldig människa i döden. Inte tid att flytta bilen var naturligtvis också en bluff. Flytta en bil tar inte många minuter. I synnerhet som det inte var sagt vart den skulle flyttas. Troligen till den större parkeringsplatsen jag hade lagt märke till femtio meter ifrån bombplatsen. Brian hade förstått att syftet med att be honom flytta den var att han skulle sprängas till döds. Och därmed hade han avslöjat sin vet-skap om komplotten. Lite korkat från Allocks sida att be honom men han ville nog ha bekräftelse och det kunde han bara få om han duperade Brian att

154

göra det han gjort. En kamp mellan slughuvuden. Fast att låta en oskyldig stryka med för att få den bekräftelsen var grymt. Det gick runt i huvudet.

Pernille såg ut som om hon mådde illa. Vi satt tysta en stund. Jag sköljde bort den dåliga smaken med en rejäl klunk rödvin och tänkte trösta henne med att Brian kunde hävda att han verkligen inte hade haft tid och att samtalet varit oskyldigt. Skulle säkert hålla i en domstol. Men det var en tröst för tigerhjärtan.

"Vad gjorde han i Köpenhamn?"

"Det gamla vanliga. Träffade en frilla."

Hon hade berättat för sin bror att hon engagerat mig för att leta efter honom men att det av uppenbara skäl inte behövdes längre. Jag försökte sammanfatta medan jag smuttade på vinet. Sara hade åkt till Köpenhamn för att träffa sin älskare som befann sig i samma stad men som roade sig med en annan kvinna. Det kusliga var att hon var ditlurad av en person som utgav sig för att vara Brian men som ville döda henne. Jag suckade. Mest åt Brians sorglösa beteende och åt orättvisan att han kunde välja och vraka bland damerna medan jag inte ens fick vara med på ett hörn.

Pernille återförde mig till nuet med beskedet att sergeant Dennis hade ringt till kontoret och frågat efter Brian. Han hade sagt att han hade någonting till Brian och att han måste träffa honom. Han sade inte vad det var. Det var han som berättat för Pernille att polisen hade registrerat mobilsamtalet. Hade han nog fått reda på vid polisförhöret.

Jag hade trott att han satt i häktet men tydligen hade polisen ansett honom ofarlig och släppt ut honom. Pernille hade framfört meddelandet och Brian hade sagt att han skulle kontakta honom. Pernille hade avrått med argumentet att polisen säkert hade Dennis under uppsikt och att sergeanten var oberäknelig men Brian hade skrattat och sagt att Dennis är en ofarlig stackare och att han skulle ta hand om honom. Jag tyckte att den avslutande knorren ringde olycksbådande.

"Sade han hur han skulle ta hand om honom? Dennis har krav på sin andel av försäkringspengarna. Pengar som inte finns enligt Sara. Kan bli knepigt att förklara."

"Dennis tror att alla ljuger. Han tror att pengarna finns och att de försöker lura honom på hans andel."

"Sade han det?"

En sorgsen nick bekräftade. Jag trodde inte att Dennis var en ofarlig stackare. Han hade visat vad han var kapabel till och hans kunskap kunde ställa till det igen om han använde den på rätt sätt. Eller fel sätt om man befann sig vid andra ändan av stubintråden. Men förutsättningen för att det skulle bli några pengar var att Allock var död. Någon borde tala om för sergeanten att så inte var fallet.

Det ringde på dörrklockan. Man kan utläsa ganska mycket av ringsignaler om man har en gammal ringklocka som jag. Den här signalen lät myndig. Lång men inte för lång. Bestämd. Jag föreställde mig en myndighetsperson. Eller åtminstone en myndig person.

Det visade sig vara bådadera. Kommissarie Robertson och blivande kommissarie Mansing. De hade inte träffat Pernille och jag presenterade ganska formellt utan att nämna efternamn eller att hon var syster till Brian Allison. Instinkt tror jag. Till min förvåning blinkade Lena okynnigt mot mig. Det tog en lång stund innan slanten ramlade ner. Hon trodde att jag, tönten Freddy Larsson, hade ihop det med en sexbomb som Pernille. Robertsons minspel var som alltid formellt men jag såg att hans blick vilade en stund på danskans läckra lår i de åtsittande jeansen.

"Jag undrar om jag någonsin kommit in i din lägenhet och inte sett en öppnad vinflaska och halvfulla vinglas?"

Jag tänkte påminna om att en gång hade han kommit när Jens hade arrangerat en drinkprovning med gin och whisky och gammeldansk i sortimentet. Men det hade bara gett näring åt på hans uppfattning. Jag knallade bort till min kaffehörna och preparerade kokaren. Jag visste att kommissarien inte ville ha för starkt kaffe. Poliserna slog sig ner i fåtöljerna mitt emot soffan där jag och Pernille satt.

Till min ytterligare förvåning lade Pernille huvudet kärvänligt mot min axel när jag återvände med kaffekopparna och återtog min plats bredvid henne. När jag senare berättade för Jens sade han att hon varit livrädd för att polisen skulle ställa frågor om hennes bror och att hon till varje pris ville få dem att tro att hennes besök hos mig inte hade med fallet att göra. Han avslutade med att desperation kan ta sig många olika uttryck. Jag tror att han var avundsjuk.

Men Robertson hade annat på hjärtat. Han började med att tacka för informationen och hjälpen när det gällde Allock och Lönn.

"Allock är smartare än vi tror. För det första hade han bokat flyget flera dagar tidigare. För det andra flög han inte med det planet. Han hade bokat ett annat flyg i Nortums namn. Det lyfte en timme senare. Så antagligen stod han någonstans i avgångshallen och studerade poliserna som letade efter honom bland passagerarna på det första planet. Han hade lagt beslag på Nortums pass efter att han skjutit honom. Han hade redan landat i Zürich och hunnit försvinna när vi fick tag i schweiziska polisen."

Jag hade inte trott att Allock var något annat än smart. Och grym. Ingen trevlig kombination.

"Är ni säkra på att det var han som mördade Nortum?"

Jag hörde att det var dumt sagt redan innan frasen var färdigformulerad. Robertson skakade på huvudet men om det var åt mitt inpass eller Allocks brutala dåd gick inte att utläsa.

"Danska polisen hittade mordvapnet på det andra hotellet. Slängt i en papperskorg i Allocks rum. Inga fingeravtryck eller DNA. Som om han pekar finger åt oss."

158

Jag funderade en stund på det agerandet. Verkade inte smart. Men grymt och stöddigt. Som Robertson antydde; han hånade polisen. Jag var lite mallig över att min första bedömning av Allock på pubtoaletten visat sig vara på pricken.

"Fick ni tag i Lönn?"

Lena skakade på huvudet. Likgiltigt, tyckte jag. Hennes svar bekräftade.

"Lönn har inte gjort något brottsligt. Det är inte mot lagen att flyga till varken Köpenhamn eller Zürich."

"Är det inte mot lagen att uppge falskt namn när man bokar flyg?"

Hon förklarade att Lönn hade dubbelt medborgarskap och att hans mammas flicknamn var just Eràble. Fadern hette Johansson och bytte namn när han gifte sig. Fast då till den svenska versionen av samma träd. Bernard Lönn var till och med född i Genève, mammans hemstad. Det blev tyst en stund. Lena satte blicken på mig igen men inte kärvänligt den här gången.

"Vi vet vem som dog i Allocks bil. Brian Allison ringde till en mekaniker som har sin verkstad på samma gata och bad tydligen honom flytta bilen. Samtalet stämmer överens tidsmässigt."

Jag inbillade mig att de tankar som for runt i mitt huvud påminde om de som dansade omkring i Pernilles huvud. Jag tänkte säga att samtalet trots allt kunde varit en oskyldig tillfällighet men det skulle låta som försvar av agerandet och leda till fler frågor. Till exempel skulle frågan *varför tror du det* locka fram mitt berömda gråtfärdiga uttryck och pigga upp Robertson. Följdfrågan *försöker du dölja något för mig, Larsson* hade jag hört så många gånger att bara tanken på den fick mig att svälja tungt. Det slog mig också att om vi inte berättade för polisen att det var Brians syster som satt bredvid mig och polisens fick reda på det senare skulle vi ligga illa till båda två. Pernilles hand sökte min och hittade den. Gesten berättade att hon inte hade en tanke på att inviga polisen om sin identitet eller utlämna sin bror. Handtryckningen var också en uppmaning till mig att hålla mun. Jag lydde och visste att jag skulle ångra tilltaget. Samtidigt började jag fundera på ett sätt att trassla mig ur situationen.

Någonstans i bakhuvudet pockade den lille frestaren på uppmärksamhet. Kanske fanns det ett löfte med i hennes beteende. Danska snyggingar har kanske en annan attityd till töntar än sina svenska medsystrar. Tycker kanske synd om oss. Jag hann inte utveckla funderingen. Någon ryckte upp lägenhetsdörren och trampade ogenerat in. Jag hörde röster i hallen och förstod att det var mer än en person. Jag behövde inte gissa och kände att Pernille stelnade till. Jens och Jenny var inte insatta i de senaste turerna kring syskonen Allison men de visste att Brian var Pernilles bror.

Jag bestämde mig för det modigaste jag gjort. Åtminstone i polisens närvaro. När de två traskade in och letade upp varsin stol att sitta på presenterade jag Pernille på det mest formella sätt jag kunde uppbringa. Fortfarande utan efternamn vilket inte låter så formellt men nödvändigt för att min föreställning inte skulle gå åt pipan. Jag såg två förvånade miner som snart övergick i förstående leenden. Samtidigt kände jag hur Pernilles hand kramade hårdare. Jag fick kämpa för att hålla mitt leende i schack. Tänk om jag hade samlat så många poäng hos skönheten att...nej, det var inte möjligt.

Om Robertson misstänkte dubbelspel från min sida visade han det inte. Han halade fram sin tjocka, nötta anteckningsbok och bläddrade en stund.

"Vad tror ni om det plötsliga intresset för Zürich?"

Vi tittade på varandra. Jag ryckte på axlarna. Vad fanns att tro om det? Jag har varit i Zürich. Det är en vacker stad med en förfärlig massa banker. Det sade jag högt och kände Robertsons vänliga blickar på mitt ansikte. Ungefär så hade min lärare i småskolan tittat på mig när jag lyckats läsa en mening med fem ord utan att staka mig.

"Just det, Larsson. Banker. Tio miljoner svenska kronor är på drift. Banken i Köpenhamn berättade att Allock flyttade pengarna via bankchecken till ett nummerkonto i – just det – Zürich. Bankens namn fick vi också. Tjänstemannen sade också att en annan person varit inne och ställt frågor. Han hade inte presenterat sig men påstod att han var släkt med personen som flyttat pengarna och att han skulle träffa honom i Zürich men glömt att fråga vilken bank det rörde sig om och nu kunde han inte få tag i honom. Som alltid när en lögn är för genomtänkt väcker den misstankar. Den frågande mannen hade tjockt brunt hår precis som Allock så det var inte osökt att det fanns släktskap. Bankmannen talade om vad banken i Zürich heter men inte mer."

Tjockt brunt hår igen. Jag suckade men kommenterade inte. Jens hämtade vin till sig och Jenny. De hade satt sig där kaffepannan just meddelade att kaffet var färdigt. Jag hade köpt en ny kokare som gav ifrån sig ett förfärligt ljud när vattnet runnit igenom. Det var inte bara jag som fick associationer till något man gjorde bakom en stängd dörr efter att ha ätit för mycket Chili con Carne. Minerna berättade. Jenny serverade den rykande vätskan. Jens smakade på sitt vin.

"Så då är pengarna borta."

Lena hällde grädde i sitt kaffe och rörde om.

"Jag vet inte om vi kan använda den rubriceringen. Det är trots allt Allocks pengar och ingen polisanmälan är gjord. De är inte borta för nuvarande ägaren."

"Det kan bero på att den tidigare delägaren som hade anledning att göra en sådan anmälan mördades av den nuvarande ägaren."

Akta dig, Jensen, tänkte jag. Ha aldrig synpunkter på Robertsons utredningar om du inte samtidigt lämnar användbar information.

Rekylen kom genast. Kommissarien började med ett djupt andetag som för att behärska sig.

"Om du känner att du vill ta över utredningen kanske vi kan göra en överenskommelse, Jensen. Fakta har du redan. När du är klar med dina slutsatser och vet vem som gjort vad är du välkommen att höra av dig. Larsson har mitt direktnummer."

Jens såg ut som om han funderade på följa uppmaningen. Han är känd för att aldrig tappa fattningen och gjorde det inte nu heller. Hans röst lät som vanligt. Konstigt nog vände han sig till mig.

"Vi borde avslöjat Allock direkt när vi såg honom. Åtminstone du, boss, som har sett honom tidigare. Peruker kan man alltid genomskåda."

Jag gjorde en hjälplös gest och erinrade mig att jag tyckt att det var något hos mannen som inte stämde med min uppfattning om utseenden men peruk eller inte peruk hade jag missat. Jens drog ett finger över ett av sina ljusa ögonbryn.

"Ögonbrynen. De var ljusa som mina. Mörkbrunt hår brukar betyda mörka ögonbryn. Ljushåriga människor kan ha mörka ögonbryn men det är väldigt ovanligt att mörkhåriga människor har ljusa ögonbryn."

Jenny föll in och sade att hon också reagerat på det men att hon trott att han färgat dem ljusa för att se märkvärdig ut. Det var naturligtvis det som fått mig att reagera när jag såg honom men min inneboende tröghet behövde några dagar för att bearbeta intrycken. Och då med hjälp av Jens och Jennys nästan fysiska knackningar mot pannbenet. Robertson reste sig och nickade mot oss alla fyra.

"Om något dyker upp är jag tacksam om ni hör av er. Allock är inte att leka med."

Han hejdade sig i dörröppningen ut mot hallen.

"Vi har haft inne Grichter för förhör. Han hävdar att han inte har med saken att göra. Det var väntat att han skulle neka. Vi vet att han apterade bomben men vi har mer nytta av honom om han är på fri fot. Han är under bevakning. Vi tror att han kan leda oss till någon som hjälpt honom att skaffa fram varorna. Vi kan bara bevisa att han köpte kablarna. Resten – sprängmedel och tändhatt – måste han fått av någon annan. Han har för sig att någon försöker lura honom men ville inte säga vem eller på vilket sätt. Så vi lät honom gå. Han bor just nu hos en annan svamp i Majorna."

När polismakten lämnat lägenheten lutade vi oss tillbaka och tog så djupa andetag att syrehalten i rummet behövde en stund för att återhämta sig. Historien hade börjat tätna på allvar. Jenny flyttade sig till soffan och satte sig oväntat mellan mig och Pernille. Jens placerade sig mitt emot henne i en av fåtöljerna. Han satte ögonen på Pernille men det var ingen vänlig blick.

"När Robertson får reda på att du ljugit om ditt släktskap med Brian blir han inte trevlig att handskas med."

"Jag har inte ljugit. Jag sade ingenting."

164

"Undanhållande av sanningen är detsamma som att ljuga i Robertsons tjocka och präktiga bok."

Jag suckade djupt. Samma anklagelse skulle gälla mig. Undanflykterna började staplas i huvudet. Alla lika svagsinta. *Lyssnade inte ordentligt. Förstod inte att hon var Brians syster, missuppfattade namnen.* Robertsons hånfulla respons *har du nedsatt hörsel eller nedsatt fattningsförmåga* ringde också. Jenny återkallade oss till ämnet för dagen.

"Robertson tycks inte se sambandet mellan Lönns och Allocks resor till samma ställe."

Jens skakade på huvudet.

"Han både ser och inser men han tycker att det inte är polisens sak förrän brott har begåtts."

Jennys ögon blixtrade till. Hon tycker inte heller om när man antyder att hon inte fattar.

"Det är det jag pratar om. Brott som inte har begåtts men som kommer att begås. Kommer ni ihåg att receptionisten på hotellet refererade till Allock – eller Brian som vi trodde att det handlade om – som mannen med tatueringar på underarmen."

Vi nickade och fyllde våra glas medan vi väntade på fortsättningen. Hennes ögon blir ännu vackrare när hon är uppretad. Hon placerade dem på oss i tur och ordning.

"Lönn känner till Allocks dåliga sifferminne och hans vana att kladda på armen. Jag vet inte hur många siffror ett namnlöst konto på en

Schweizisk bank innehåller men har man dåligt sifferminne…"

Pernille tog en stor klunk vin.

"Du tror att Lönn var i Köpenhamn för att spana på Allock?"

Jenny granskade henne en lång stund.

"Han är en av de få som visste vilken bank i Köpenhamn det handlar om. Det var säkert han som frågade efter namnet på banken i Zürich. Han vet var Allock brukar bo i Köpenhamn. Han kan ha haft x antal möjligheter att med en teaterkikare till exempel spana in Allocks arm."

När hon lade fram det på det sättet lät det inte så långsökt. Lönn var inte heller dum. Men därifrån till att kallblodigt gå in på en bank och hämta ut en annan persons tio miljoner är steget ganska långt. Krävs en hel massa nerver för det. I synnerhet om man vet att man kommer att ha Dan Allock i hälarna resten av livet. Ett liv som kan bli ganska kort om jägaren har framgång. Jag framförde synpunkterna med trött stämma och erinrade mig Shirleys lustighet om typen av ärende vi borde ägna oss åt. Kattungar och borttappade nycklar.

Jenny hade fått ur sig sin frustration och lugnat ner sig. Hon nickade och såg ut som jag kände mig. Fundersam och lite skrämd.

"Fundera på det här. Lönn är först på plats i Zürich. Han vet vilken bank han skall gå till, tar ut pengarna och skyndar sig därifrån. När Allock anländer några timmar senare är pengarna borta.

Banken har sin sekretess och vägrar uppge vem som tog ut pengarna. Kanske inte ens vet vem det var, kontot har bara ett nummer. Allock blir rasande och börjar fundera på vem som knyckt pengarna."

Jens ryckte på axlarna.

"Han tar för givet att det är Lönn."

"Varför? Allock måste ha öppnat sitt konto i Schweiz i god tid innan han åkte till Köpenhamn för att kunna flytta pengarna snabbt och bekvämt. Och haft numret antecknat på armen hela tiden."

Jag kom att tänka på att Jens och Jenny inte kände till Brians närvaro och förehavanden och nämnde att han också varit i Köpenhamn. Den riktige Brian, inte den vi trott var Brian och som visade sig vara Allock. Jag kände mig dum och övertydlig när jag upprepade självklarheterna. Jens och Pernille såg ut som om de väntade på att slanten skulle ramla ner, den slant Jenny petat in med sin spekulation. Jenny tog en klunk vin och gjorde en slapp gest.

"Vilka var i Köpenhamn samtidigt som Allock och hade därmed möjlighet att se numret på hans arm?"

Hon höll upp en hand och prickade av på fingrarna.

"Lönn, Brian, Sara." Här tystnade hon och lät blicken vandra från Jens ansikte till mitt. "Freddy Larsson, Jens Laurits Jensen, Jenny Larsson."

Fingrarna tog slut när hon kom till Jens. Hennes eget namn markerades med andra handens fingrar kring lillfingret. Slantarna ramlade ner som tunga blystycken i mitt huvud. Det skulle bli värre. Hennes finger placerades på min nästipp. Hon satt så nära.

"Så vänder vi på frågan. Vilka har Allock sett i Köpenhamn? Jo, alla nämnda utom Lönn. Erable var troligen noga med att hålla sig utom synhåll."

Hon tystnade. Ingen sade något på en lång stund. Pernille bröt tystnaden och påpekade att Allock troligen inte sett Brian.

Det var förstås möjligt men just nu bara av akademiskt intresse. Allock hade sett deckarfirman Larsson och han hade mitt namn och min adress. Han hade sett Sara. Han visste förstås att Sara kände till hans vana att skriva på underarmen och därmed kunde han sluta sig till att vi också visste. Vi hade inte sett några siffror men det hade receptionisten på hotellet. Alltså hade han inte alltid dolt armen med långärmad skjorta eller kavaj. De flesta männen på uteserveringarna kring Rådhusplatsen hade haft kortärmade sommarskjortor. Några siffror på en arm uppfattades säkert som en tatuering. Folk har konstiga tatueringar nu för tiden. Ingen reagerar. Jag grep efter ett halmstrå.

"Brian kanske hörde av sig till Sara och det var henne han träffade."

Pernille såg inte ut att uppskatta den hypotesen. Hon suckade djupt och svarade på min fråga. Men det var inget uttömmande svar.

"En av många möjligheter."

Men det stämde inte. Vi hade träffat Sara när hon gått in på hotellet för att träffa Brian. Det hade hon knappast gjort om hon redan träffat honom. Men vi visste inte exakt när Brian varit där. Före, efter eller under Saras besök.

Men om det var sant att de hade träffats och om Sara bara spelat upp en show för oss i hotellets lobby öppnade det för ytterligare en spekulation. Brian och Sara hade varit maskopi i samband med bilbomben. De kunde mycket väl ha varit i maskopi i det här ärendet också. De visste att Allock fanns i närheten och skulle inte ha något emot om han mötte samma öde som Nortum. En kula i magen eller var den hade träffat. Svårt att sikta genom en kudde.

Men det var som sagt bara spekulation. Vad vi visste just nu hade de två inte träffats i den kungliga huvudstaden. Jens tog oss tillbaka till första skräckscenariot.

"Allock har sett alla utom Lönn. Hans misstankar kan handla om vem som helst av oss andra. Eller allihop."

Jag som är född pessimist uteslöt genast alla utom mig själv.

"Var är Brian nu?"

Pernille gjorde om sin hjälplösa gest och berättade att hon inte visste men Brian visste att polisen var efter honom så han var inte i sin lägenhet i Göteborg. Jag förbannade min miss i Köpenhamn. Att jag inte känt igen Allock kunde bli kostsamt. På alla sätt. Bilden av den iskalle mannen i danskt häkte var mycket trevligare än de bilder som virvlade runt i mitt huvud just nu.

Vi var trötta och hungriga allihop och bestämde oss för en trevlig restaurang inom promenadavstånd. Finns hur många som helst om man bor i Vasastaden. När vi promenerade bort mot Haga funderade jag på Lönn och hans eventuella tilltag i Zürich. Kan man ta ut tio miljoner i kontanter utan vidare? Jag förutsatte att det handlar om kontanter. En bankcheck eller transferering till annat konto kan spåras. Tio miljoner svenska kronor är visserligen bara en miljon euro men hur mycket blir det i volym och vikt. Jag försökte mig på en snabb kalkyl. Vilken är högsta valören i euro? Om det finns tusensedlar så blir det tusen stycken. En bunt man bör kunna hålla i handen kanske innehåller femhundra stycken. Två sådana buntar blir en miljon. Jag tänkte på filmer där skurkarna behöver en resväska för att transportera bytet på någon miljon i skiftande valuta. I ett tidigare fall hade jag tagit hand om en portfölj med väldigt mycket pengar men det hade varit blandade valörer. Lönn hade nog bett om största möjliga valör.

Oönskade besök

De följande dagarna hade jag fullt upp med leveranser i min andra firma. Tomteexpressen som Jens kallar den. Det var ovanligt många och långa körningar runt omkring i regionen och tiden försvann fort. Jag brukar skicka de avlägsna leveranserna med speditionsfirma men den här gången körde jag själv. Som längst hamnade jag vid norska gränsen vilket är långt utanför normala etapper. Jag tröstade mig med det skulle klirra i kassan när fakturorna betalades. När jag återvände efter den sista leveransen var det fredag eftermiddag. Tid för avkoppling och drink hemma hos mig innan vi traskar till puben. Fast helst skulle jag vilja lägga mig en stund och sova.

Jag sprudlade inte av energi när jag hasade mig uppför trapporna till min lägenhet. Den ligger som tur är på första våningen. Jag hade väntat att Jens och Jenny skulle vara på plats men lägenhetsdörren var låst. Jenny har nyckel och brukar inte låsa när hon är i lägenheten. Men en annan person lösgjorde sig ur skuggorna i trappuppgången när jag fiskade upp nyckeln. En man med tjockt, brunt hår. Jag hade inte ägnat fallet många tankar eftersom fokus legat på annat men nu vaknade det till liv igen. Tjockt, brunt hår hade blivit en följetong. Han log vänligt.

"Freddy Larsson?"

Det hade inte varit smart att förneka att jag var den personen. Jag stod framför en dörr med mitt namn på och höll en nyckel i handen. Men jag var inte pigg på att stifta nya bekantskaper just nu. Mässingsskylten med texten *Freddys Agentur* hade jag tagit ner efter alla spydigheter från Jens, Jenny och Robertson. Anledningen till min avoghet hade inte med personen att göra. Det var hans sätt att säga 'Freddy Larsson' som fick mig att hålla tillbaka en grimas. Den senaste tiden hade så många människor uttalat mitt namn i frågande ton att jag höll på att utveckla en allergi mot beteendet. Jag nickade och mannen sträckte fram handen.

"Brian Allison. Min syster gav mig ditt namn och din adress."

Jag låste upp innan jag tog emot handen. Jag borde ha anat att det var Brian men jag hade föreställt mig honom äldre och med en mindre tydlig dansk accent. Den var så markant att det tangerade gränsen till det löjliga. Pernille pratade med göteborgsk språkmelodi fast hon inte tillbringat lika lång tid i staden som sin bror. Jag gjorde en gest in mot hallen och gick bakom honom in.

"Hur mår Pernille? Hon var bekymrad för dig."

Det var inte förrän vi kom in till deckarkontoret som jag såg att han hade en portfölj i handen. Han måste ha gömt den bakom ryggen ute i trappen.

Han ställde den bredvid soffan och satte sig nära den. Jag kom att tänka på Allocks bevakning av sin bombsäkra väska på puben.

"Hon mår bra."

Det var allt. Ingen ursäkt för att han ställt till det med sin asociala nonchalans. Ingen hälsning från den vackra systern. Jag erbjöd ett glas vin. Han ville hellre ha kaffe så jag startade min sörplande maskin. Jag pratade från kaffehörnan.

"Det var bra att du tittade in. Pernille gav mig i uppdrag att hitta dig så det var för din och hennes skull jag åkte till Köpenhamn. Är inte gratis så jag måste skicka en faktura till henne."

Han gjorde en gest.

"Det är okej. Jag tar hand om den. Om du har den färdig kan vi göra upp här och nu."

Jag sade att den fanns på datorn och att det bara var att skriva ut den. Jag hade inte lust att dricka kaffe så jag hällde upp en whisky och tog med den till soffan. Han log vänligt igen. Han hade ett trevligt leende och en behaglig röst.

"Jag visste inte att det finns privatdeckare i Göteborg. Verkar så lugnt och stillsamt här."

Jämfört med vad, tänkte jag medan tankarna fladdrade iväg till våldsamma kravaller under en viss amerikansk presidents besök. Fast det var ju några år sedan.

"Jobbet är sådant att diskretion rekommenderas. Men vi är inte tillräckligt många för att bilda en fackförening om det är det du menar?"

Han log lite generat den här gången. Jag såg att han sneglade på mitt whiskyglas och erbjöd honom en whisky. Han tackade ja och jag strosade bort till barskåpet igen och stängde av kaffemaskinen när jag ändå var där. När jag satt mig skålade vi och tog var sin klunk. Whiskyn värmde skönt fast jag som vanligt hade packat i ett antal isbitar. Han tittade undersökande på mig när han ställde tillbaka glaset.

"Är det sant att Dan Allock är död?"

Jag tittade häpen på honom. Om han hade pratat med Pernille visste han att så inte var fallet. Försökte han slå dunster i ögonen på mig? Han hade själv fått ett samtal av Allock och ringt ett som skickat en oskyldig mekaniker i döden. Min blick var inte vänlig.

"Han är i högsta grad vid liv. Jag tror han har planer för dig, Brian."

"För mig? Vilka planer?"

Han såg på mitt uttryck att jag inte köpte fabeln och ändrade attityd. Axlarna sjönk ner.

"Okej, jag vet att jag är i en förbaskad knipa, men jag har inte gjort något olagligt. Jag råkade ringa fel person vid fel tidpunkt. Det är sant att jag hade glömt att jag hade avtalat ett möte med en annan person."

"Kan den personen intyga det?"

Han lutade sig tillbaka och hämtade luft med ett djupt andetag. Jag fruktade ett långt anförande och gjorde en avvärjande gest.

174

"Spara detaljerna till Robertson. Han kommer att lyssna noga och ställa massor av frågor."

"Jag tror att Dennis Grichter, Saras bror ligger bakom alltihop."

Nu blev det ännu dummare. Försupne Grichter hade gjort sitt jobb på uppdrag av någon. Brian var överst på polisens lista över sådana uppdragsgivare. Det var något konstigt ned den här personens frågor och hans attityd. Han måste veta att jag visste allt, både genom Pernille och polisen. Jag beslöt att låtsas att jag gick på valserna.

"Vad skulle Grichter vinna på att döda Allock?"

Till min förvåning hade han inte preparerat ett svar på den relevanta frågan. Han såg plötsligt ut som jag brukar göra när Robertson sätter åt mig. Gråtfärdig. Jag vred om kniven lite till.

"Dennis hade en nyckel till bilen. Var kom den ifrån?"

Han svalde omständligt.

"Han kanske knyckte den när han hälsade på sin syster."

Jag beslöt att dra till med en fabel.

"Polisen har båda nycklarna till bilen. Den som satt i tändlåset och reservnyckeln som fanns i lägenheten."

Här borde han svarat att den som satt i tändlåset var den Grichter hade knyckt men det gjorde han inte. Det var så mycket som inte stämde i hans redogörelse att jag undrade om det här var ett spel för att få mig att släppa uppgifter han inte var berättigad till. Polisfakta. Jag fick en känsla av att han snappat upp fragment och försökte skapa en helhetsbild. Det skulle bli ännu konstigare. När jag frågade om han träffat Sara och lugnat ner henne tittade han på mig med oförstående blick. Det fick mig att ilskna till och jag skulle just säga till honom att sluta leka när dörrklockan ringde. Jag trodde det var Jens och blev glad att jag skulle få hjälp att avslöja den här pajasen.

Men Jens brukar knalla in när han ringt. Dörren var inte låst. Jag lyssnade efter de typiska ljuden från hallen. Det hördes inga sådana. Brian tittade konstigt, först på mig och sedan ut mot hallen.

"Väntar du någon?"

Jag förklarade att jag väntade två personer och att vi skulle ta en drink och sedan gå ut och äta. Fortfarande hördes inget från hallen så jag reste mig motvilligt och traskade dit.

Jag brukar kika i det lilla titthålet när jag inte är säker på vem besökaren är men jag var så distraherad att jag inte tänkte på det. Om jag gjort det hade jag stirrat in i ett par iskalla blå ögon och känt kalla kårar nerför ryggen. I stället öppnade jag obekymrat och ramlade nästan baklänges in i hallen när en kraftig man satte en stor fot på tröskeln för att hindra dörren från att stängas.

Jag tog ett steg tillbaka för att släppa in honom. Han hade ingen peruk och såg ut som den skallige vikingahövding jag beskrivit tidigare. Jag beslöt att spela upp en show. Många teaterföreställningar i min lägenhet idag hann jag tänka.

"Vad kan jag hjälpa dig med?"

Strålande öppningsreplik. Medan jag funderade på nästa infall drog han fram en pistol ur ett hölster innanför kavajen och riktade den vårdslöst mot min bröstkorg. Jag försökte harkla mig men inte ens det lyckades. Lät som en hundvalp som just fått en avbasning. Min gest förde också tankarna till sådant djur.

"Har vi träffats?"

Det var inte heller någon lysande replik. Hans röst var lika hes och hotfull som jag kom ihåg från pubtoaletten.

"Gör dig inte dummare än du är, Larsson."

Så brukar Robertson säga när han blir irriterad på mig. Jag ville le ursäktande men kände att munnen inte rörde sig. Han gjorde en rörelse med pistolen, stängde dörren och famlade efter nyckeln som inte satt i låset. Jag trodde han skulle be mig låsa men det gjorde han inte. Senare skulle jag tacka gud att dörren inte var låst. Jag gick sidledes in mot deckarkontoret och kom att tänka på att Brian väntade därinne. Det vore högsta vinsten för Allock att hitta två av sina tilltänkta offer på samma ställe. Jag bestämde mig för att varna Brian och höjde rösten.

"Nu kommer jag ihåg dig. Allock, är det så du heter? Vi sprang på varandra på en pub."

"Just det. Jag är Dan Allock, mannen vars bankkonto du har länsat på tio miljoner. Jag har kommit för att hämta mina pengar."

Det är det jag kallar klarspråk. Inget utrymme för missuppfattning. I andra sammanhang brukar jag uppskatta tydlighet.

Trots eller tack vare den hotfulla situationen började min hjärna arbeta. Första tanken var att förneka alltihop, vilket faktiskt var den enkla sanningen. Jag hade inte hans pengar och visste inte var de fanns. Andra infallet var att om han trodde att jag hade pengarna skulle det fungera som min livförsäkring. Eller åtminstone ge mig en frist att tänka ut något annat. Han skulle inte skjuta förrän han hade pengarna.

Deckarkontoret var tomt. Brian hade förstått. Jag såg att dörren till sovrummet inte var riktigt stängd. Om den stängts helt hade klicket avslöjat närvaron av ytterligare en person. Jag såg också att han haft sinnesnärvaro nog att ta med sitt whiskyglas och kaffekoppen. Mitt whiskyglas såg naturligt ut på soffbordet. En ny rörelse med pistolen uppmanade mig att sätta mig i soffan. Jag kände att jag behövde svälja men jag var så torr i munnen att det inte gick. Ett kraxande ljud steg ur min strupe.

"Jag vet inte vad du talar om, Allock."

Jag höll på att säga att jag aldrig har varit i Zürich men som tur var hejdade jag mig. Allock förblev stående med pistolen riktad mot mitt ansikte.

"Du har glömt? Då skall jag friska upp ditt minne. Jag är mannen som stod bredvid dig på hotellet i Köpenhamn när du frågade efter mig och bad receptionisten att vidarebefordra ett meddelande. Du var till och med vänlig nog att presentera dig och ge mig din adress. Fast det var inte din avsikt."

Jag hade inte bett receptionisten vidarebefordra ett meddelande men jag hade talat om vem jag var. Allock såg ut som om han väntade på minsta anledning att pressa avtryckaren. Jag insåg att mitt nästa misstag kunde bli mitt sista. Han log. Ett otäckt hotfullt eller hånfullt leende. Så kunde Richard Widmark le i gamla filmer när han riktade en pistol mot en försvarslös stackare.

"Sedan gick du till banken och frågade vilken bank jag flyttat pengarna till."

Jag kom ihåg att Robertson berättat att någon gjort just det och att vi gissat att det var Lönn.

"Det var inte jag."

Här borde jag naturligtvis ha upprepat att jag inte visste vad han pratade om. Nu lät det som om jag visste allt om just den incidenten. Hans leende blev ännu otäckare.

"Vem var det?"

"Bernhard Lönn."

"Hur vet du det?"

"Bara en gissning."

Jag insåg att jag hade gjort bort mig ordentligt. Avslöjat att jag visste vad som hänt på banken; att jag visste att någon frågat efter Allocks konto. Att skylla på Lönn lät antagligen lika svagsint i Allocks öron som i mina. Han tröttnade på att le och

179

gav mig en iskall blick. Jag tyckte inte om hans sätt att prata mellan sammanbitna tänder.

"På banken i Zürich berättade de att du tog ut pengarna och traskade iväg med dem i en portfölj. Inga namn, förstås, men beskrivningen är omisskännlig. Tjockt, brunt hår. Nu tror jag inte att du öppnade ett konto i en annan bank. Till och med i Schweiz håller de koll på stora kontantuttag. Har jag rätt så långt, Larsson?"

"Mitt hår är rödbrunt."

"Big deal. Jag vet att du tog nästa plan hem till Göteborg."

Jag höll på att säga 'hur vet du det' men insåg att det skulle få honom att dra ännu fler befängda slutsatser. Vad som än hände skulle Allock inte låta mig komma ur det här levande. Om han trodde att jag hade pengarna trodde han att de fanns här i lägenheten. Med mig ur vägen kunde han ägna resten av dagen åt att leta. Om jag lyckades övertyga honom om att jag inte hade pengarna skulle han skjuta mig för att han blev förbannad för den sakens skull. Nästa fasansfulla tanke var att Jens och Jenny skulle traska in i lägenheten och plötsligt befinna sig mitt i skottlinjen. Jag vågade inte fullfölja tanken. Mitt enda hopp stod till Brian Allison i mitt sovrum. Om han gjorde ett ljud skulle Allock vända sig åt det hållet och jag skulle kunna vräka soffbordet över honom och göra en störtdykning mot pistolen som han skulle tappa under attacken. Jag är förvånansvärt reaktionssnabb. Förvånansvärt med tanke på min i övrigt tröga läggning. Han fick syn på något och stelnade till. Det grymma leendet återvände.

"Vad är det där? En julklapp till farbror Dan?"

Jag såg att han stirrade på Brians portfölj. Eftersom jag inte hade en aning om vad den innehöll ryckte jag på axlarna.

"Det är inte min."

Orden hade inte hunnit ur munnen förrän jag hörde hur imbecillt det lät. *Inte min* lät som om jag försökte skydda den. Men ännu dummare var att påstå att en väska som stod vid min soffa i min lägenhet inte tillhörde mig. Allock frågade inte vem den tillhörde. Han gick fram och lyfte upp den. I stället för att öppna den lade han den på soffbordet framför mig. En ny rörelse med pistolpipan betydde att jag skulle öppna den. Det var en liten portfölj. En normalstor laptop hade fyllt hela utrymmet.

Jag öppnade dragkedjan och stack in handen. Som väntat innehöll den några pappersark och ett antal plastfickor. Det var allt. Jag lade föremålen på bordet och ryckte på axlarna igen. Han satte den iskalla blicken på mig.

"Skaka den."

Jag skakade den. Några pennor ramlade ut. Han sade till mig att skaka hårdare. Jag gjorde det och väntade inte att något annat skulle ramla ut. Kanske ett suddgummi. Men det är nog bara jag som använder suddgummi nu för tiden. Men det kom inget suddgummi. Det som ramlade ut i stället gav mig nästa chock. Jag hade föredragit suddgummi. Tre sedelbuntar dunsade ner på bordsskivan och ytterligare en föll på mattan. Jag plockade upp den och lade den på bordet. Som jag nämnt är jag känd för mina ansträngda leenden men det som drog i munnen nu fick alla andra prestationer att förblekna. Jag skymtade mitt gråtfärdiga uttryck i den stora spegeln som hänger bredvid min platt-tv.

"Jag hade ingen aning..."

Allocks leende var inte triumferande. Snarare bekräftande. Han brydde sig inte om att räkna sedlarna.

"Vet du vad detta är, Larsson?" Han gjorde en lång paus medan han granskade mig uppifrån och ner. "Det är din dödsdom. Ingen leker med Dan Allock och kommer undan med livet i behåll."

Något sådant hade jag väntat att han skulle säga men jag fattade inte hur Brian hade kommit över på pengarna. Alla var smartare än jag. Jag kände nästan fysiskt den danske vännens närvaro i rummet intill och hoppades att han skulle agera för att rädda pengarna han kämpat så hårt för att lägga beslag på. Men vad kunde han göra? Han skulle också få en kula i huvudet om han kom in i rummet. Allock osäkrade pistolen och riktade den mot en punkt mitt emellan mina ögon.

"Hur smart du än tror att du är finns det alltid någon som är smartare."

Just i det ögonblicket anade jag en rörelse vid sovrumsdörren. Som en bekräftelse på det stöddiga uttalandet. Någon är alltid smartare. Brian är kanske smartare.

Jag vågade inte flytta blicken dit. Det förvånade mig att Allock inte fortsatte plåga mig. På film brukar mördarna alltid dra ut på tortyren. Men det är nog bara för att regissören vill ha närbilder på deras grymma ansikten. Nästa moment gick väldigt fort. Jag kastade mig åt sidan när jag hörde skottet och såg flamman i pipan. Samtidigt träffades trumhinnorna av ljudet från ett annat vapen, ett som lät mycket kraftfullare. De två skotten ekade kusligt i rummet och följdes av en tung duns. Tankarna som började snurra som en konståkares piruetter handlade om Brian Allison. Varför var han beväpnad? Och han måste ha skjutit samtidigt som Allock. Visste han att Allock skulle dyka upp? Nej, det måste varit en tillfällighet. Frågorna övergick från piruett till knottsvärm i huvudet men det gick inte att sortera varken frågor eller svar just nu. Jag litade inte mer på Brian än på Allock och förstod att det bästa jag kunde göra var att spela död. Det var den enklaste prestationen i teatergenren den här eftermiddagen. Jag behövde inte ens spela. Jag kände att allting svartnade. Det låter konstigt men det var faktiskt skönt att sjunka in i dimman. Nerverna som varit spända som fiolsträngar slaknade som uttjänta gummiband. Jag föreställde mig att det kunde kännas så när man får en spruta under ett epileptiskt anfall. Det sista jag mindes var att jag somnade lugnt och stilla.

Förklaringar och ursäkter

Jag vaknade av att en hand skakade min skuldra samtidigt som en röst ropade mitt namn. Mina ögon öppnades sakta som om någon klistrat ihop dem. Blicken hamnade först på Jens och sedan på Jenny som stod snett bakom honom. Jag stirrade en lång stund som om jag inte kände igen mina vänner. Jens gjorde en gest mot någonting bakom sin rygg.

"Vad i helvete har hänt här?"

Jag hävde mig upp till sittande ställning och lät blicken glida runt. Jenny såg ut som om hon behövde banka sig i skallen med en hammare för att få ordning på kalabaliken därinne. Det gjorde nog jag också när min flackande blick stannade på en jättelik kropp på mattan bredvid soffbordet. Jag drog efter andan och famlade efter mitt whiskyglas. Trots sitt sorgliga tillstånd såg Allock fortfarande stark och hotfull ut fast han låg på magen och man inte kunde se ansiktet. Jens och Jenny hade bara skymtat honom i Köpenhamn iförd peruk och någon slags kindpåsar så jag berättade vem det var. Jag rundade av med en uppgiven gest och ställde frågan bara för att säga något.

"Är han död?"

"Väldigt död."

Jag tömde mitt glas och vickade det. Jenny förstod och hämtade flaskan och två glas till.

Jag förstod att jag inte sovit mer än några minuter när jag hörde ljud ute i hallen. Ingen hade ringt på dörrklockan. Det kändes som om jag sovit en vecka. Två uniformerade poliser störtade in i rummet med dragna pistoler. Min bild av Allocks pistolmynning återvände. Jag höll upp händerna och skakade dem hysteriskt.

"Skjut inte, det var inte jag."

De stoppade ner vapnen i hölstren och skyndade fram till den stora döda kroppen. Först nu såg jag blodpölen. Mattan var nersölad med blod så långt som en halvmeter från kroppen vid huvudet. Poliserna gjorde äcklade grimaser och meddelade att kommissarie Robertson var på väg. Min hjärna hade klarnat så pass att jag kunde redogöra för förloppet. Polismännen tittade sig omkring medan de lyssnade. En av dem drog upp pistolen igen och gick fram till sovrumsdörren och ryckte upp den samtidigt som han ropade att han var polis. Rummet var tomt. Hans kollega gjorde en snabb inspektion av resten av lägenheten. Jag ryckte på axlarna när han återvände.

"Han måste ha trott att jag också var död."

Kommentaren fick mig att titta mig omkring. Precis där jag suttit syntes ett hål i tyget och stoppningen. Jag petade på det. Samtidigt slog det mig att om inte Brian fyrat av sin bössa i samma

186

ögonblick hade Allock inte missat. Inte på det avståndet. Jag kände hur min hand skakade till.

"Han missade mig precis. Någonting sved till mot armen. Måste ha varit kulan."

"Var är den andre mannen nu?"

"Ingen aning. Som jag sade trodde han nog att jag också var död och försvann fort som fan."

Jag tittade mig omkring efter portföljen. Den var naturligtvis också borta tillsammans med innehållet som legat på bordet. Polismannen gjorde en svepande gest.

"När exakt hände detta?"

Jag tittade mig omkring igen. Den här gången med olycklig blick. Det började gå upp för mig att jag måste leverera rätt svar. Än så länge var det bara instinkten som påpekade den saken. Men det skulle ändras.

"Jag vet inte. Jag var så upprörd att jag inte tänkte på tiden. Dessutom somnade jag."

Jag hörde att det lät korkat men jag hade bara menat att vara sanningsenlig. Jenny brukar inte vara tyst så länge. Hon fyllde lungorna innan hon började. Hon kan vara väldigt näbbig när hon är på retsamt humör.

"Du befinner dig i ett drama där kulorna visslar kring öronen och en person skjuts ihjäl. Och mitt i alltihop somnar du?"

Hon gjorde en paus och tittade på de andra personerna i rummet. Jag följde hennes blick. Skakande huvuden tolkade jag som uppgivet instämmande. Hon stötte pekfingret mot sin panna.

"Andra människor i sådana situationer får adrenalinrusher så att de inte kan sova på en vecka men du somnar mitt i kalabaliken? Hur kan jag vara släkt med dig?"

Jag förklarade att jag var trött efter en ansträngande dag på jobbet. Det väckte inte heller några sympatier. Hon sade att så trött finns inte. Upplysningen att grannarna måste ha hört skotten fick den ene polismannen att nicka mot hallen. Den andre knallade dit. Vi andra satt och stod tysta och försökte undvika att blickarna hamnade på den blodige mannen på golvet. När polismannen återkom hade han sällskap av en hel patrull myndiga individer. Vi nickade stumt när vi kände igen Robertson och Lena Mansing. Ytterligare tre personer trängde sig in. Jag gissade att det var fotografen, rättsläkaren och en man från tekniska roteln. Det senare behövde jag inte gissa eftersom Lena berättade vem han var och fotografen hade en kamera i handen. Den uniformerade polismannen rapporterade att min närmaste granne stått ute i trapphuset när han öppnade dörren. Hans berättelse bekräftade att jag bara sovit en liten stund. Det var han som ringt polisen. Skotten hade hörts för en kvart sedan och några minuter senare hade en man rusat ut med en portfölj i handen. Grannen hade kikat i sitt titthål. Han hade också undrat hur sådana som jag fick bo bland hyggliga, kultiverade människor. Jag förklarade att det var en grinig gubbe som klagade hos värden när jag hostade. Jag undrade också varför det tagit flera minuter för Brian att lämna lägenheten. Han borde stuckit med en gång. Funderingen möttes av likgiltiga axelryckningar. Ämnet var inte högprioriterat.

Robertson förklarade att min lägenhet tills vidare var stängd för undersökning och frågade om jag hade någonstans att ta vägen. Jens bor ensam i en trerummare i Haga. Han gjorde en gest som betydde att jag kunde flytta in hos honom och lade till att om jag snarkade som jag gjort sist skulle han lägga en kudde över ansiktet och knyta fast den i sänggaveln. Alla suckade och tittade anklagande på mig. Jag tänkte kontra med att han själv snarkade så att porslinet klirrade i skåpen men kände att det inte var rätt läge.

Fotografen nästan snubblade över kroppen när han sprang runt och letade vinklar; rättsläkaren böjde sig över offret och småpratade utan att vända sig till någon. Jag trodde han var ett fall för psykologen tills jag förstod att han hade en mikrofon fastklämd någonstans och använde en inspelningsapparat som anteckningsbok. Vi uppfattade fragment av hans utlåtande: *"om de ändå kunde sluta använda dessa jävla kanoner. Man kan döda en noshörning med en sådan"*. När fotografen tagit sina bilder vände läkaren kroppen över på rygg och vi fick syn på det groteskt sönderskjutna ansiktet. Den stora blodpölen fick sin förklaring. Jag vände bort ansiktet och blicken hamnade på Jenny som samtidigt snurrade runt ett halvt varv för att slippa beskåda massakern. Alla såg illamående ut. Fotografen tog några bilder till innan läkaren täckte ansiktet och kroppen med ett lakan. En unison utandning lät som om alla närvarande hållit andan under proceduren.

Ytterligare två personer kom instövlande. Två stadiga män med en bår. De lyfte över kroppen med starka armar och rutinerade rörelser och band fast den med remmar. Några minuter senare traskade de ut ur lägenheten och nerför trapporna med sin fruktansvärda börda. Den stressade fotografen hade gjort sitt och följde med dem. De två poliserna som anlänt först kände sig också överflödiga. Rättsläkaren packade ihop sina attiraljer i en väska och anslöt sig. Han skulle göra resten av jobbet på sin arbetsplats. Kvar fanns Robertson, Lena, Jens, Jenny, jag och mannen från tekniska roteln.

Lugnet sänkte sig över rummet. Det vita strecket som markerade den döda kroppens position kändes påträngande. Som om Allock hade lämnat jordelivet och rummet fysiskt men inte psykiskt. Det blev så stilla efter tumultet att det kändes overkligt. Jenny gick bort till kaffehörnan. Hon behövde bara starta den med knappen, vatten och kaffe hade jag mätt upp när Brian tackat ja till en kopp. Jens hällde whisky i glasen Jenny ställt på bordet. Mannen från tekniska roteln traskade runt, lade sig på knä, kikade under och över alla möbler. Skotthålet i soffan undersökte han med fingret och rapporterade torrt att kulan var kvar. Därefter gick han bort till mitt skrivbord och tittade noggrant på allting. Alla följde honom med blicken. Plötsligt gav han ifrån sig en grymtning och pillade en stund med en liten kniv på min skrivbordsstol.

"Här är den andra kulan. Den har gått genom lädret och fastnat i träskivan innanför. Jag låter den vara tills vi gör den stora undersökningen. Får kanske offra stolen."

Han gjorde en ursäktande grimas. Jenny tröstade honom med att stolen var klädd med galon och hade kostat tjugo kronor på loppis. Jag protesterade och sade att det var äkta imiterat läder. Så brukar jag beskriva möbeln och fick de medlidsamma leenden i retur som jag också brukar få.

Robertson bad mig dra hela förloppet. Jag började med Brians uppdykande i trapphuset och slutade efter vad som kändes som en halvtimme med skjutandet. Jenny brukar säga att jag får problem när jag skall prata och tänka samtidigt. Jag hörde själv att tungan rörde sig långsamt men jag tror att Robertson föredrar noggrannhet framför tempo. Han antecknade flitigt i sin tjocka bok. Jag utelämnade mitt insomnande på soffan men Jenny fyllde glatt i den luckan.

När jag slutat sade han att han just kom från en annan lägenhet där en nyskjuten person legat på en soffa. Han och Lena hade varit där när samtalet om den här incidenten kommit. Skillnaden var att den personen inte haft samma tur som jag. Han var lika stendöd som Allock. Vi satt tysta när han berättade att det rörde sig om Dennis Grichter. Mannen från tekniska roteln inflikade att han också varit där. Han kravlade sig in under soffbordet och sträckte en arm under soffan. En ny grymtning bekräftade att det ljudet var hans sätt att uttrycka framgång i arbetet. När han ålat sig tillbaka höll han en pistol med en penna vid avtryckaren. Den placerades på soffbordet. Vi stirrade på den. Det var automatpistolen jag stirrat in i en stund tidigare. Då hade den befunnit sig i Allocks hand och min stirrande blick hade inte varit nyfiken som nu. Kaliber tjugotvå sade Robertson med låg röst. Det var inte nog med det. Mannen halade fram ytterligare ett vapen från samma ställe och placerade det bredvid det första. Robertson nickade bistert och sade att det var en Smith & Wesson kaliber fyrtiofem. Han förklarade att det måste vara det vapnet som skjutit bort halva skallen på Allock varefter kulan fortsatt och hamnat i stolen vid skrivbordet. Tyst nickande bekräftade den självklara slutsatsen.

Vi iakttog med dystra miner hur mannen packade ner fynden i en plastpåse. Robertson satte ögonen på mig. Oväntat hårt, tyckte jag. Därefter flyttade han blicken och lät den glida runt på ett undersökande sätt. Jag förstod att han beräknade skottvinklarna. Han avslutade med att sätta ögonen på mig igen.

"Exakt var befann du dig när skotten föll?"

"Där jag sitter nu ungefär. Men jag kastade mig åt sidan när han sköt."

"Var stod Allock?"

Jag förklarade var Allock stått och hur jag trodde att det gått till när Brian Allison kommit ut från sovrummet och skjutit. Att jag skymtat rörelser i ögonvrån. Nu tittade han på mig igen. Skeptiskt den här gången.

"Vi har inga andra bevis för att Allison varit här än ditt vittnesmål. Berätta en gång till vad som hände när ni kom in. I detalj."

Jag kände hur jag började svettas. Om det inte fanns fingeravtryck eller DNA efter Brian kunde Robertson tro att jag fabulerade för att rädda mitt eget skinn. Whiskyglaset Brian druckit ur var min räddning. Trodde jag. Jag berättade att det också stått en kaffekopp som han visserligen inte druckit ur men troligen rört vid. Båda borde finnas i sovrummet.

Mannen från tekniska roteln skickades dit med sin lilla väska. Han var bara borta några minuter. Fanns inga glas eller koppar i sovrummet. Han fortsatte ut till köket. Jenny ställde under tiden fram kaffekoppar till alla som inte drack whisky och serverade den rykande vätskan som just blivit färdig.

Det gick runt i huvudet när jag försökte föreställa mig fortsättningen. Jag behövde inte fundera särskilt länge. Tekniska roteln återvände och rapporterade med samma torra röst att han hittat en kaffekopp och ett tomt glas i köket men båda var grundligt rengjorda. Inga fingeravtryck. Beskedet förklarade varför Brian inte störtat ut direkt efter skotten. Han hade diskat efter sig. Iskall precis som Allock, tänkte jag. Två mordoffer ligger och förblöder på deckarkontoret och han ställer sig vid diskhon. Jag var för all del inte skadad men det kunde han inte veta.

Lena hade suttit tyst men nu yttrade hon sig. Det var inte uppiggande att lyssna på hennes annars behagliga stämma.

"Vi har kollat upp den här Pernille som vi träffade hos dig."

Jag tyckte inte om hennes sätt att dra ut pausen.

"Hon är syster till den man du påstår har begått ett mord här i dag."

Jag hade räknat med att jag skulle få betala för min missriktade lojalitet med Pernille men att det skulle bli så här drastiskt hade jag inte kunnat drömma om.

Det blixtrade till i huvudet när bitarna ramlade på plats. Det vill säga att jag förstod hur tankarna rörde sig i tjänstemännens huvuden. Lenas blick sade allt. Jag var i maskopi med Pernille för att skydda hennes bror, jag var i maskopi med Brian för att röja Allock ur vägen. Även om jag lyckades bevisa att Brian varit här kunde jag inte bevisa att jag inte haft med skjutandet att göra. Lena trodde till och med att jag hade ihop det med Pernille.

Ordet insyltad fick en ny innebörd i min personliga vokabulär. Det blev inte bättre när Robertson tog till orda. Nu på sitt mest formella sätt.

"Du har suttit i häktet förut så jag behöver inte läsa ramsan om rättigheter för dig men jag uppre-

194

par att allt du säger kan komma att användas mot dig."

Till min egen förvåning blev jag varken förbaskad eller förorättad. Allt jag kände var trötthet och likgiltighet. En natt i häktet skulle göra mig gott. Sova ut ordentligt och i morgon skulle de ha hittat fingeravtryck och DNA på pistolerna och jag skulle traska hem med gott samvete. De skulle börja fundera över motivet och komma på att Allocks motiv baserades på en löjlig misstanke att jag hade hans pengar. Jag började också fundera på hur Brian kommit över en så tung pistol. Det är omöjligt för en privatperson att få licens för att sådant vapen.

Den här soppan skulle bli mycket kryddigare. Men inte godare.

Jag slapp i alla fall kliva in i en patrullbil inför alla nyfikna ögon i fönstren på båda sidor gatan. Vi packade in oss i en civil Volvo. Lena Mansing satte sig vid ratten. På vägen till polishuset berättade Robertson att Grichter skjutits med en tjugotvåa, precis som den som riktats mot mig. Mitt emellan ögonen. Samma pistol hade pekat mot exakt samma punkt i mitt ansikte. Jag svalde tungt.

Allock hade med stor effektivitet och framgång börjat beta av sin dödslista men hade bara hunnit till det tredje namnet innan han själv blev skjuten av fjärde namnet. Namnen fladdrade förbi; Nortum, Grichter, Larsson, Brian, Sara. Scener ur gamla godingen *Some Like It Hot* blixtrade också till på näthinnan. I synnerhet scenen i garaget när det ena gangstergänget radar upp det andra och mejar ner allihop. Mig själv såg jag i en dödsförskrämd Jack Lemmon som rusar i gränderna med sin kontrabas. Just nu tyckte inte att det var en särskilt kul film.

Rörigt

När jag vaknade kände jag mig förvånansvärt väl till mods. Kanske för att jag under frukosten hade byggt upp en bild av fortsättningen. I den fantasin ingick en fryntligt leende Robertson som bad om ursäkt för frihetsberövandet. Han hade bara följt reglementet. Under natten hade hela förloppet klarnat. Polisen hade förstått att det måste ha gått till som jag förklarat. Brian Allison var den skyldige och de gjorde allt för att hitta honom. Jag kom att tänka på grannen som sett en person gå ut från min lägenhet. Han kunde bekräfta att det var Brian om han fick en beskrivning. Så jag var på ganska gott humör när jag klev in i förhörsrummet. Polismannen som ledsagat mig ställde sig olycksbådande på vakt innanför dörren. Jag hade väntat att förhöret skulle ske på Robertsons kontor där jag varit några gånger förut.

Robertson satt vid det enda bordet och tittade på ingenting. Lena Mansing satt bredvid honom och såg förfärligt dyster ut. Jag nickade vänligt och fick stela nickar i retur. Ingen sade någonting. Jag gissade att de hade gått in i sina roller som oförvitliga tjänstemän och bestämde mig för att lätta upp stämningen när jag slog mig mitt emot kommissarien.

"Förlåt om jag avbröt mitt i en rolig historia. Bry er inte om mig. Berätta gärna färdigt."

Det är sådant jag har lärt mig av Jens. Han säger vad som faller honom in i vilka situationer som helst. Skillnaden är att när han säger det låter det naturligt och avslappnat. Robertson såg uttråkad ut när han öppnade mappen som låg framför honom.

"Jag skall berätta en historia, Larsson, men den är inte rolig. I synnerhet inte för dig."

Han tystnade. Jag svalde tungt. Lena satte ögonen på mig.

"Vi har fått tag i Brian Allison. Han sitter i häktet. Faktiskt har ni sovit bredvid varandra i natt med bara väggen emellan."

Hon berättade med låg röst att Brian varit dum nog att söka upp Sara i hennes lägenhet. Polisen hade haft lägenheten under uppsikt och gått in med nyckel och gripit honom. Hon berättade att det var hon som haft passet när han smet in i lägenheten. Hon gjorde en omotiverad grimas och jag gissade att gripandet inte varit helt odramatiskt. Hon flätade ihop fingrarna som i bön och lade händerna på bordet. Jag log lättad och nickade tacksamt men fick inga leenden i retur. Hon fortsatte med samma låga röst.

"Vi höll ett inledande förhör med honom."

Nu gjorde hon en lika olycksbådande paus som hon gjort dagen innan i min lägenhet. Den gången hade det gällt min bekantskap med Pernille.

"Han påstår att han aldrig varit i din lägenhet."

Tydligen hade förnekandet orsakat irritation men jag förstod inte varför.

"Det var väl väntat. Men grannen såg honom lämna lägenheten genom sitt titthål?"

Frågetecknet hängde så länge i luften att det nästan blev synligt. Lena drog djupt efter andan när pausen blev för lång.

"Han såg inte vem det var. Det gick för fort. Han skulle inte kunna peka ut personen vid en konfrontation."

Okej. Han kan inte peka ut någon. Robertson satte sin blick på mig. Den kändes mycket tyngre än Lenas.

"Han har alibi för tidpunkten i fråga."

Jag tänkte protestera och säga att vem som helst kan fabricera ett alibi men kommissariens attityd höll tillbaka kommentaren. Tydligen var det ett vattentätt alibi. Senare fick jag höra att han varit på bio och kunde redogöra i detalj för filmens innehåll. Jag som är filmfreak kan redogöra för ett stort antal filmers innehåll och titta i göteborgsposten för att se vilken biograf som visat vilken. Men det skulle aldrig godkännas som alibi. Åtminstone inte av Robertson. Lena tog över igen.

"Vi har undersökt pistolerna. Tjugotvåan var som väntat full av Allocks fingeravtryck. Brian

Allisons avtryck och DNA fanns inte på fyrtio-femman. Inte på patronhylsorna heller. Tre patro-ner satt kvar i revolvern, tomhylsan låg på gol-vet."

Jag kände hur det började bulta i tinningarna. Robertson hade rätt, den här historien var inte rolig. Det skulle bli värre. Deras sätt att titta på mig gjorde mig verkligen nervös. Lenas röst var helt utan klang när hon fortsatte.

"Vi hittade fingeravtryck på kolven och pipan."

Hon var verkligen duktig på dramatiska pauser. Den här innehöll hela sista akten av pjäsen som pågick i mitt huvud. Jag ville fråga vems avtryck de hade hittat men orden vägrade komma fram. Hon nickade bistert.

"Dina."

Min hjärna kändes lika bedövad som tungan. Hur i hela friden hade mina fingeravtryck hamnat på kolven? Pusselbitarna formades sakta innan de trycktes in på sina rätta platser. Fanns bara en förklaring. Men hade jag verkligen sovit så djupt att Brian hade kunnat pressa min hand mot kolv och pipa utan att jag vaknade? Jag drog djupt efter andan. Så måste det gått till. Robertson nickade som om han läst mina tankar. En person till kom in i rummet och ställde sig snett bakom Lena. Bronsberg av alla människor. Han hade som vanligt problem med flinet som ryckte i mungiporna. Robertson rörde inte en min.

"Brian medger att han ringde det fatala samtalet dagen när bomben small men han påstår att det är sant att han kom ihåg ett brådskande möte och att han därför bad mekanikern flytta bilen. Ett olyckligt sammanträffande. Han nekar till allt annat."

Jag släppte ut luften jag dragit in.

"Tror ni på det? Han vet att samtal registreras och att det är meningslöst att neka."

"Hur skall vi bevisa att han hade ett annat uppsåt än att ringa och be om en tjänst?"

Det gick sakta upp för mig vad detta innebar för mig. Om de trodde honom, eller valde att tro på honom skulle han strykas från listan över misstänkta. Kvar på den listan skulle finnas ett namn. Freddy Larsson. Jag hade känt Robertson så länge att jag hade lärt mig att han hade två favoritknep. Det ena var att invagga misstänkta i falska förhoppningar och när det var gjort kom den försåtliga frågan som ett klubbslag i huvudet.

Det andra var det som pågick här och nu. Långa tysta pauser för att göra folk nervösa så att de började babbla. Mycket riktigt blev jag nervös och bröt tystnaden.

"Min inblandning i det här beror på ett misstag jag gjorde på hotellet i Köpenhamn. Jag råkade befinna mig på fel plats vid fel tillfälle."

"Och säga fel sak när fel person lyssnade?"

"Precis. Och jag såg inte numret till bankkontot i Zürich på hans underarm."

"Vilket nummer?"

Grattis, Larsson. Ingen trampar i klaveret som du. Jag önskade att någon verkligen hade dunkat mig i huvudet med en klubba. Och helst innan jag öppnade munnen. Robertson behövde inte ställa den försåtliga frågan. Det avslöjande svaret hade han fått gratis.

"Det trodde jag ni visste. Allock hade dåligt sifferminne och antecknade alla viktiga siffror på sin underarm."

Jag tolkade Lenas nick som att de kände till den vanan och att de hade läst siffrorna men inte visste vad de betydde. Det var en nyhet att numret till bankkontot var med bland dem. Åtminstone låtsades hon att det förhöll sig så.

"Så du såg inte numret? Vem kan ha sett det?"

Jag förstod att namnen på misstänkta radades upp i deras huvuden. Jens, Jenny, Sara, Lönn. Och mitt påstående att jag inte sett det sorterades säkert in på nästa sida i Larssons fabelbok. Och om jag eller Jens och Jenny hade sett det kände alla tre till det. Jag hade gått i fällan. Robertson knackade sin penna på bordsskivan.

"Om du inte såg numret, hur vet du att det fanns där?"

Jag ville säga något men kunde inte tänka ut något nu heller. Kanske lika bra med tanke på att de senaste inpassen bara fått mig att sjunka djupare i dyn. Robertson såg trött ut.

"Okej, Larsson. Så här kommer åklagaren att gå tillväga."

Jag såg i ögonvrån att Bronsberg rätade på ryggen. Hans bild av mig bakom lås och bom kunde saboteras av polisinstruktioner. Robertson noterade också. Han ser allt.

"Bronsberg, gå till labbet och be dem göra kopior av allting som rör det här ärendet."

Bronsbergs sätt att förflytta sig avslöjade hans tankegångar. Sättet att stänga dörren förbättrade inte intrycket. Ordentligt förbaskad var budskapet. Min olyckliga blick vandrade från kommissarien till Lena och tillbaka.

"Är jag verkligen misstänkt?"

"I somligas ögon är vi alla misstänkta."

Jag visste att förhållandet mellan Bronsberg och Robertson inte var utan fläckar. Kommissarien återupptog knackandet med pennan.

"Här är fakta i målet. En död kropp hittas i din lägenhet. Nära den finns två pistoler, båda har använts för att döda människor samma dag."

Jag protesterade på samma ynkliga sätt. Jag hade inte fyrat av någon av dem. Robertson tittade nästan likgiltigt på mig.

"Åklagaren kommer att koncentrera sig på dina fingeravtryck på det tyngre vapnet. Det är allt han behöver. Den pistolen dödade Allock."

"Var skulle jag fått ett sådant muskedunder ifrån? Jag vet inte hur man skaffar olagliga vapen."

Han påminde mig om att det fanns en annan olaglig pistol inlåst på polishuset. En som påträffats i min ficka under ett polisingripande. Jag brydde mig inte om att påpeka att jag bara förvarat den åt en klient. Han visste att det förhöll sig så och att den var registrerad på klienten som numera var död.

"Om jag hade skjutit hade Allock träffats framifrån. Vad jag kunde se träffades han i sidan av huvudet."

"Det är naturligt att vrida huvudet när man blir beskjuten. Du påstår att du gjorde det när du blev beskjuten. Och att det räddade ditt liv."

Jag kände snaran dras åt och famlade desperat efter halmstrån.

"Vilket motiv skulle jag ha?"

Lena tog över igen. Jag kunde inte avgöra om hon var på min sida eller om hon också skulle trivas bättre om jag befann mig på andra sidan gallret.

"Där ser vi två möjligheter; åklagaren kan hävda att du övermannade Allock och sköt honom efter att du avväpnat honom; eller han kan använda pengarna som motiv. Pengarna fanns i din lägenhet, du kalkylerade med att Allock skulle dyka upp och kräva dem tillbaka."

Jag tittade häpen på henne. Det senare alternativet skulle innebära överlagt mord. Att jag väntade på Allock med en laddad pistol. Jag kände mig som en papegoja när jag upprepade att pengarna inte funnits hos mig förrän Brian burit dit dem och tystnade när jag erinrade mig att de inte ens trodde att Brian varit där. Robertson skakade sakta på huvudet.

"Det finns två saker som talar för dig. En är att båda vapnen avfyrades, innebärande att du verkligen blev beskjuten. Om du ensam hade skjutit hade inte kulan i din soffa funnits där. Det andra är att Allock är en känd mördare. Du kan hävda att du visste det och att du handlade i självförsvar."

Ingen av optionerna piggade upp mig. Den första var bara en teori, den andra innebar att jag verkligen hade skjutit Allock. Jag famlade efter fler halmstrån.

"Någon måste ha hämtat pengarna på banken i Zürich. Den banktjänstemannen måste minnas vem som gjorde det och kunna peka ut honom."

Lena gjorde en urskuldande gest.

"Vi har bett lokala polisen utreda. Det finns övervakningsbilder."

Jag drog efter andan så djupt att det gick runt i huvudet.

"Det här är inte klokt. Två personer försökte döda mig. Båda misslyckades. Ändå sitter jag här, misstänkt för deras brutala dåd. Jag förstår inte vad som händer. Jag är offer, inte förövare."

"Varför ville Allison döda dig, tror du?"

"För att jag såg honom döda Allock och för att jag visste att han hade pengarna."

"För en stund sedan sade du att han trodde du var död."

"Det var det som räddade mitt liv."

Jag såg på dem att de inte förnekade logiken i det resonemanget. Robertson nickade bistert den här gången.

"Allison är en hård nöt. Honom knäcker man inte så lätt. Vi får hoppas att han gör ett misstag under nästa förhör."

"Skyller han på mig?"

"Det skulle vara ett sådant misstag. Då skulle han medge att han varit i din lägenhet och att han kände till att pengarna fanns där."

"Hur är det med hans syster? Har ni pratat med henne?"

Lena förklarade att de talat med henne och att hon – troligen instinktivt – tagit Brians parti och sagt att hon inte nämnt mitt namn för honom. De träffades dagen före kalabaliken. När hon hade funderat en stund ändrade hon sig och medgav att hon kunde ha nämnt mitt namn. Jag skakade på huvudet.

"Kunde ha nämnt? Hon engagerade mig för att leta efter honom och på hennes initiativ följde vi efter Sara till Köpenhamn. Jag är huvudperson i den röran, inte i den andra. Tror ni verkligen att hon pratar med sin bror utan att nämna något av detta? Brians officiella ursäkt för att besöka mig var att tacka mig och betala räkningen."

Robertson gjorde en anteckning.

"Tror du att han kom för att döda dig?"

Kommentaren fick mig att börja hoppas. Avsaknaden av ett spydigt *'om han var där'* var en lättnad. Robertson spelade bara sitt spel. Jag slog ut med handen.

"Han var offer för omständigheterna precis som jag. Och han försökte inte döda mig. Jag fick bara en känsla av att min död – även om den var fejkad – passade hans planering."

"Vände han dig för att kolla om du var död?"

För tredje gången tvingades jag medge att jag somnat och att jag inte visste vad som hänt under några minuter. Jag ångrade att jag inte sagt att anspänningen fått mig att svimma. Säkert var att Brian hade pressat dit mina fingeravtryck.

Bronsberg återvände med dokumenten och slängde dem nonchalant framför Lena, inte Robertson. Demonstrativt, tänkte jag. Hans sätt att korsa armarna över bröstet var en signal till chefen att han inte accepterade att behandlas som springpojke. I synnerhet inför en misstänkt mördare och en kvinnlig polis.

Lena bläddrade slött i papperen men fick plötsligt en annan glimt i ögonen. Hon stötte ett finger mot ett papper.

"De har hittat fingeravtryck på en flaska med diskmedel i köket som inte är dina. Är det någon annan som diskar hos dig?"

Jag skakade på huvudet igen. Ingen diskar hos mig hur mycket jag än skulle vilja att någon gjorde det. Hoppet som tändes släcktes när hon fortsatte.

"Det är inte Brian Allisons heller."

Det blev tyst en stund igen. Det faktum att Brian sökt upp Sara i hennes lägenhet tydde på att han kanske inte var så smart. Jag framförde åsikten i uppgiven ton. Lena log på ett odefinierbart sätt.

"Det kanske var något annat än förnuft som påverkade honom."

Jag förstod att inpasset innehöll ett budskap men brydde mig inte om att analysera känslan. Min egen soppa krävde all koncentration. Vi tystnade igen och jag fick för mig att alla i rummet var upptagna med att passa in bitar i var sitt pussel. Jag såg mig transporterad tillbaka till cellen där jag tillbringat natten. Robertson tog upp en nyckelknippa och skramlade olycksbådande med den. Jag stirrade häpen. Skulle jag direkt till fängelset utan rättegång. Behövdes ingen rättegång i ett så glasklart fall. Men det var fel igen.

"Du är fri tills vidare. Stanna i Göteborg. Anmäl dig varje dag till mig tills vi fått klarhet i detta. Vi behåller mattan för undersökning. Och glöm inte att allt vi har emot Brian Allison är ditt utlåtande."

Han lämnade över nyckelknippan. Jag hade inte förstått att det var mina nycklar. De hade troligen lagt beslag på dem medan de undersökte lägenheten. Jag log tacksamt när jag reste mig.

"Med facit i hand borde jag ha försökt stoppa honom."

"Med samma facit i hand - då hade du varit död på riktigt. Han hade två laddade vapen inom räckhåll."

Jag tänkte säga att det hade jag också men det hade nog skickat fel signal. När jag vände mig om i dörröppningen såg jag att Bronsberg såg ut som ett åskmoln. Jag fick anstränga mig för att hålla tillbaka ett leende. Hur vänligt det än var skulle den lille vesslan uppfatta det som ett hånleende. Samtidigt såg jag att Lena tittade konstigt på mig. Som om hon ville säga något.

Jag har sällan känt mig så lättad som när jag strosade ut i friheten och möttes av ett ihållande regn. Robertson hade aldrig misstänkt mig på allvar. Hans show hade som vanligt syftat till att klargöra skillnaden mellan hårt arbetande proffs och sorglösa amatörer.

Färdig att explodera

Jag tog spårvagnen vid Valand och ställde mig nära utgången. Två hållplatser senare klev jag av och tittade leende på den gamla byggnaden där min lägenhet är inrymd. Innanför de stora fönstren som vette mot gatan hade hela cirkusen utspelat sig för ganska precis ett dygn sedan. Jag hade ingen lust att sitta ensam med mina tankar så jag traskade bort till min pub för att lugna ner mig med en whisky.

Det kändes tryggt att placera baken på min vanliga stol vid baren. Längst bort på vänsterkanten som om jag förberedde en snabb reträtt. Jag kände bartendern Jimmy så väl att jag bara behövde göra gesten som betydde standardbeställning.

Två stolar längre bort satt en man som studerade mig i spegeln bakom flaskorna. Jag suckade när jag kände igen sättet att granska mig. Ibland tror jag att en del människor går på puben bara för att leta ut ett offer att tråka ut med historier om livets elände. Påfallande ofta är jag det offret. Den här mannen såg städad ut. Mellan fyrtio och femtio. Välklädd i blazer, snygg tröja, vit skjorta och slips. Det var lördag och många tog ett glas innan de försvann till andra aktiviteter som fester, restaurangbesök, möte med älskarinnan eller vad som helst. Han snurrade ett glas mellan fingrarna och tittade på ingenting tills jag hade fått min drink, en fyra whisky med massor av is. Jag hajade till när han tog upp det ämne som fladdrat till för en stund sedan i min hjärna. Tråkig.

"Förr i tiden trodde jag att jag var tråkigare än alla andra."

Uppiggande inledning. Precis vad jag behöver, tänkte jag medan jag pressade fram ett deltagande leende. Han gjorde en paus på samma sätt som Jenny brukade göra. Man väntar på en fortsättning som inte kommer. I alla fall inte förrän man trycker på en startknapp.

"Det är många som tror."

Jag hoppades att han förstod att jag inte menade att han var tråkig utan att andra också tyckte de var tråkiga. Han höjde sitt glas med en trött rörelse.

"Men så kom facebook och plötsligt insåg jag att alla var lika tråkiga. Inte nog med det, folk verkar ha ett behov av att offentliggöra sin tristess."

Jag besvarade skålen.

"De tycker nog inte att de är tråkiga."

"Ännu värre."

Jag förstod inte vad som var värre. Att inte tycka att man är tråkig fastän andra tycker det eller att man inte inser hur tråkig man är. Jag har inte facebook eller något annat socialt medium så jag kan bara återge fragment jag hört av Jenny som är en flitig användare. Men min åsikt var inte efterfrågad. Min uppgift var att lyssna.

"Förhållandet mellan människor har blivit helt asocialt sedan de sociala medierna gjorde sin entre. Folk vräker ur sig vad som helst om vem som helst. Förolämpningar, hot, förnedring, trakasserier. Och det beror på att man inte ser varandra i ögonen längre. Precis som om man inte har ansvar för det man skriver. Säger du sådana saker till en levande människa som befinner sig inom armlängds avstånd åker du på en smäll. Om jag skulle kalla dig för skitstövel skulle du bli förbannad."

Jimmy passerade precis när mannen uttalade ordet skitstövel i ganska hätsk ton. Han gav mig en frågande blick och ryckte på axlarna när jag svarade med ett uppgivet leende. Han vet att jag har den här märkliga dragningskraften på Petter Pratsjuk. Till och med ämnet var bekant; vi hade tillsammans skickat ut en person som påstått att jag liknade en skitstövel som skulle ha en smäll på käften. Fast den personen hade varit aggressiv, det var inte den här. Min förmåga att dra till mig den sorten beror nog på att jag uppfattas som totalt harmlös och att jag ser så snäll ut.

Jag hade slunkit in för att lugna ner mig efter den uppslitande upplevelsen på polishuset och ville bara sitta och fundera med min whisky, kanske växla några ord med bartendern som är en klok person. Mitt nya sällskap gjorde mig lika nervös som jag varit en timma tidigare. Kanske för att jag inte kommit ner i varv. Jag svepte i mig drinken, satte nästan i halsen och gjorde tecken till Jimmy att han skulle sätta drinken på notan. Han nickade förstående. Jag ursäktade mig för den nye bekantskapen som inte ens hade presenterat sig. Hade inte jag heller.

När jag traskade framåt Vasagatan funderade jag på om Robertson låtit mig gå bara för att det var lördag. I alla fall tolkade jag gesten som att han tyckte det var för tidigt att lämna över ärendet till åklagaren. Lena hade tittat långt efter mig när jag traskade ut genom dörren. Kanske tyckte hon att det var riskabelt att släppa iväg mig på så lösa grunder.

Så mitt hjärta slog ett dubbelslag när jag sprang på just henne. Hon väntade utanför min lägenhetsdörr. Min första tanke var att hon kommit för att hämta mig tillbaka till häktet. Hennes min motsade den teorin.

"Får jag följa med in en stund. Det är något jag måste berätta. Det har inte med dig att göra men du är så skön att prata med."

Skön att prata med. Jag hade just lämnat en person som tyckt att jag var skön att prata med. Men jag hade inte tyckt att han var skön att lyssna på. Den talträngde mannen hade saboterat mina intentioner att komma i balans så det kändes inte riktigt bekvämt att återvända till lägenheten. Gårdagens kaos pumpade i huvudet när jag lät blicken glida runt. Sofftyget var uppskuret kring hålet

214

där kulan gått in. Skrivbordsfåtöljen var också grundligt undersökt. En lång reva berättade. Jag var glad att Lena var med mig så att tankarna skingrades.

Mattan saknade jag inte alls. Golvet var så vackert att det var onödigt att ha en matta överhuvudtaget. Utom för att dämpa ljud. Det var en riktigt fin gammal ekparkett, slipad och fernissad som förr i tiden. Mattan hade förstås skyddat den från repor och slitage. Den nordiska vanan att ta av sig skorna i hallen hade inte etablerat sig i mitt hem. Åtminstone inte hos de två mest frekventa besökarna, Jens och Jenny.

Lena var klädd som hon varit på polishuset. Formell men ändå ledig i halvlång mörk kjol och vit blus under en mörkblå kofta. Hennes egna plagg, gissade jag fast de mycket väl kunde höra till tjänsteutstyrseln. Åtminstone för en blivande kommissarie. Till min förvåning tackade hon ja till en gin och tonic. Jag serverade en whisky till mig själv och kände att den jag svept i mig på puben fortfarande gjorde sig påmind. Det var pratmakaren som fått mig att göra så. De få gånger jag sveper drinkar känner jag av dem direkt och länge efteråt. Vi satte oss i varsin ända av soffan för att ha ögonkontakt men ändå tillräckligt nära för att det skulle kännas intimt. Jag satte mig först så det var hon som ville sitta nära. Det var lite spännande också. Både polis och snygg kvinna som ville öppna sitt hjärta för mig.

Hon tog en salt pinne ur ett glas jag ställt på bordet.

"Du minns att jag sade att jag tagit Brian och Sara på bar gärning i hennes lägenhet?"

Jag nickade och erinrade mig att jag läst in något i redogörelsen som kunde tolkas som drama. Bar gärning när det rörde sig om älskare och älskarinna lät lite ekivokt. Och just det skulle det handla om. När jag går igenom den här konversationen efteråt förvånar det mig att hon valde att berätta för mig i enrum. Jag trodde att sådan öppenhjärtlighet bara förekom kvinnor emellan. Samtidigt förstod jag att det var något som måste ut och att Robertson och Bronsberg inte var de rätta bollplanken. Jag satt tyst som jag brukar. Kanske därför jag är skön att prata med. Jag avbryter inte. Hon knaprade tankspritt på den salta pinnen.

"Har du någonsin blivit överraskad mitt under pågående akt?"

Hon satte ögonen på mig. Jag såg att de var stora, vackra och väldigt blå under välformade mörka ögonbryn. Jag var på väg att säga att det aldrig pågått någon akt med mig inblandad men det hade varit lite för utlämnande. Jag nöjde mig med att skaka på huvudet. Hon log men om det var åt min tafatthet eller något annat kunde jag inte avgöra.

"Har du överraskat någon i det mest intensiva skedet?"

En ny huvudskakning meddelade att så inte var fallet. Jag började ana vart det var på väg. Hon stärkte sig med en präktig klunk av sin drink. Jag hade blandat ganska kraftigt.

"Det var så absurt att jag undrar om jag minns rätt."

Hennes blick försvann i tomma intet. Rösten sjönk till knappt hörbar. Som om hon inte ville höra själv. Min fantasi gjorde en bild av ett älskande par på en soffa. Älskande par var rätt men ingen soffa.

"Jag stormade in med pistolen i högsta beredskap. De var så upphetsade att de inte hörde. Eller ännu värre, de brydde sig inte om mig. De befann sig på en annan planet."

Hon satte ögonen på mig igen.

"Du vet hur det är när man är eggad upp till hårfästet. Man bryr sig inte om någonting annat. Man har inte ens självbevarelsedrift."

Jag satt tyst och log fånigt tills jag förstod att hon ville ha en respons. Du vet hur det är? Jag vet ingenting men nickade ändå. Hon flyttade blicken till min Tolouse-Latrec på motsatta väggen. Kvinnan som just rullade ner en strumpa fungerade som en illustration till berättelsen.

"Jag vet inte om det värsta var själva anblicken eller om det var känslan att förstöra för två människor i den finaste och samtidigt mest utsatta situation människor kan befinna sig i. Ändå kunde jag inte låta bli att stirra."

Jag ville trösta med att hon var där i tjänste-
ärende och att det hade varit tjänstefel att inte
hålla ögonen på bovarna. Men det hade varit för
tydligt. I stället lyssnade jag uppmärksamt till en
redogörelse som var så långt från torr polisrapport
man kan komma. Hon fuktade läpparna.

"Jag träffade en gång en kvinna som sade att
begravningar gjorde henne het. Hon trodde att
hon var pervers. Jag visste inte vad jag skulle
säga så jag sade att det måste vara tanken på dö-
den som väckte fortplantningsinstinkten till liv."

Det tyckte jag var ganska snyggt sagt och nick-
ade uppskattande. Hon fattade sitt glas men drack
inte. Blicken försvann i fjärran igen.

"När jag stod där och riktade pistolen mot de
här två stackarna kände jag att jag också blev
upphetsad men jag kan inte avgöra om det var
anblicken av det heta paret eller om det var situat-
ionen i sig som fick adrenalinet att pumpa."

Hon gjorde en paus. Jag har inget emot att an-
vändas som bollplank men det hade aldrig före-
svävat mig att en kvinna som Lena skulle öppna
sig så brutalt. Jag började förstå hur viktigt det
var för henne att få den här upplevelsen ur sig.
Tydligen hade hon ingen annan att vända sig till.
Hon verkade inte medveten om att hon lade han-
den på min underarm och kramade hårt.

"Det var den största jag sett. Den var lika tjock
som din underarm och minst trettio centimeter
lång. Din vän Jens är välutrustad men långt ifrån
som den här mannen."

Jag ville inte höra om Jens företräden eller till-kortakommanden på det området. Inte om man-nen som ställt till det i mitt hem heller. Men att få ur sig allt ingick i hennes terapi. Och historien skulle bli ännu mer bisarr. Tydligen hade akten precis börjat när Lena kom in i rummet. Det mest bisarra var att Sara hade en drink i varje hand. Gin och tonic lade Lena till och tog en klunk ur sitt eget glas som om hon ville förstärka minnes-bilden. Brian satt på en pinnstol, helt naken precis som Sara. Tydligen hade Saras tanke varit att de skulle ta en drink innan de satte igång. Men så hade hon ställt sig grensle över honom och antag-ligen hade han då fattat henne om höfterna och pressat ner henne mot sitt organ. De fulla glasen gjorde att det blev en väldigt försiktig föreställ-ning. Jag kastade en blick på Lena och såg att hennes kinder var röda. Hela ansiktet tycktes flamma. Rösten hade också förändrats och blivit hes.

"När jag stannade i dörröppningen hade han trängt in några centimeter. Bara ollonet var så stort att hela inte glidit in. Jag har aldrig upplevt något så sexigt. Sara gungade och vred underlivet för att få in den men det gick bara någon millime-ter i taget. Som du vet är hon ingen stor kvinna och verkar inte vara det nertill heller. Trodde jag till att börja med. När ollonet äntligen var inne var det säkert tjugo centimeter kvar nedanför hennes skinkor som väntade på att försvinna in. Det måste ha varit jättetrångt. Hon böjde sig framåt för att hjälpa till. Jag såg tydligt hur henne öppning tänjdes till bristningsgränsen."

Hon tystnade igen och satte blicken på mig samtidigt som hon kramade min arm hårdare.

"Det tog säkert fem minuter av hårt arbete att få in den till hälften. Sara pratade hela tiden men han sade ingenting. Det såg lite löjligt ut med glasen i hennes händer men det var för långt till bokhyllan för att ställa ifrån sig dem. När han började jucka så mycket som det gick stönade hon att han skulle fortsätta."

Hon tystnade och såg nästan gråtfärdig ut.

"Det var då det hände. Han fick syn på mig."

Jaha, tänkte jag. Slut på föreställningen.

Fel igen. Det som hänt hittills var bara början. Hon flyttade blicken igen till tavlan med den prostituerade kvinnan.

"Det fick honom inte att sluta. Tvärtom tog han henne om skinkorna och började gunga henne upp och ner. Så höll de på ytterligare fem minuter. Hennes stönande blev så högt att jag förstod att orgasmen var på väg."

Nu såg hon gråtfärdig ut igen.

"När det gick för henne, tittade han stint på mig. Jag försökte se neutral ut men jag tror inte det lyckades så bra. Jag hade inte ens vett på att stoppa undan pistolen. Hjärnan hade slutat fungera."

Hon tystnade igen och såg helt borta ut. Jag undrade om det hände något i hennes huvud och underliv just nu. Jag känner inte kvinnor så väl.

220

Kanske är en fysisk reaktion möjlig bara genom att prata om en het situation. Jag har hört att kvinnor är mer individuella på det intima planet än män. Just när jag funderade på det lutade hon sig mot mig och tryckte ett bröst mot min arm. Samtidigt såg jag att det ryckte i hennes mellangärde. Det höll säkert på en halv minut. Det bultade i mitt huvud. Vad var det som hände? Ville hon att jag skulle göra något? I så fall vad? En tjusig kvinna satt bredvid mig och pratade så upphetsat om en sexuell upplevelse att hon fick orgasm? Och jag satt som en zombie bredvid och fattade ingenting. Men hennes historia var inte slut.

"När Sara fått sin orgasm lyfte han upp henne så att han gled ur henne. Först då fick jag se organet i full prakt. Verkligen praktfullt."

Hon gjorde en paus och svalde bort saliv innan hon fortsatte.

"Hon nådde äntligen bokhyllan, ställde ifrån sig glasen och tog position bredvid honom med ansiktet åt mitt håll. Då hände det. Han fick orgasm. När det började spruta fattade Sara tag i organet och höll det så att det sprutade på hennes mage och bröst. Precis då fick hon ögonkontakt med mig. Jag kommer aldrig att glömma hennes blick när hon stod och stirrade på mig medan hennes framsida sölades ner av sperma. Där stod vi och stirrade med fasa på varandra, båda förlamade och med bultande hjärtan. Just då ryckte det i mitt underliv så att jag kände hur jag blev mjuk i knäna."

Hon gjorde en paus igen och tittade på mig med sorgsen blick. Jag visste inte hur jag skulle reagera. Skulle jag säga att jag förstår hur det kändes? Jag behövde inte säga något. Hon fortsatte efter den spända pausen.

"Sedan blev det värre. Mitt jobb var att arrestera honom. Jag hade ringt Robertson innan jag gick in i lägenheten. En patrull var på väg. Jag hörde ljud i trappuppgången. Om några sekunder skulle de storma in. Jag var tvungen att agera. Min första tanke var att skydda Sara. Jag sade till henne att klä på sig. Hon agerade som om hon befann sig i trans men det var förstås chock. Riktig chock."

Jag fick höra att de två hade hunnit skyla sig innan två manliga poliser störtade in och grep Brian. Sara var inte misstänkt för någonting så hon fick stanna kvar. Nästa trauma var att Lena måste följa med poliserna. Hon hade ansvaret för operationen och Robertson väntade på rapport. Hon hade velat stanna kvar och trösta den stackars kvinnan.

"Ibland undrar jag om jag är rätt person för det här jobbet. Är nog alldeles för vek."

"Din empati gör dig starkare. Om några dagar har du bearbetat upplevelserna och då ser du annorlunda på ditt agerande."

"Det var mitt första uppdrag som chef för en insats. Jag hade fulla ansvaret. Robertson hatar svaghet hos poliser. Jag kanske missade chansen att bli kommissarie."

"Oroa dig inte. Robertson är en skarpsynt person. Han vet vilka kvaliteter som behövs för jobbet och att du har allihop."

Ordvalet förvånade mig själv. Mina kvaliteter som terapeut består annars i att sitta tyst och lyssna. Nu hade jag klämt ur mig riktigt vettiga saker. Vi grabbade tag i våra glas och tömde dem som för att skölja bort en dålig smak i munnen. Jag förstod att Lena sökt upp mig för att hon behövde stöd. Inte för att jag varit mycket till stöd, men hon hade fått prata av sig.

Men jag förstod inte varför det varit så viktigt att söka upp just mig. Hade varit bättre med Jens som hon varit i säng med. De intima detaljerna hade varit naturligare i hans sällskap. Eller Jenny. Kvinna till kvinna fungerar på ett annat sätt. Hon tittade på mig igen. Den här gången vädjande.

"Jag vill be dig om en sak. När du träffar Sara nästa gång vill jag att du framför min ursäkt och förklarar att jag agerade som jag gjorde för att jag inte hade något val som polis."

Jag tänkte invända att jag inte hade någon kontakt med Sara men höll tillbaka den upplysningen. Det hade varit svårt för Lena att klämma ur sig berättelsen och skulle bli mycket svårare om jag inte lovade att framföra ursäkten. Då skulle hon tvingas göra om allihop med någon annan. Hela syftet med att söka upp mig kanske handlade om just den ursäkten.

"Det lovar jag. Och jag skall inte nämna att jag känner till detaljerna, bara att du bad mig framföra ursäkten."

Jag hörde inte att ytterdörren öppnades eftersom jag pratade just då. Besökarna – det finns bara två som gör entre på det sättet – hörde tydligen min röst och drog slutsatsen att jag hade sällskap. Därför avsaknaden av det glada tjoande som brukar ackompanjera deras ankomst. Lena hade inte heller hört att vi fått sällskap. Hon hade haft örat för nära min pratande mun. Hon kramade min arm igen och lutade sig mot mig för att ge mig en tacksam kyss på kinden. Precis när hon skulle trycka läpparna mot min kind hörde jag en harkling och vred huvudet så att kyssen hamnade på munnen. I den positionen mötte jag Jennys glada leende blick. Lena hörde fortfarande ingenting och när hon drog tillbaka sina läppar några centimeter sade hon i förälskad ton *du är en ängel, Freddy*. Då fick hon också syn på besökarna. Jag gissade att konceptet *bli tagen på bar gärning* gick i snabbrepris i hennes huvud.

Jens såg inte lika glad ut. Senare skulle jag få höra att Jenny blev glad för att hon trodde att jag räddat Jens ur sexglada Lenas klor. Jag hade gjort henne en tjänst i det underliga spelet Jenny vs Jens. Båda trodde säkert att vi just hade avslutat en lekstund i min säng. En sexuell akt hade visserligen varit dominerande tema men bara i våra huvuden och i den akten hade vi inte ens varit huvudpersoner. Men hur det hängde ihop skulle

224

jag aldrig kunna berätta utan att svika förtroendet Lena visat mig.

Du är en ängel, Freddy hängde kvar en lång stund i luften. Jag hade också gått igenom ett slags trauma men min jordnära natur gör att jag har lätt att återvända till verkligheten. Jag reste mig och hämtade glas och tillbehör. Jens satte sig i fåtöljen mitt emot Lena.

"Vi tittade in för att få en rapport om Freddys senaste klavertramp i förhörsrummet men då kan vi kanske få den direkt från källan."

Jag undrade hur de visste att jag var på fri fot och Jenny berättade att hon ringt polishuset och pratat med Bronsberg.

"Han berättade att du blivit utskriven av misstag. Som om du suttit på psyket."

"Bronsberg är polishusets ledande humorist. Hade han fått bestämma hade jag suttit på isoleringen."

Jag tyckte inte om de höjda ögonbrynen som sade *'och...?'*. Lena räddade mig genom att sammanfatta vad som sagts under förhöret och tillägga att jag inte var misstänkt för någonting i det pågående ärendet. Därefter reste hon sig och tackade mig på ett onödigt intimt sätt med plutande mun och en blinkning. Mer än så behövs inte för att sätta igång fantasin hos Jens och Jenny. Jag följde henne till dörren och lovade än en gång att framföra hennes ursäkt till Sara. Hon sade att jag skulle bli kallad till polishuset för att identifiera Brian. Jag förstod inte varför. Alla visste vid det här laget att mannen var Brian Allison. Ingen tvekan.

När jag slog mig ner i soffan möttes jag av samma muntra min från Jenny och en lite mer reserverad min i Jens ansikte. Jag var på väg att säga att det varit ett besök med anledning av ärendet men inte med relevans till ärendet, men det lät så krystat att jag förblev tyst. Att säga att inget hade hänt mellan Lena och mig vore ännu dummare. Man blir inte kysst på munnen och kallad ängel utan anledning. Fast det var en helt annan anledning än den som valsade runt i deras muntra huvuden. Anblicken av den intima handlingen var tillräcklig för att en ny anekdot om mina erotiska eskapader skulle skapas och spridas på puben. Jag suckade och smakade på en variant. *Freddy blir inte tagen av polisen längre; polisen blir tagen av honom.* Fast detsamma gällde Jens och då på allvar. Om det funnits ett uns av sanning bakom alla historier om mina bedrifter i Don Juans anda hade ingen varit gladare än jag. Jag undrade om Jens hade dragit några av de skojiga anekdoterna för Lena efter deras motion i hans säng. Om han gjort det kunde jag förstå att hon varit så öppen som hon varit. Hon trodde att jag var stans ledande expert i det känsliga ämnet relationer.

Ljuga eller inte ljuga

När jag vaknade nästa morgon kände jag mig piggare och mer utvilad än på länge. Alla spänningar hade släppt och inspirationen började återvända. Fallet Allock betraktade jag som mer eller mindre avslutat för min del. Det enda som återstod var att framföra Lenas ursäkt till Sara och att identifiera Allison. När jag tuggade i mig min frukostsmörgås bestämde jag att ringa henne så snart takt och ton tillät. Klockan nio söndag förmiddag är tidigt för många men jag chansade. Hennes nummer fanns på mobilen. När jag svalde sista tuggan svarade hon med stressad röst. Jag fick genast dåligt samvete och trodde att jag väckt henne. Samtidigt ringde det på dörrklockan och jag fortsatte att prata medan jag gick ut i hallen för att öppna. Följande samtal utspann sig. *Jag: hej, det är Freddy jag skulle gärna vilja prata med dig, var är du? Sara: jag är på väg till dig. Jag: vänta lite det ringer på dörrklockan. Sara: jag vet. Jag: hur vet du det?*

Jag öppnade dörren fortfarande pratande i telefonen. Utanför stod Sara och pratade i sin mobil. Med mig. Vi log generat åt den tokiga situationen när vi stoppade undan mobilerna.

227

Jag kände nästan inte igen henne. Hon hade färgat det mörkblonda håret kastanjebrunt och klippt det i ungefär samma frisyr som Pernilles. Sportigt och ungdomligt. Kanske modernt just nu. Jag är alltid den siste att uppfatta vad som är trendigt. Hon såg yngre och raffigare ut.

Vi gick in på deckarkontoret och jag erbjöd en kopp kaffe och några wienerbröd av den sorten som man värmer i ugnen. Det hade jag redan gjort för att ha till hands om Jenny dök upp som hon gärna gör på lördagar och söndagar för att få sällskap till frukosten. Hon bor också ensam. Sara tackade ja och log vänligt. Hon tillhör kategorin kvinnor man nästan inte lägger märke till första gången man ser dem men som växer i attraktionskraft för varje nytt sammanträffande. Nu var hon en tjej jag gärna tittade på en extra gång. Kanske var det Lenas heta berättelse som gjorde att jag såg på henne med andra ögon.

Hon slog sig ner i soffan medan jag hämtade wienerbröden och startade kaffemaskinen. Jag har alltid svårt att få fram orden när ämnet är känsligt som det här men precis som när Lena hälsat på behövde jag bara lyssna. Åtminstone till att börja med. Sara började med att byta uttryck från leende till sorgsen. Jag noterade att hon har väldigt uttrycksfulla ögon.

"Det hände något förfärligt i fredags kväll."

Jag slog mig ner bredvid henne och bestämde att göra det lättare för henne.

"Jag hörde att Brian blivit gripen."

"Just det. Men det är inte det värsta. Omständigheterna när han greps var förfärliga."

Så där ja. Dilemma nummer ett. Om jag lät henne berätta hur det gått till skulle det bli väldigt konstigt att efter det framföra Lenas ursäkt. Jag önskade att jag haft mer kunskap om kvinnor och deras sätt att tänka och fungera.

"Jag pratade med poliskvinnan som grep Brian. Hon nämnde något om att hon överraskat er i en prekär situation. Hon bad mig framföra sin ursäkt till dig. Det var inte hennes mening att genera dig men hon hade ett polisiärt uppdrag som måste gå före."

Sara log. Jag kunde inte avgöra om det var ett lättat eller spydigt leende. Spydigt för att hon genomskådade min bluff redan innan jag presenterat den. Eller kanske för att hon tyckte att ursäkten lät konstruerad.

"Jag förstår men det gör mig inte mindre generad. Berättade hon några detaljer?"

Nej, ljög jag och tillade att det hade varit konstigt om en polis hade gjort det inför en främling som jag. Hon såg inte övertygad ut.

"Så hon sade ingenting om att det var ganska...kladdigt?"

Jag tog en klunk kaffe och bet av en bit av mitt wienerbröd. Det kändes förvånansvärt segt och...kladdigt. I ögonvrån såg jag att hon tittade uppfordrande på mig.

"Nej, hon sade bara att ni varit upptagna med...någonting privat."

"Vi hade samlag."

"Just det. Det var det som gjorde henne generad. I synnerhet som hon hade dragit upp sitt tjänstevapen."

"Sade hon någonting om Brian?"

"Vad skulle hon säga om honom?"

"Att han är välutrustad."

Jag förklarade att heterosexuella män inte är särskilt intresserade av andra mäns utrustning. Klyschan om att storleken inte spelar någon roll lekte på tungan men den hade låtit löjlig i det här sammanhanget. Jag började få nog av kvinnornas öppenhjärtlighet. Kladdig och välutrustad var inga bra ordval en stillsam söndag morgon. Men det skulle bli värre. Hon log plötsligt ekivokt.

"Jag tror män är avundsjuka på andra män som är välutrustade. Hur är det med din utrustning, till exempel?"

Mitt leende var långt ifrån ledigt. Min utrustning har aldrig kommit till användning på det sättet hon menade och därför aldrig blivit bedömd av en kvinna. Jag bad till gud att hon inte skulle ställa fler frågor i ämnet. Min axelryckning fick hon tolka som hon ville. Själv vill jag tro att jag är över genomsnittet utan att vara jättelik. Alla män har ett måttband och alla vet att slacka måttband är vänligare mot det inte särskilt slacka föremålet för mätningen. Hon var finkänslig nog att förstå att jag tyckte ämnet var illa valt. Det slog mig att jag inte förstod mig på henne. Ena stunden blyg och försagd, nästa stund ekivok på gränsen till fräck.

Jag hade framfört Lenas ursäkt och besparat Sara de värsta detaljerna och tyckte därmed att mitt uppdrag var slutfört. Men hon hade mer på hjärtat och på tungan. Jag förstod att det var huvudsakliga anledningen till hennes besök.

"Vad tror du om Brians chanser?"

Jag önskade nästan att vi hade fortsatt med det tidigare ämnet. Det här var ännu känsligare fast på ett annat sätt.

"Vad vill du att jag skall säga? Han hälsar på mig med en laddad revolver och skjuter ihjäl en person. Och han har en portfölj med en massa pengar som inte tillhör honom."

"Du ljuger. Han har aldrig varit hos dig. Det var du som sköt Allock och nu försöker du skylla på Brian. Varför valde du just honom?"

Jag tittade skräckslagen på henne.

"Jag valde inte honom, han valde mig. Han kom hit oanmäld och presenterade sig som Brian Allison. Hans egentliga ärende var att betala en räkning för sin syster Pernilles räkning."

"Pernille berättade att du ringt henne och frågat om Brian. Hur han ser ut, var han fanns och vad han hade för planer just nu. Och en massa andra saker om Brian. Varför gjorde du det?"

Nu blev jag helt förfärad. Jag förstod ingenting.

"Jag har inte pratat med Pernille om Brian. Varför skulle jag fråga om sådana saker?"

"Så att du kunde skylla på honom efter du mördat Allock och få polisen att tro att han har pengarna. För att kunna skylla på honom måste du kunna beskriva honom. Pengarna har du gömt någonstans och tänker leva gott på dem resten av livet."

Jag förklarade att hon fått alltihop om bakfoten; att jag blivit beskjuten och varit en hårsmån från döden; att det troligen var Brians skott som räddade mig; att jag inte behövde fråga Pernille hur en person ser ut som jag pratat med en lång stund och druckit whisky med. Jag såg att hennes uttryck mildrades. Men bara under en sekund.

"Brian har aldrig ägt en pistol och han skulle aldrig utsätta en oskyldig människa för livsfara."

Hur vet du det, tänkte jag tyst för mig själv. Han skulle knappast tala om för dig att han äger ett olagligt vapen. Jag drack upp mitt kaffe.

"Jag vill inte Brian något ont. Det jag berättade för polisen är sanningen och inget annat."

Jag såg på hennes grimas att hon inte trodde mig. Hon hällde också i sig sitt kaffe och reste sig. Irriterade rörelser slätade till kjolen.

"Om Brian blir fälld på grund av ditt vittnesmål kommer jag aldrig att förlåta dig. Kom ihåg det, Freddy Larsson."

Hon vände sig i dörröppningen till hallen och hötte ett finger hotande mot mig.

"Och jag håller dig ansvarig för min brors död. Utan din inblandning hade polisen aldrig fått reda på var han fanns."

Jag stirrade mot dörröppningen och lyssnade till ytterdörren som slängdes igen. Ansvarig för att polisen hittat Grichter död? Jag visste inte ens var han hittats och det hade inte varit svårt för polisen att ta reda på att Sara hade en bror som varit bombexpert i armen. Om inte jag berättat hade de tagit reda på det ändå. Dessutom hade han tagit kontakt med mig och bestämt träff på det sjabbiga ölhaket. Min roll var som vanligt som springpojkens. Spekulationen ledde till en intressantare fråga. Hur hade Allock hittat honom?

När hon gått sträckte jag ut mig i soffan för att fundera. Mobilen ringde igen och jag svarade förstrött men skärpte mig och satte mig upp när jag hörde Robertsons stämma i luren. Det passade mig bra; det var mycket som måste ut. Innan han hann framföra sitt ärende hasplade jag ur mig en rapport om Saras besök och avslutade med att hon trodde att jag dödat Allock och att jag bara hittat på att Brian varit här. Det var det han ville prata om. Brian fortsatte att blåneka och omständigheten att han sökt upp Sara för en herdestund talade för honom. Om man beter sig så är det liten sannolikhet att man begått ett mord några timmar tidigare. Jag var tvungen att medge att det var en logisk tankegång och föreslog att Brian var ovanligt förhärdad. Robertson förklarade att han hade trettio års erfarenhet av att bedöma brottslingar och deras karaktärer. Brian var inte den förhärdade sorten. Jag fick hålla med igen fast motvilligt den här gången. Brian hade gett ett ganska sympatiskt intryck. Robertsons ärende var att kalla mig till polishuset för att identifiera honom. Jag nämnde att jag redan talat med Lena om den saken och att vi bestämt en tid.

Jag hann bara avsluta samtalet när dörren rycktes upp på sättet jag var så van vid. Jenny var väntad. Jag hörde att hon hade sällskap. Det pratades livligt ute i hallen. Jens naturligtvis, men en röst till. En kvinnostämma med dansk accent. Jenny kom in först och tittade med stora ögon på kaffekoppen Sara hade lämnat. Jag såg inte förrän nu att det var spår efter läppstift på den och förklarade sammanhanget. Det lät lika krystat som allt annat jag kläcker ur mig i könsrelaterade sammanhang. Jag tyckte inte om Jennys leende och ännu mindre hennes påpekande att dagen innan hade en annan kvinna blivit utsatt för mina attacker. Ordvalet var typiskt Jenny och jag brydde mig inte om att kommentera. Jens och Pernille slog sig ner och utbytte menande leenden och blickar. Ingen ville ha kaffe så jag korkade upp en flaska vitt. Eller skruvade upp som man gör nu för tiden. Jens förklarade att de sprungit på Pernille utanför min port. Jag nickade vänligt mot henne när jag slog upp vin i hennes glas. Jenny förblev stående med glaset i handen. Jag fyllde det också.

Pernille höll upp glaset som för att studera färgen på vinet. Så trodde jag man bara gjorde med rödvin.

234

"Jag förstår inte varför de anklagar Brian för så hemska brott. Han är världens snällaste människa. Lite tanklös ibland men inte elak."

Jenny smakade på vinet. Minen gav godkänt.

"Har du pratat med honom?"

"Jag ringde till häktet men fick inte prata med honom. En stund senare stormade polisen in på mitt kontor där jag befann mig och ställde frågor jag inte kunde svara på. Det är därför jag är här. Jag vill veta vad som hände. Har de några bevis för att han gjorde det? Och varför ringde du till mig och ställde en massa frågor om Brian?"

Jag förklarade att jag inte hade ringt och att Sara berättat om det märkliga samtalet. Hon förtydligade med upplysningen att det varit en person med tydlig göteborgsk dialekt som presenterat sig som Freddy Larsson. Jag såg att hon lyssnade uppmärksamt som om hon inte var säker på min röst. Därför drog jag hela ramsan om Brians uppdykande för att hon skulle kunna bilda sig en uppfattning om mitt sätt att prata. Jag låter som många andra män från Göteborg. Thomas von Brömsen och Sven Wollter pratar på ungefär samma sätt. Hon ryckte på axlarna och medgav att det kanske inte var jag som hade ringt. Jenny undrade vem som hade intresse av att ringa henne och utge sig för att vara jag? Ingen hade något svar på den frågan. Pernille suckade och bröt tystnaden.

"Fanns vapnen kvar?"

Till min förvåning avbröt Jenny på ett hektiskt sätt.

"Nej, de var borta bägge två."

Jag såg att Jens såg lika paff ut som jag men vi kände Jenny så väl att vi anade ett syfte. Mer blev inte sagt om den saken och inte om händelsen för övrigt. Jag berättade att Brian fortsatte att blåneka och att det enda de hade mot honom var mitt vittnesmål. Pernille gjorde en grimas som snabbt gick över i ett leende som försvann lika snabbt. Slutresultatet blev en neutral men ganska tvungen min som om min upplysning satt igång en process i hennes huvud.

Vi drack vårt vin och jag ställde fram lite tilltugg. Jag sneglade på Pernille och såg ett belåtet uttryck den här gången. Mycket som pågick i det vackra huvudet just nu, konstaterade jag. När hon märkte att jag tittade på henne började hon prata på ett ganska hektiskt sätt. Ämnet byttes abrupt från mord till dans. Hon frågade om vi ville komma och titta på henne när hon tävlade med sin nye partner. Vi lovade, Jens och jag med entusiasm, Jenny vänligt men ganska högdraget. Vinet försvann i täta klunkar under avslappnat småprat och när jag skulle fylla på tittade Pernille på klockan och kom plötsligt på att hon måste rusa. Det var träning inför tävlingen och många turer som skulle nötas in. Jag följde henne till dörren. Ute i hallen kom hon på att hon lagt sina nycklar på soffbordet. Jag gick tillbaka och häm-

236

tade dem. Ett leende blixtrade till innan hon skyndade nerför trapporna.

När jag satte mig i soffan igen gjorde Jenny en förklarande gest.

"Hon stod i porten när vi kom. Det var en ren tillfällighet att vi kom tillsammans."

Jens nickade instämmande och samtidigt fundersamt.

"Hon höll på med någonting men jag såg inte vad det var."

Jenny drog ihop sina ögon till smala springor.

"Men det gjorde jag. Det var en pistol. En sådan där automatpistol som man ser på film. Precis när jag tittade klickade hon in ett magasin. När hon fick syn på oss smugglade hon snabbt ner den i sin väska."

Jag trodde inte jag hörde rätt. Snälla, söta Pernille gick omkring med en laddad pistol. Och kom på besök till mig med den. Jag skakade på huvudet.

"Först kommer hennes bror med en skarpladdad pistol som han dödar en människa med i min lägenhet, sedan dyker hon upp med en laddad bössa. Skulle hon också skjuta mig? Är du säker på att du såg rätt? Det är ganska mörkt i porten."

"Det var därför hon ställde sig där. Hon ville inte att någon skulle se henne. Porten var öppen så hon hörde oss inte komma."

Vi ryckte på axlarna. Beteendet gick inte att förklara. Att ha en pistol i väskan var illa nog, att stå och pilla med den på allmän plats gjorde inte saken bättre. Och var hade hon fått tag i den? Jenny sade att det var därför hon hindrat mig från att säga att polisen hade lagt beslag på pistolerna från morddagen. Hon kunde inte förklara men hon kände att det var något skumt på gång. Jag berättade att Pernille berättat även för Sara att jag ringt och ställt frågor om Brian och att jag avfärdat det på samma sätt. Nu visste alla att någon hade ringt och att det inte var jag. Fanns ingen logik i det heller.

Jenny hade ett annat ärende. Hon behövde låna min minibuss för att transportera en byrå från en kompis till en annan. Blicken vandrade en stund mellan Jens och mitt ansikte. Vi suckade och förstod. Kompisarna var tjejer och vi skulle bära byrån. Det gjorde mig ingenting. Jag hade ingenting för mig. Vi tog var sitt glas vin till innan vi traskade ut i hallen.

Jag brukar alltid ta med mig båda bilnycklarna även om jag bara skall köra ett kort stycke. Anledningen är att vid ett tillfälle behagade batteriet ta slut i den enda nyckeln jag hade med mig så att jag inte kom in i bilen. Larmet gick inte att stänga av. Jag fick ta en taxi hem och hämta den andra.

Jag svängde på mig jackan och kände efter. Bara en nyckel fanns där. Jag fick lite panik och berättade för Jens och Jenny varför jag är så noga med att båda nycklarna är med. Jens undrade varför jag inte alltid har extra batterier med mig. Kan man ha i plånboken så tunna som de är idag. Det var faktiskt en bra idé som jag skulle lägga på minnet. Men det hjälpte mig inte just nu. Var hade jag lagt den andra nyckeln? Jag fick inte tid att fundera på det. Jennys kompisar stod och väntade vid Skanstorget.

Det var naturligtvis en gammal antik ekbyrå som skulle flyttas. Den vägde tre gånger så mycket som en modern möbel och naturligtvis bodde den ena kompisen i tredje våningen och den andra i fjärde. Inga hissar. Vi tackade ja till varsin öl när vi baxat färdigt. Tjejerna var trevliga och vi pratade bort en timma i deras sällskap.

När jag återvände till min lägenhet upptäckte jag att jag glömt låsa dörren. Det var inte första gången. Minsta lilla stress och jag blir hispig så att jag glömmer vad jag heter. Jag gick ut i köket för att se om jag hade något att värma till lunch. Med handen på kylskåpsdörrens handtag stelnade jag till som hett bly i kallt vatten. Det var någonting som inte stämde. Kanske var det ämnet byrå som tagit upp hela eftermiddagen som fick mig att gå ut i hallen och titta på den stora byrån som står där. Ovanpå låg bilnycklarna jag saknat för några timmar sedan. Jag stod en lång stund och stirrade på dem. Håller jag på att bli gaggig? Jens och Jenny hade stått bredvid mig just här och samtalet hade rört bilnycklar. Det var väldigt konstigt att ingen hade sett dem ligga där och blänka. Jag suckade djupt. Fyrtiotre är lite tidigt att drabbas av senilitet. Jag förstod ingenting. Ämnet nycklar fick mig att dra ut översta lådan i byrån. Där förvarar jag alla andra nycklar. Det finns tre nycklar till lägenheten. En har jag alltid i fickan om den inte sitter i låset; en har Jenny och den tredje brukar ligga i lådan. Jag såg den inte och rotade hektiskt en stund bland skruvmejslar, skiftnycklar och uttjänta plånböcker. Inga nycklar. Första tanken var inbrott men den motsades av att passet och en plåtlåda med sedlar låg kvar. Andra tanken var att jag lånat ut den och glömt till vem. Stämde inte heller. Jens var den ende som kunde komma ifråga för ett sådant förtroende men han kom nästan alltid i sällskap med Jenny som har en nyckel. *Senilitet* återvände och bankade ännu hårdare den här gången. Borde kanske ta itu med min psykiska hälsa. Jag suckade och satte mig vid datorn för att googla en stund. *Minne* var det första sökordet jag knappade in.

Allt som planteras växer inte

Jag trodde att jag skulle få en mellandag och hinna samla mina tankar men jag vet att jag inte ens får tänka så. Vi hade missat vår traditionella fredagsmiddag eftersom jag suttit i häktet då. Sådant lägger mina vänner på minnet och kräver kompensation snarast. Men jag hade inte väntat att någon skulle dyka upp förrän vid tretiden; i lagom tid för att gå till puben och ta en drink.

Så när det hördes ljud i hallen strax efter klockan ett suckade jag djupt och lade ifrån mig boken jag höll på att läsa. Jag förstod att det var Jenny och gissade att hon hade tråkigt. Ibland kommer hon bara för att få sällskap. Behöver inte prata, lägger sig bara på soffan och pillar med sin iphone eller läser en bok. Men den här gången hade hon verkligen ett ärende. Hon var klädd i joggingkläder. Det fick mig att reagera. Man går inte på besök ens till sin bror i joggingkläder om det inte är en akut situation. Det syntes på henne att hon var proppfull av information. Hon skyfflade ner mina ben och satte sig i soffan fast det finns två fåtöljer på andra sidan bordet. Jag suckade igen.

"Om du tror att du skall få med mig på en löprunda tar du fel. Jag trodde jag skulle få några timmar för mig själv."

"Ge mig en öl. Jag är törstig. Du har ingen aning om vad som hänt de senaste timmarna."

Det hade jag naturligtvis inte men jag vet att Jenny är mästare på att få saker och ting att hända. Jag strosade bort till min lilla barhörna och hämtade en flaska av det öl Jens brukar deponera i kylskåpet. Hon ryckte den ur handen på mig när jag slog mig ner bredvid henne.

"Vet du vem jag sprang på i Slottsskogen?"

Jag borde ha lärt mig vid det här laget att hennes retoriska frågor inte alltid är retoriska. Så här kan ett samtal med Jenny låta: Jenny: *Vet du vad jag har funderat på?* Paus med väntan på fortsättning. Kommer ingen. Du: *Nej, det vet jag inte.* Inget svar. Tystnad. Du blir irriterad och upprepar. *Nej, jag vet inte. Vad har du funderat på?* Jenny tittar förvånat upp från mobilen hon leker med. *Vet inte jag. Då hade jag väl inte frågat.*

Jag förklarade att jag inte visste vem hon sprungit på men att jag kunde föreställa mig att hon – med tanke på hennes vilda löpstil – sprungit omkull en gammal dam eller knuffat till en barnvagn så att barnet vilt skrikande hade ramlat ur. Hon lyssnade inte.

"Bernard Lönn. Han satt på en bänk och såg lika uttråkad ut som du brukar göra när du blir kysst på munnen av sexiga polistjejer. Jag pratade en stund med honom."

Jag hämtade en öl till mig också. Inte för att jag är särskilt förtjust i öl men jag var också törstig. Bernard Lönn hade jag inte funderat mycket på den sista tiden och undrade om han fortfarande var intressant i utredningen. Hans roll hade varit en av personerna som möjligen fått syn på numret på Allocks underarm men eftersom Brian hade dykt upp med pengarna var Lönn avskriven. Åtminstone av mig. Jenny sköljde strupen med en rejäl klunk öl.

"Vi pratade lite om fallet och han ställde en väldigt konstig fråga. Han undrade om det var Allock som blev skjuten i din lägenhet."

Det var verkligen en konstig fråga. Mordet hade nämnts i tidningarna och Allock hade varit namngiven. Lönn var insatt i ärendet och borde ha noterat en sådan detalj. Jenny berättade också att han inte ställt frågan i intresserad ton utan mer som för att ha något att säga.

"Det stod inget i tidningarna om var mordet ägt rum."

Det var riktigt. Men Lönn hade varit i kontakt med polisen. Det var nästa punkt på hennes agenda; han hade blivit kallad till Robertson för förhör om mordet, ren rutin. Hon gjorde en gest jag tolkade som både förklarande och undrande.

"Jag frågade om Allocks vana att skriva på armen och han förnekade att han kände till det. Jag måste ha fått det från polisen."

Jag drog ihop ögonen. Vi visste genom Lönn. Varför förnekade han plötsligt kännedom om den saken? Hon tittade rakt fram med tom blick.

"Men det var inte det intressantaste. Jag slängde ur mig någonting om Grichter och trodde inte han visste vem det var. Då berättade han att han visste var sergeanten blivit mördad. Han sade inte hur han fått reda på det men han nämnde adressen. En tvärgata till Såggatan."

Det lät väldigt intressant. Men egendomligt. Han förnekade kännedom om Allocks vana att kladda på armen och kännedom om vem offret i min lägenhet var. Samtidigt visste han tydligen allt om Grichter. Jag visste var gatan låg. Hade varit där ofta när jag var ung.

"Vet du vad, vi åker dit och tittar oss omkring och försöker få reda på om någon sett eller hört någonting."

Hon tittade sorgset på mig en lång stund innan hon började nynna en melodi hon har komponerat till mig. Eller om mig. Hon skriver poesi och klinkar gitarr ganska bra. Den ironiska titeln är *'varför måste allting gå så jäkla fort'*. Budskapet skulle strax dunka mot pannbenet.

"Jag joggade hem, kastade mig på cykeln och trampade dit. Inte svårt att hitta. Porten var öppen. Låset var trasigt och såg ut som om det varit trasigt de senaste åren. På första lägenhetsdörren satt en skylt att det var stängt för polisundersökning. Det satt också en illa textad lapp med namnet Grichter. Jag kände på dörren. Den var öppen så jag knallade in."

Jag hejdade henne med utspärrade fingrar.

"Ett ögonblick! Du gjorde vad? Stängd för polisundersökning betyder tillträde förbjudet! När Robertson får veta kommer han att arrestera dig."

Hon tystade mig med en handrörelse. Tillträde förbjudet är bara en trevlig krydda i hennes egensinniga universum.

"Där inne höll en man på med just sådan undersökning. Jag sade att jag just kommit tillbaka från en resa, att Grichter var en gammal vän och att jag gärna ville veta vad som hänt."

"Så han slängde ut dig och bad dig respektera lag och ordning?"

"Jag vet inte om du lagt märke till det men när jag bestämmer mig för det kan jag få män på gott humör. Den här mannen log vänligt tillbaka och berättade vad han visste. Dennis hade blivit skjuten i sömnen, en granne hade hört skottet och noterat tiden. Mordvapnet kaliber 22."

Hon tystnade och jag nickade, motvilligt imponerad. Allock hade riktat en tjugotvåa mot mig där jag satt just nu. Nortum hade skjutits med samma kaliber. Om inte Brian skjutit i samma ögonblick som Allock pressade avtryckaren hade jag varit nummer tre som sköts med det vapnet.

Att Jenny kan få vilken man som helst mjuk i knäna med sitt leende har jag vetat hela mitt liv. Den förödande charmen har drabbat otaliga kärlekskranka stackare. Hon drack upp resten av ölet och ställde flaskan på bordet.

"Mannen var hungrig och bad mig stanna i lägenheten medan han hämtade en pizza. Ingen fick släppas in. Så jag var ensam i åtminstone tio minuter."

"Så du började genast snoka?"

"Jag behövde bara titta på ett skrivblock som låg på ett litet skrivbord. Papperet någon hade skrivit på var bortrivet men han hade tryckt så hårt att det gick att läsa ändå."

Hon gjorde en av sina notoriska pauser för att bygga upp drama. Ett skrynkligt papper drogs fram ur hennes byxficka. Hon slätade ut det och läste med kisande ögon. Jag noterade fördjupningar på pappersytan.

"Det står 'fixa L38 m dämp till B.A. tjuge lakan. Hämtas söndag."

"Du menar D.A. Dan Allock?"

"B.A."

"Vem är B.A.? Och vad är L38 m dämp."

Nu tittade hon sorgset på mig igen.

"Vem har vi pratat om sedan mordet?"

Jag log fånigt. Brian Allison. Jag fick också veta att L38 måste vara en Luger 38. Pernille hade stått och pillat med någonting som sett ut som en Luger i portgången. Jenny älskar gangsterfilmer och känner igen vanliga fabrikat som Luger, Beretta och Browning. Hon skickade mig att hämta en öl till. Det ringde på dörren. Jens käcka signal. Han traskade in på kontoret precis när jag drog fram två av hans öl ur kylskåpet.

"Snygg tajming, chefen. Jag är törstig."

Han slog sig ner och tittade storögt när jag placerade den ena ölen framför Jenny och tog en klunk ur den andra.

"Hallå, det där råkar vara mina öl."

"Finns en kvar till dig. Vi är också törstiga."

Hans blick hamnade på tomflaskorna på soffbordet och följdes av en djup suck. Han berättade att han förstod att Jenny var törstig eftersom hon varit ute och joggat men varför gjorde jag slut på hans förråd. Jag sade att det fanns öl ute i köket i mitt stora kylskåp men han visste att det var svenskt lättöl och kommenterade inte. Kallas inte för öl i hans danska kosmos. I stället gick han helt fräckt fram till barhörnan och slog upp en rejäl whisky utan is. Mitt dyraste märke.

När han slagit sig ner drog Jenny hela ramsan igen. Från parkbänken där Lönn suttit till anteckningen på Grichters skrivbord. Hon fortsatte där hon slutat nyss.

"Jag tror att hon skruvade bort dämparen. Annars hade den inte fått plats i handväskan."

Jens godkände inte teorin.

"Du menar att hon traskade omkring med bössan i handen tills hon kom till Freddys portgång. Gick och viftade med den och siktade på folk?"

Det verkade ologiskt. Jag försökte komma ihåg hur stor hennes handväska var men handväskor är inte mitt område. Ett handeldvapen torde bli dubbelt så långt med ljuddämpare. Hur långt blir det då? Trettio centimeter? Jenny berättade att Pernilles väska varit normalstor. Men det var inte den avgörande frågan. Var kom pistolen ifrån? Hur hade hon fått tag i den? Plötsligt knäppte Jenny till med fingrarna.

"Kommer ni ihåg att jag sade att inget av vapnen hittats? Om det här var pistolen Grichter levererat till Brian och Pernille kommit över den på något sätt, hur resonerar hon då?"

Jens svepte i sig hälften av whiskyn.

"Du menar med tanke på att du sådde ett frö?"

"Nej, det här var planerat tidigare. Min hint var bara en hjälp på vägen. Vad har hon och Sara gemensamt i den här affären? Jo, båda vill få Brian fri till varje pris."

Hon satte ögonen på mitt perplexa ansikte.

"*Varje pris* är du. Ingen av dem drar sig för att offra dig om det hjälper Brian ut ur häktet."

Jag ville först inte tro att de två kvinnorna kunde vara så djävulska men när jag funderat en stund föll bitarna på plats. Saras *jag kommer aldrig att förlåta dig* plingade till i bakhuvudet. Jenny svalde ner en klunk öl.

"Så hur har hon eller de tänkt sig att gå tillväga? Jag tror inte att de samarbetar annat än genom goda råd och ömsesidig uppmuntran. Pernille tror att pistolen hon har är mordvapnet. Hon måste ha hittat det någonstans där det kan spåras till Brian. Kanske på kontoret."

Okej. Så kunde hon ha tänkt. Men hur skulle hon kasta skulden på mig? Jag knäppte till med fingrarna. Den stulna och returnerade bilnyckeln!

Jag berättade om mysteriet med upphetsad stämma. Upphetsad för att vara min släpiga röst. Jens uttalade slutsatsen vi alla kom fram till. Pistolen låg i min bil. Det hon hållit på med i portgången var att torka den ren, inklusive magasinet. Jag invände att hon inte haft lång stund på sig och att det var korkat att lägga en pistol i min bil som inte har några spår efter mig. Jenny invände att det lika gärna kunde varit jag som torkat den ren. Huvudsaken för Pernille var att den hittades i min bil och att den inte kunde kopplas till Brian. Hon hade knyckt bilnyckeln ur min jackficka medan jag hämtade nycklarna hon lagt på soffbordet. Där tog hon en stor risk; jag kunde ha förlagt den andra nyckeln eller tappat den. Hon hade haft tur att det inte förhöll sig så. En stund senare hade vi åkt iväg för att flytta möbler. Jag rekonstruerade. Att lägga ett föremål i en bil tar inte lång stund. Sträcka in en arm och sedan sticka iväg. Hon hade tur igen att vi åkte iväg en stund senare och ännu mer tur att jag glömt låsa lägenhetsdörren. Bitarna ramlade på plats. Jens gjorde en grimas.

"När detta är gjort ringer hon polisen anonymt och tipsar dem varefter Robertson kommer på besök."

Jenny log på sitt listiga sätt.

"Och där kommer min intuitiva smarthet in i bilden. Allock sköts med en Smith & Wesson fyrtiofemma och det vapnet har polisen redan. Låt dem hitta den här pistolen i din bil. Pernille kommer att lära sig det vi lärde oss när vi började i den här branschen. Hur smart du än tror att du är finns det alltid någon som är smartare."

Och den som var smartare i det här fallet log triumferande och tog ytterligare en klunk öl. För att inte Pernilles upplägg skulle spricka kunde hon inte vänta för länge med att ringa polisen. Om jag fick för mig att städa bilen kunde jag hitta vapnet. Hon kunde inte veta att det brukar gå ett år mellan sådana insatser. Det förvånade mig att Robertson inte redan hört av sig. Han brukade inte spilla tid. Jag hann inte avsluta tanken förrän det ringde på dörren. Jag försökte lägga upp en taktik medan jag traskade ut till hallen. Upplägget stördes av en signal till. En lång och irriterad.

Det var inte Robertson. Bronsberg kämpade med grinet som betydde att nu skulle Freddy åka dit på allvar. Han knöt och knöt upp näven och samtidigt skrynklades hans ansikte ihop som om det styrdes av samma muskler. De små ögonen var så misstänksamma att uttrycket kunde förväxlas med grymhet. Han nickade över sin axel.

"Ta med dig bilnycklarna och följ med."

Jag ryckte på axlarna och gjorde som jag blivit tillsagd. På vägen nerför trapporna försökte jag förklara vad som lett till situationen med pistolen i min bil men han lyssnade inte. När vi kom ut på gatan fick vi sällskap av ytterligare en person. Civilklädd polis, gissade jag.

Min minibuss stod parkerad runt hörnet. Jag låste upp och Bronsberg stack in huvudet och tittade under förarsätet. Det var för enkelt, trodde jag. Pernille borde ha sträckt sig så långt att den hamnat under passagerarsätet. Men den låg under förarsätet. Bronsbergs leende påminde om ett grin jag sett dagen innan på TV, men då producerat av en varg i Kolmårdens djurpark. Han drog på sig ett par plasthandskar och drog fram den. Jenny hade haft rätt. Det var omisskännligt en Luger. När han släppte ner den i en plastpåse nickade han så belåtet att jag höll på att skratta. För en gångs skull var oddsen på min sida. Han skakade pekfingret hotfullt några centimeter från mitt ansikte.

"När du kommer i morgon har vi resultatet. Fingeravtryck och DNA."

Jag gissade att Pernille torkat av även magasinet.

"Glöm inte patronerna."

De två polismännen hade svårt att hålla minerna i styr när de traskade iväg mot sin svarta Volvo.

När jag slog mig ner i soffan igen möttes jag av förvånade blickar. Jenny förklarade att hon trodde Bronsberg skulle ta med mig direkt och låsa in mig för gott. Jens trodde att han fått order av Robertson att låta mig vara på fri fot så att jag kunde hitta på fler dumheter. Jag sköljde munnen med öl.

"Undrar var Grichter fick tag på vapnen?"

Jens gjorde en loj gest.

"Han var hemmastadd i kriminella kretsar. Undra i stället vem som sköt honom."

Vi visste att det var Allock och förstod att frågan var retorisk på Jens konstiga sätt. Jenny berättade vad hon visste om mordvapnet. Slutsatsen repeterades i våra huvuden. Allocks grymhet och totala egoism kändes kuslig. Den döda kroppen på min matta som jag drömt mardrömmar om förvandlades till ett kadaver vilket som helst. Så lätt är det att bli avtrubbad, tänkte jag.

"Freddy kommer att få bekräftelse av Robertson i morgon. Vid det laget har han alla analyser och ballistiska resultat."

Jag såg faktiskt fram emot att träffa kommissarien. När de konstaterat att jag inte hade med den senast upphittade pistolen att göra kunde de avskriva mig helt och ägna sig åt att få Brian att erkänna. Jag såg fram emot att träffa Brian också fast jag var lite kluven. Han var mannen som skjutit en person i min lägenhet men samtidigt mannen som troligen räddat mitt liv.

Ansikten

Oscar Wilde sade en gång till en oangenäm person han blev antastad av på gatan *"jag är känd för att aldrig glömma ett ansikte, men i ditt fall skall jag göra ett undantag"*. Den lilla anekdoten tuggade sig igenom mitt huvud när jag visades till Robertsons tjänsterum av en kvinnlig polis. Kanske för att hela mitt liv just nu verkade handla om att känna igen ansikten. Jag tolkade det som ett gott tecken att samtalet skulle äga rum på tjänsterummet. Förhörsrummet var kallt och opersonligt. Det här rummet kunde inte heller sorteras in under kategorin mysigt men det fanns i alla fall textilier och möbler. En tavla med en röd blomma såg kraftigt malplacerad ut på en väggyta.

Lena Mansing satt vid kortändan av skrivbordet, Bronsberg stod vid det enda fönstret med ryggen mot fönstret så att man bara såg honom som en mörk kroppsmassa. Robertsons nickade kort innan han började sessionen med att trycka på startknappen till en liten inspelningsmaskin på skrivbordet. Medan jag satte mig hörde jag Pernilles stämma.

"Snart är det över, Brian. Du är en fri man om några dagar. Du vet nog inte att du har en väldigt smart syster."

Jag kom att tänka på Jennys tuggande om sin smarthet dagen innan. Finns gott om smarta systrar. Jag förstod att Pernille fått tillåtelse att besöka Brian i häktet och att det var en buggad inspelning vi lyssnade till. Jag kände inte igen Brians röst. Den danska accenten var inte alls så markant som när han hälsat på mig.

"Håll dig utanför det här, Pernille. Det är ett enda stort misstag från början till slut. De kommer snart att upptäcka att de är helt ute och seglar."

Pernille lät som om hon hade svårt att behärska sin glädje.

"Jag hittade pistolen. Den låg i papperskorgen på toaletten. Polisen tittade inte där."

Brians lättnad filtrerades genom en djup suck.

"Bra jobbat. Du gjorde dig väl av med den?"

"Det är där min smarthet visar sig."

Hon sänkte rösten och berättade att hon gömt pistolen i min bil. Reaktionen från hennes bror blev nog inte den väntade. Tonläget skiftade markant.

"Du gjorde vad? Varför slängde du den inte i kanalen?"

"Förstår du inte? Jag har riktat misstankarna mot någon annan än dig."

"Låt oss be till gud att de inte kan spåra den till mig."

"Hur skulle de kunna det? Den är olaglig, inte sant."

"Naturligtvis är den olaglig. Jag köpte den av Dennis Grichter. Om den idioten gjorde en anteckning kan de ha en koppling."

"Kan han ha varit så dum? Och varför skulle de söka i hans lägenhet? Han har väl inget med detta att göra?"

"Han är död. Skjuten av Allock. Och ja, han kunde vara så dum. Den söndersupna hjärnan slutade fungera för tio år sedan. Inget minne kvar, måste anteckna allt. Jag skaffade pistolen för att jag visste att nästa namn på Allocks lista var mitt. Polisen har sökt igenom varenda kvadratcentimeter av Dennis lägenhet."

"Men så sköt du Allock i stället? Vilken tur att du hade en pistol."

"Jag har inte skjutit någon. Alltihop är ett stort förbannat misstag eller en komplott. Vem är den här personen du försöker sätta dit?"

"Jag visste inte att Grichter var död. Jag ledde spåren till killen du hälsade på för att betala min räkning."

Jag kunde se Brian framför mig, inte minst hans förtvivlan. Han hade kanske förstått att cellen var buggad men han kunde inte säga det till henne. Hans röst nästan skar sig.

"Det var ju själva fan. Jag har inte hälsat på någon. Inte någon annan än Sara. Och det var ett kärleksmöte."

255

Plötsligt ändrade Pernille tonläge. Antagligen hade hon uppfattat – eller missuppfattat – budskapet. Det fanns mikrofoner som hörde allt.

"Jag förstår."

Brian lät trött när han fortsatte.

"Nej, det gör du inte. Jag köpte pistolen bara för att försvara mig mot Allock. Om jag varit fri när jag fick reda på att han var död hade jag gjort mig av med den."

Glättigheten var helt borta ur hennes röst när hon plötsligt började prata som en anhörig som besöker en släkting på sjukhuset.

"Kan jag skaffa något åt dig? Något att läsa?"

Ett torrt skrockande steg ur Brians strupe.

"Sveriges Rikes Lag, kanske."

Det blev tyst en stund. Jag anade att Pernille började förstå att hon gjort bort sig ordentligt.

"Gaska upp dig, Brian. Allting ordnar sig till slut."

Ljud av skrapande stolsben följdes av steg. En stund senare öppnades dörren av vakten. Brians röst var plötsligt knappt hörbar.

"Det var inte jag."

Nu förstod även jag. Polisen hade fäst mikrofonen på Pernille utan hennes vetskap. Tydligen tog vakten bort den lika diskret för det blev alldeles tyst. Men om Brian kände till att de var buggade var det ganska vårdslöst att säga att han köpt pistolen av Grichter. Och kommentaren om att sergeanten kanske antecknat borde hållits tillbaka.

Kanske anade han inte att det fanns en mikrofon i cellen. Åtminstone inte förrän det var för sent.

Robertson stängde av maskinen. Frågorna staplades i våra huvuden. I mitt huvud pulserade frågan hur Brian kunde vara så dum att han förnekade att han varit i min lägenhet när han måste förstå att jag lätt kunde peka ut honom. Han gjorde det inte lättare för sig. Robertson gjorde ett tecken åt Bronsberg som snabbt traskade iväg till dörren och gjorde i sin tur ett tecken åt någon i korridoren utanför. En man i trettiofemårsåldern kom in och satte sig på en stol som anvisades av Bronsberg. Jag tittade förstrött på honom innan jag flyttade min frågande blick till Robertsons bistra nuna. Han nickade uppmanande. Jag förstod ingenting. Kommissariens röst hade den frostiga skärpan som brukar få det att krypa i mig.

"Nå?"

Jag ryckte förskräckt på axlarna.

"Nå vad då?"

Mannen de fört in satte sin blick på mig. Samtidigt gjorde han en uppgiven gest. Ingen sade något. Alla väntade tydligen på att jag skulle säga något. Så det gjorde jag.

"Hej."

Ingen annan än jag kommer på så strålande repliker i pressade situationer. Mannen log snett. Det gjorde inte Robertson. Mannen tog oväntat till orda.

"Ursäkta mig, kommissarien, men lika trött som du måste vara på att upprepa anklagelserna mot mig, lika trött är jag på att förneka dem. Men eftersom jag säger sanningen kommer jag att fortsätta att neka. Om den här Freddy Larsson påstår att jag varit i hans lägenhet och skjutit Allock är han också en förbannad lögnare."

Jag kände igen rösten från inspelningen och fattade ingenting.

"Det är jag som är Freddy Larsson. Vem är du?"

"Jag är Brian Allison."

Nu fattade jag ännu mindre. Robertson tystade mig med en handrörelse.

"Vi har lyssnat på ditt samtal med din syster. Hon var buggad. Vi vet att du vet hur man skaffar en pistol. Du visste att Allock var ute efter dig. Pistolen du sköt Allock med kan vi inte knyta till dig och den andra som Pernille så vänligt lämnade över har ingen relevans till något av morden. Grichter sköts med den pistol Allock hade med sig till Larsson. Men du hade motiv och du hade medel, pistolen i Larssons bil. Du kan mycket väl ha bett Grichter skaffa den andra pistolen också."

"Jag visste att Allock tänkte döda mig så jag förberedde ett försvar. Därför pistolen i Larssons bil. Den andra pistolen har jag inget att göra med. Jag misstänkte att Pernille var buggad men eftersom jag inte har något att dölja finns inget ni kan använda mot mig på inspelningen. Jag kommer att säga samma saker igen om ni ställer samma frågor."

"Varför gick du inte till polisen om du kände dig hotad?"

"Jag visste att ni letade efter mig för att ni trodde jag hade med bilbomben att göra. Jag ringde till killen som satte sig i bilen och jag är ledsen att han råkade så illa ut. Det var inte min avsikt och det är min enda inblandning i den här förbannade soppan."

"Varför engagerade Allock dig av alla människor att flytta bilen?"

Han kastade en skyldig blick på Lena.

"Han hatade mig för att jag hade ett förhållande med hans fru. Och han räknade antagligen ut att en bomb var apterad i bilen."

"Hur kunde han göra det?"

Jag förstod att Robertsson ville få honom att försäga sig och avslöja inblandning i mordkomplotten. Nämna de färgglada kablarna till exempel. Det kom inget annat svar än en axelryckning. Jag försökte få ordet men tystades igen av Robertson. Kommissarien tittade bistert på Brian.

"Vid vilken tidpunkt hämtade du pistolen hos Grichter?"

"Vid tolvtiden, tror jag."

Robertson nickade mot mig.

"Två timmar senare dök du upp hos Larsson. Tack vare en granne som hörde skottet som dödade Grichter vet vi att han sköts prick klockan två. Därefter åkte Allock direkt hem till Larsson, men visste inte att du var där. Du hörde honom i hallen och gömde dig i sovrummet. När Allock riktade sin pistol mot Larsson smög du dig fram och sköt Allock."

Brian suckade och gjorde om sin resignerade gest.

"Det är troligen en korrekt beskrivning av händelseförloppet med undantag av en detalj. Jag var inte där."

Äntligen fick jag min chans att säga något.

"Han var inte där. Jag har aldrig sett den här mannen."

Tystnaden som uppstod den här gången var så massiv att man fick lust att sträcka ut en hand för att ta på den. Robertsons ögon tycktes pulsera när han placerade dem på mitt oförstående ansikte.

"Driver du med mig? Det här är Brian Allison."

Jag tittade lite närmare på mannen.

"Dom är inte helt olika. Men mannen som hälsade på mig och presenterade sig som Brian Allison var yngre, längre och smalare."

Robertson satte sin hårda blick på Brian Allison och nickade mot mig.

"Har du sett den här mannen, Allison?"

"Absolut inte, kommissarien. Jag hade känt igen honom på den rödbruna kalufsen."

Jag väntade att han skulle lägga till *och de trötta ögonen*. Det gjorde han inte. Jag höll upp ett finger i luften som om jag lyssnade med det.

"Det är inte samma röst, inte samma accent. Grabben i min lägenhet hade en mer markant dansk accent. Som om han spelade dansk."

Brian knäppte sina händer och tittade upp mot taket.

"Tack gode gud, Larsson. Jag trodde du var ytterligare en som bestämt dig för att jag är skyldig."

Min blick förlorade sig ut genom fönstret. Jag var helt paff.

"Vem fan var personen i min lägenhet då?"

Jag såg att Lena bläddrade i sin digitala anteckningsbok med en blick som var lika tom som min.

"Kan du beskriva honom igen?"

Jag nickade mot Allison.

"Som jag sade, inte olik den här mannen, men man skulle aldrig förväxla dem. Samma typ men inte samma kroppsbyggnad. Och tio år yngre."

Jag rabblade upp de kända dragen med tjockt, brunt hår och normal längd. Vid det här laget tycktes de passa in på en ansenlig del av den manliga befolkningen i vårt land. Bronsberg kom in i rummet. Robertson sammanfattade den senaste stundens händelser. Jag har sällan sett någon så besviken. Bronsberg gjorde en gest som kunde tolkas som både trött och ilsken.

"Jag har gått igenom vapenregistret. Handeldvapen. Det finns en Smith & Wesson registrerad på en Adrian Lönn. Han var reservofficer i armen. Pistolen rapporterades försvunnen vid en övning. Adrian Lönn dog för två år sedan. Hans son heter Bernard."

Vi tittade på varandra. Jag hade på tungan att fråga om ett så tungt vapen verkligen var tjänstevapen i armen men gissade att en officer kunde få licens för ett sådant vapen om han uppgav vägande skäl. Så jag höll tyst. Bernard Lönn hade tydligen avskrivits av fler än mig. Jag skulle strax få reda på varför. Bronsberg lade ett papper framför sin chef.

"Jag skulle gärna vilja kalla Bernard Lönn till ett nytt förhör."

Robertson gjorde en gest mot mig.

"Ingen idé, Bronsberg. Det var inte Lönn heller. Larsson har träffat honom och skulle ha känt igen honom. Lönn pratade med Larsson och hans syster på platsen där bilbomben small av."

Jag harklade mig på mitt skyldiga sätt.

"Jag såg honom inte. Jag och Jens hade just intervjuat Eckering och när vi kom tillbaka till bilen hade han pratat färdigt med Jenny och gick nerför gatan. Jag såg bara hans rygg."

"Men du såg honom i Köpenhamn?"

"Bara bakifrån igen. Det var Jenny som sade att det var han. Hon satt så att hon såg honom framifrån när han passerade vårt bord."

Robertson dunkade näven i skrivbordet.

"Vi har hela tiden tagit för givet att du visste hur han såg ut. Det var därför vi avskrev honom. Varför har du inte berättat det här förut?"

"Jag trodde inte det var viktigt."

Jag förstod att jag tagit ytterligare poäng i min paradgren: reta Robertson till gränsen för blodstörtning. Jag famlade efter halmstrån.

"Men jag förstår inte varför Lönn skulle skjuta Allock."

"Är inte det uppenbart? Lönn är grabben med pengarna. Det var han som traskade in på banken i Zürich och helt iskallt plockade ut rubbet. Han förstod att hans inblandning förr eller senare skulle gå upp för Allock. Och då skulle han bli nummer ett på dödslistan."

Bronsberg log. Antagligen lika mycket åt sin triumf som åt min nesa.

"Skall jag skicka en patrull och hämta Lönn?"

Robertson suckade tungt.

"Åk själv och ta med två män." Han flyttade blicken till Brian. "Du är en fri man, Allison, men stanna i Göteborg. Vi har fler frågor gällande den illegala pistolen."

Brian reste sig och gav Robertson en uppfordrande blick.

"Tycker ni inte att jag förtjänar en ursäkt, kommissarien?"

Robertsons finger letade sig nerför papperet Bronsberg lagt framför honom. Han såg ut som om han inte lyssnade.

"Kanske det, Allison. Säg till din syster att hon också skall stanna i Göteborg."

Brian tittade på mig som om han sökte stöd. Om det var någon som behövde stöd så var det jag. Jag ryckte på axlarna. Robertson såg våra blickar och gester och gav oss var sin arg blick.

"Mansing, följ Allison till häktet och skriv ut honom. Adjö, Larsson."

Rummet tömdes på fyra av de fem personer som ockuperat det. Bronsberg nästan sprang till dörren. Jag hade aldrig sett honom så entusiastisk. Lena, Brian och jag släntrade till hissen. Lena tryckte på knappen. Brian kunde inte hålla tillbaka ett skrockande.

"För en timme sedan trodde jag att jag hade mitt livs värsta ögonblick framför mig. I stället är jag mer lättad än någonsin. Tack vare dig, Larsson."

Jag sträckte handen mot honom.

"Freddy. Det var ett enda stort misstag alltihop."

Hissen anlände. Lena gav mig en blick.

"Du kommer att bli kallad igen, Freddy. För att identifiera Lönn."

Jag förklarade att jag skulle göra det med glädje. Och nu skulle jag känna igen honom som mannen som skjutit vilt i min lägenhet. De två klev in i hissen. Jag föredrog trapporna ner till gatuplanet. Innan dörren slog igen gjorde jag en gest mot Brian.

"Om du behöver skjuts så väntar jag nere vid parkeringen. En vit Volkswagen van."

"Tack, Freddy. Jag åker gärna med."

När jag släntrade nerför trapporna kunde jag inte låta bli att vissla. Att bli vän med Brian innebar att jag skulle få träffa hans läckra syster igen. Det slog mig att vi hade en sak gemensamt. Var sin läcker syster. Men min var smartare.

Utsikter och insikter

Man har en trevlig utsikt över Långedrags marina från uteserveringen nedanför restaurangen. En regatta med små snabba segelbåtar var i full gång utanför vågbrytaren. Ungdomar arbetade energiskt med skot och roder när det var dags att gå över stag. Vi tittade imponerade på två tjejer i femtonårsåldern som snabbt for över till andra sidan av den minimala sittbrunnen när båten vände. Skoten halades in och justerades inför ny stagvändning vid nästa boj. Vid muren närmast tävlingsområdet stod en lång rad föräldrar och kompisar och hejade och gestikulerade.

Vi flyttade blickarna till en kvinna i baddräkt som var på väg ut mot bryggorna och antagligen en svindyr yacht. Hon kom gående på gångbanan nedanför serveringen. Jens nickade fundersamt.

"Jag har listat ut hur du lyckades se död ut när det pangades vilt i din lägenhet. Du tog på dig den där minen du har när du låtsas lyssna till tjejerna medan du klär av dem i fantasin."

Han tog en klunk öl och ändrade uttryck.

"Nej, förresten, det är ett av de få tillfällen då du ser levande ut."

Jag suckade och smakade också på mitt öl.

"Det är du som klär av, inte jag. Ta henne där i baddräkten, om du inte passar dig poppar ögonen ut."

Gångbanan svängde in mot staketet där vi satt. En motorbåt som hörde till regattan gasade oväntat på och vi tvingades höja rösterna. Lite för mycket, förstod jag när kvinnan plötsligt tittade upp mot oss och log okynnigt. Vi kunde följa hennes ryggsida när hon strosade ut på den närmaste bryggan. En stund senare anslöt hon sig till ett sällskap bestående av två män och en kvinna. Alla såg präktigt sunda och vackra ut. Som hämtade ur reklamfilmer för de senaste och dyraste fritidskläderna. Jens kunde inte ta blicken från kvinnan.

"Så mycket som hon har på sig tar det nog längre tid att klä av henne i fantasin än i verkligheten."

Vi avbröts av taktfasta rop och riktade blickarna mot en gammal skonare som låg vid nocken av en lång brygga. Storseglet kröp sakta uppför masten. Uppgiften tycktes både arbetsam och skojig för de tre hissande männen på däck. Det var tydligt att de inte hade något emot uppmärksamhet. Alla ögon riktades mot spektaklet. Det var gott om folk på bryggorna och i sittbrunnarna på båtarna. Servitrisen passerade vårt bord och vi passade på att beställa nya öl.

Underhållningen på och kring skonaren drog våra munnar till breda leenden. Till åskådarnas ytterligare förnöjelse hällde en fjärde man vatten på de hissande männens nakna ryggar. Han slängde en hink i sjön och halade snabbt upp den. Skrattet dånade när han halkade och fick allt vatten över sig själv. Jag log med alla andra.

"Innan jag glömmer det, har du lånat en nyckel till min lägenhet? Den låg i byrålådan i hallen."

Jens gjorde en loj gest utan att ta blicken från de skojfriska grabbarna.

"Vad skall jag med en nyckel till din lägenhet? Den är aldrig låst. Bara att knalla in."

"Den är borta."

"Jenny har kanske lånat den."

Man får aldrig säga eller tänka Jenny utan att först titta sig omkring. En person slog sig ner bredvid mig och tittade på Jens.

"Vad har Jenny lånat?"

Vi tittade på henne, sedan på varandra och gjorde likadana hjälplösa gester. Jag förklarade nyckelmysteriet. Konstigt nog kom det inga sarkasmer om senila gubbar.

"Kan Pernille ha tagit den när hon snodde bilnyckeln?"

Det var en tanke som inte slagit mig. Jag funderade en stund. Hon hade lämnat tillbaka bilnyckeln efter att den gjort sin tjänst. Tänk om jag inte hade glömt att låsa när vi agerade flyttkarlar. Om hon hade knyckt lägenhetsnyckeln också och öppnat med den för att återlämna bilnycklarna? Men varför hade hon inte lagt den också på byrån? Jenny vinkade till sig servitrisen.

"Är du säker på att dörren var olåst när du återvände? Om den var låst måste hon ha låst och det kan hon bara ha gjort utifrån. Alternativet då var att slänga in nyckeln genom brevinkastet eller behålla den för att lämna tillbaka vid ett annat tillfälle."

Jens nickade instämmande.

"Tillsammans med tjejernas klassiska ursäkt: *hoppsan, jag glömde visst…*"

Vi ryckte på axlarna. Faktum var att nyckeln var borta. Om den legat på min dörrmatta när jag återvände hade jag reagerat. Nåja, Pernille skulle dyka upp förr eller senare. Om inte annat så för att be om ursäkt för alla dumheter hon hittat på. Då skulle vi få en förklaring till mysteriet med nycklarna också. Servitrisen anlände och Jenny beställde kaffe och räkmacka. Vi såg ingen cykel och undrade hur hon hade kommit hit. Jens och jag hade cyklat i det vackra vädret. Hon pekade mot en parkering intill och vi noterade att min minibuss stod prydligt parkerad där. En ny diskussion om nycklar vidtog. Hon hade inte haft lust att cykla så hon hade helt sonika gått in i min lägenhet och hämtat bilnyckeln. Låst upp med den nyckel jag låter henne disponera lade hon till som för att understryka min gaggighet. Vi tog emot beskedet med nya axelryckningar. Hon tittade ut mot skonaren.

"Jag ringde förresten Robertson och frågade om de fått tag i Lönn?"

Jag väntade också samtal från Robertson i det ärendet. Identifiering av banditen. Jag förklarade sammanbitet att jag såg fram emot att hjälpa till att sätta dit honom. Jenny fick sin räkmacka och sitt kaffe. Hon hällde lite grädde i vätskan och rörde om.

"Kan bli svårare än du tror. Han är borta. Finns inte i sin lägenhet. Tydligen har han flytt hals över huvud för värden berättade att han pratat med honom dagen innan; att han sagt upp våningen och betalat hyran för tre månader kontant. Möblerna är kvar men det är bara billiga saker. Värdesaker och kläder är borta. Värden skall magasinera grejerna när uppsägningstiden är över. Berättade Robertson."

Jens tog en klunk av sitt öl och tittade fundersamt ut över vattnet.

"Ingen eftersändningsadress?"

Jenny smakade på sitt kaffe och letade angreppsvinkel på räkmackan. Räkorna låg på ena sidan och majonnäsen på den andra. En röra av något slag fyllde mellandelen.

"Sade han ingenting om men det är ju inte mycket idé att fly från rättvisan om man talar om var man gömmer sig."

Hon började på majonnäsdelen och fick en klick på näsan. Såg ganska sött ut. Hon märkte det inte men det gjorde Jens som halade upp sin iphone och tog en bild. Jag tog en klunk av min öl och lät blicken försvinna ut mot bryggorna. Det slog mig att Lönn faktiskt befunnit sig i min lägenhet medan jag spelade död eller sov eller vad jag gjorde. Han kunde plockat med sig vad som helst. Jenny märkte att Jens tog en bild och upptäckte samtidigt skelande att hon hade majonnäs på näsan. Hon torkade bort den.

"Ganska korkat om ni frågar mig. Förresten berättade jag för Robertson att vi sitter här hela eftermiddagen."

Jens betraktade fotot i mobilen.

"Hela eftermiddagen? Klockan är bara ett. Eftermiddagen är inte slut förrän klockan sex."

"Beror på vad man räknar som eftermiddag."

Jag tittade på dem som man tittar på små barn som inte kan uppföra sig.

"Ganska korkat?"

Nu tittade de på mig på samma sätt. Jens gjorde en frågande gest.

"Korkat att eftermiddagen börjar klockan tolv och slutar klockan sex?"

"Jenny sade *ganska korkat om ni frågar mig.* Vad är det som är korkat?"

Hon svalde ner tuggan.

"Att betala tre månaders hyra om man ändå tänker försvinna."

"Han ville kanske att värden skulle slippa stå med en outhyrd lägenhet."

"I dagens bostadssituation tar det tjugo minuter att få en hyresgäst till en lägenhet på Nordhemsgatan."

Plötsligt förmörkades solen av en jättelik skugga och en lite mindre. Robertson och Lena

Mansing nickade avmätt och slog sig ner vid bordet. Det fanns sex stolar. Kommissariens inbyggda auktoritet förvandlade servitrisens trippande till småspringande. De beställde varsin kaffe med kanelbulle. Han hade hört Jennys avslutande kommentar.

"Kanske vill han att lägenheten skall lämnas orörd tills allt har lugnat ner sig så att han kan flytta tillbaka. Han hävdar att han är oskyldig och att han inte har varit i din lägenhet."

Han tittade stint på mig. Jag tittade förvånad på Jenny. Hon såg lika förvånad ut.

"Har ni fått tag i honom?"

I stället för att svara halade han fram ett dubbelvikt papper ur innerfickan med förklaringen att det hittats i Lönns lägenhet. Han räckte det till mig. Jag vecklade ut det och läste högt.

"Ursäkta att jag håller mig undan men jag förstår att polisen är på jakt efter mig. Jag förstår också att Freddy Larsson försöker skylla mordet på Allock på mig och därmed stölden av pengarna. Jag har aldrig varit i Larssons lägenhet eller ens sett mannen i fråga. Om jag varit skyldig hade jag varit i besittning av en stor summa pengar och kunnat resa vart jag ville för att gömma mig. Den summan finns i Freddy Larssons ägo. Hur smart är det att skylla mordet först på Brian Allison och sedan på mig? Vem skyller han på härnäst? Söta syster Jenny? När ni har rett ut det här och satt honom bakom lås och bom kommer jag att ge mig tillkänna."

Brevet var undertecknat Bernard Lönn. Jag tittade mig häpen omkring men såg bara bistra polisansikten.

"Hur vet han vem jag har skyllt på och för vad?"

Lena gjorde en trött gest.

"Det tänkte vi fråga dig. Det finns ett annat brev med detaljer han bara kan ha fått från polisen eller någon av er tre."

"Vilka detaljer?"

"Kan vi inte avslöja av utredningstekniska skäl."

Jag försökte utläsa av hennes uttryck om hon verkligen trodde på det här men såg bara stenansikten igen. Jens bad att få papperet och läste igenom texten med skakande huvud. Han lämnade tillbaka det till Robertson.

"Det här tyder på att han har iscensatt någonting. Precis som han iscensatte hela spektaklet hos Freddy."

Alla gjorde liknande grimaser. Jenny torkade munnen efter en ny tugga av räkmackan. Hon bad att få papperet och letade upp en passus som tydligen intresserade henne.

"Om han skall lyckas med den här planen spelar pengarna en avgörande roll. När och om pengarna hittas måste de peka mot Freddy." Hon stötte ett finger mot papperet och kladdade samtidigt ner det med majonnäs. "Pengarna är i Freddys ägo. Han skriver inte *jag tror att pengarna är i hans ägo.*"

272

Jag avfärdade med en slapp frågande gest.

"Det intressanta är att han måste få pengarna att peka mot mig? Han har gått igenom allt det här för pengarnas skull. Om han lämnar ifrån sig dem är allt förgäves."

"Det är precis det jag pratar om. Han har tänkt ut ett sätt att sätta dit dig."

Jag vet av erfarenhet att Jenny kan bli väldigt teoretisk. Jens vet också men han hyser en konstig beundran för hennes sätt att resonera. Ingen kommenterade. Och jag förstod inte hur Lönn skulle gå till väga för att sätta dit mig? Servitrisen anlände med ordningsmaktens kaffe och kanelbullar. Lena smakade på vätskan och gjorde en grimas. Kanske lika mycket åt kaffet som åt våra spekulationer om Lönns strategi.

"Stölden har blivit en bagatell. Han vet att det inte finns någon anmälan. Ägarna till pengarna är döda och ingen gör anspråk på dem. Inget för polisen i nuläget. För honom gäller det att klara sig undan en mordanklagelse och då kan det vara nödvändigt att offra pengarna. Pest eller kolera."

Jag drog en suck av lättnad. Lena var på min sida. Robertson granskade mig ingående som om han läste mina tankar.

"Dra inga förhastade slutsatser, Larson. Vi måste bevisa att Lönn fyrade av revolvern och dödade Allock annars är vi tillbaka till ruta ett. Och i åklagarens värld finns inte utrymme för gissningar. Han vill ha fakta."

Lena torkade bort en brödsmula från kinden.

"Fakta är att vi inte har några spår efter Lönn i din lägenhet. Lönn laddade inte revolvern själv, det gjorde hans far för många år sedan. Spåren på patronerna är efter den döde officeren. Hans fingeravtryck finns i armens register."

Jag sköljde bort den dåliga smaken med en rejäl klunk öl. Tillbaka till ruta ett bultade som en ånghammare i mitt huvud. Ruta ett för mig var när jag trodde att Brian var mördaren och han nekade. I hans fall hade det stämt att han var oskyldig. Tänk om Lönn också var oskyldig. Jag hade fortfarande inte sett Lönn annat än som skytten i min lägenhet. Om det varit någon annan och vi inte hittade den personen återstod en misstänkt. Freddy Larsson. För första gången gick upp för mig att jag på allvar kunde bli anklagad för ett mord. Jag tittade mig omkring och såg bara tveksamma miner. Tänk om Jens och Jenny också trodde att jag bluffade. Jag gick igenom skeendet och försökte se det ur tredje persons synvinkel.

Jag hittas sovande på min soffa. Betyder ingenting. Vem som helst kan fejka sömn. På mattan ligger en nyskjuten man och bredvid honom mordvapnet. Inga spår efter någon annan än mig. Svårt att snacka bort. Portföljen med pengarna saknas. Lätt för mig att använda den som bortförklaring. Jag tittade på Jens och nickade bekymrat.

"Du har rätt. Det enda som talar för mig är att pengarna är borta."

Han skakade på huvudet.

"Nu är jag åklagaren. Du påstår att en man anlänt med en portfölj med pengar och att han sköt Allock. Portföljen hittades inte. Hur svårt var det för dig att gömma pengarna? Springa ut till bilen eller ner till källarförrådet. Sedan snabbt tillbaka och spela sovande. När det lugnat ner sig kan du plocka fram pengarna och ha kul."

"Dumheter! Pengarna är min räddning. Om de hittas hos Lönn, förstås. Och vilket motiv skulle jag ha att skjuta Allock?"

"Samma motiv som Lönn. Tio miljoner motiv. Folk har blivit mördade för mycket mindre än så. Och åklagaren vet att du tror att Allock var ute efter att skjuta dig. Alltså fanns det anledning för dig att beväpna dig."

"Det var inte mitt vapen. Pistolen ägdes av Lönns far, alltså av Lönn själv."

"Då hävdar åklagaren att Lönn verkligen kom på besök och att du avväpnade honom. Strax därefter kom Allock inströrtande och du sköt honom. Om åklagaren är på gott humör kan han ändra brottsrubriceringen till dråp i nödvärn."

"Vad gjorde Lönn under tiden? Tittade på?"

"Han rusade ut ur lägenheten eftersom han trodde att han var nästa måltavla."

Jag tittade på Robertson och såg att han uppskattade Jens resonemang. Det gjorde inte jag. Min röst sjönk till knappt hörbar.

"Det är ju rent förbannat. Jag har inte skjutit någon, i nödvärn eller berått mod. Och jag fattar inte hur Lönn fått reda på allting. Verkar som om han har någon som förser honom med information."

Ingen svarade eller reagerade på mina desperata funderingar. Och hur skulle Lönn kasta skulden på mig? Jag tänkte på Pernilles tafatta försök att sätta dit mig. Vi ägnade oss under tystnad åt våra drycker. Och jag som trott att fallet var över för min del. Jag insåg också att Bernard Lönn var en mycket farligare motståndare än Pernille. Hans planering verkade skrämmande genomtänkt. Ord skulle stå mot ord. Tanken att jag var misstänkt på allvar återvände. Hur sannolika var mina argument? Även om polisen inte hittade Lönn kunde åklagaren få för sig att jag bluffade. Alla hade trott att Brian bluffade och att jag talade sanning. Usch, det här kändes inte bra. Ämnet nycklar hade krympt till en bisak. Jag skulle få anledning att återkomma till det.

Närgånget besök

Som alltid när jag är i en trängd situation känner jag behov av andras sällskap än Jens och Jennys. Så jag cyklade hem och slank in på puben. Klockan var tio på kvällen och för att vara måndag var det mycket folk. Precis när jag kom in och tittade mig omkring gled en person av min stol på vänsteryttern. Jag skyndade mig dit innan någon annan lade beslag på den. Fast bartendern Jimmy kallar platsen vänsterbacken. Döpt efter mig. En av de många anekdoterna om mig handlar om misslyckade insatser som just vänsterback i Sanna BK:s B-lag. Jag gjorde gesten som betyder standardbeställning, whisky med mycket is.

Jag hade hoppats få vara ensam med mina tankar men såg i ögonvrån att en ensam man sneglade åt mitt håll. Han satt några stolar bort och väntade otåligt på att jag skulle få min drink. Det är det ögonblicket Petter Pratsjuk alltid väntar på för att slå till. När offret är koncentrerat på något positivt. Jag såg i spegeln bakom flaskorna att han också drack whisky. Precis när han be-stämt sig för att gå från tanke till handling – det syns när de drar djupt efter andan – klättrade en annan person upp på en av stolarna mellan oss. Jag tackade högre makter och hoppades på lugn och ro. Men det var en fåfäng förhoppning. Den nya bekantskapen var en nära släkting till den första personen. Tage Talträngd. Han inledde direkt. Jag kände igen honom. Det var grabben som retat upp sig på facebook. Han började på precis samma sätt och verkade inte känna igen mig.

"Förr i tiden trodde jag att det bara var jag som var tråkig. Men så kom facebook. Där är alla tråkiga. Eller fejkbook som jag kallar den. De enda som inte är tråkiga är de som fejkar att de är något annat än de är."

Jag gjorde en trött gest.

"Jag trodde att facebook var till för att tala om hur man mår och vad man håller på med. Tala om för släkt och vänner. Vara med i en grupp som har gemensamma intressen. De kanske inte tycker det är tråkigt."

"Det är för att de är lika tråkiga. Vet du vad IRL är?"

Jag visste faktiskt det. In real life. Han blev mer och mer upphetsad.

"Det är precis vad dagens webbfixerade människor behöver. En lektion i verkligt liv. Titta varandra i ögonen i stället för att skriva en massa förkortningar på SMS och internet. Vad skulle du tycka om jag kallade dig skitstövel?"

Precis som förra gången han sagt skitstövel och tittat ilsket på mig kom bartendern med min whisky. Jimmy är en välväxt herre som inte är rädd för någon. Temperamentet har han med sig från Edinburgh där han är född och uppvuxen. Han hejdade sig när han också kände igen personen. Vi kunde inte låta bli att skratta. Munterheten fick Tage Talträngd att titta förvånat på oss men bara en kort stund. Budskapet brände på hans tunga.

"På den förbannade webben kan de kalla varandra vad som helst. Skitstövel är bland det snällaste. Du vill inte veta vad jag har läst bara idag."

Jag tänkte invända att så himla tråkigt kan det ju inte vara på facebook om han känner behov av att logga in och läsa. Tydligen samlade han på invektiv för han rabblade upp ett antal med så hög röst att samtalen tystnade kring borden och blickarna riktades åt vårt håll. *Hora* och *subba* ekade dystert i lokalen. Jag hatar att svepa i mig drinkar men precis som förra gången såg jag ingen annan utväg. Whiskyn är för dyr för att bara lämnas på disken. Jag gjorde en dum gest mot min handled och log ursäktande. Dum och ursäktande för att det inte fanns någon klocka där.

"Jag är ledsen men jag måste rusa. Tack för sällskapet."

Jag gjorde samma gamla tecken till Jimmy att han skulle sätta upp drinken på min nota.

Det var skönt att komma ut i friska luften. Så skönt att jag tvekade innan jag sakta traskade hemåt. Hade varit skönt att ta en promenad till universitetsparken och tillbaka. Men jag var trött på ett ovanligt sätt. Ville bara vara för mig själv och ligga på soffan och titta upp mot taket. Smälta konversationen ute vid Långedrag och fundera på nästa steg.

Ämnet nycklar spökade igen när jag stack in nyckeln i sjutillhållarlåset och upptäckte att dörren inte var låst. Hur kunde det vara möjligt? Efter spektaklet med Pernilles inkomst och utkomst genom min dörr trodde jag att jag varit jättenoga med att låsa efter mig. Jag skakade på huvudet när jag betraktade mitt sorgsna ansikte i hallspegeln. För säkerhets skull bestämde jag att låsa från insidan och låta nyckeln sitta kvar i låset. När jag passerade byrån i hallen fick jag en akut deja vu känsla. På den förbannade möbeln låg en nyckel. En nyckel till ett sjutillhållarlås. Jag hämtade nyckeln jag precis satt i låset och låste upp dörren igen. Det var en exakt kopia. Min försvunna nyckel var tillbaka.

Medan jag stod där och såg ut som en fågelholk öppnades dörren. Jenny stannade på dörrmattan tittade storögd på mig. Hon höll sin nyckel i handen. Den nyckel hon brukar öppna samma dörr med. En lång stund stod vi och stirrade på de tre likadana nycklarna innan vi flyttade blickarna och stirrade på varandra. Hon avslutade med en uppgiven gest.

"Jag trodde du gått och lagt dig. Jag skulle bara lämna tillbaka bilnyckeln. Bilen står på Vasagatan."

Jag nickade mot deckarkontoret.

"Kom in och sätt dig en stund."

Vi slog oss ner i soffan och jag berättade att dörren inte varit låst när jag kom hem och frågade om det var hon som glömt att låsa när hon hämtade bilnyckeln. Jag hämtade två flaskor mineralvatten i kylskåpet. Hennes blick tycktes befinna sig på en annan planet.

"Jag är absolut säker på att jag låste."

Ett ljud ute i hallen fick oss att lystra. Vi tog för givet att det var Jens och slappnade av när vi hörde steg och en dörr som öppnades. Men det var något som inte stämde. Dörren borde öppnats först och stegen höras sedan. Jag rusade ut i hallen just när dörren slog igen och ljudet av steg nerför trappan hördes. Jag sprang efter och ut i porten. Innan jag hunnit ut på gatan var personen försvunnen. Jag skymtade en gänglig mansperson som i hög fart försvann ner mot Parkgatan. Det var för mörkt för att se detaljer.

Innan jag återvände till deckarkontoret checkade jag nycklarna igen. En satt i låset och en låg på byrån. Jag erinrade mig att dörren varit olåst när Jenny anlänt och att jag inte låst igen. Bara att traska in och ut som vanligt. Eller som Jens uttryckt saken *vad skall jag med nyckel till, din dörr är aldrig låst*. Jag kände att jag behövde en whisky fast jag fortfarande kände av den jag svept i mig på puben. Jenny tackade också ja till en drink. Campari Orange beställde hon. Jag redogjorde för förloppet och betonade att en främmande person befunnit sig i min lägenhet samtidigt som vi suttit i soffan och pratat. Det kändes obehagligt. Jenny fick sin drink men rörde den inte. Hon satt tyst och stirrade med sin fortfarande tomma blick. Jag gick ut i köket och tittade mig omkring. Allt tycktes vara i sin ordning. Men han måste ha kommit från köket. Jag gick in igen och satte mig. Jenny smuttade på sin drink. Hennes blick hade fortfarande inget fokus.

"Jag kan inte få det ur huvudet."

"Få vad ur huvudet?"

"Att han visste vad du sagt i polisförhöret."

Jag erinrade mig att han skrivit *hur smart är det att skylla först på Brian och sedan på mig.* Som Jenny påpekade; hur visste han vem jag skyllt på och i vilken ordning. Jag gjorde en hjälplös gest.

"Det är saker som vi diskuterat flera gånger. Inte minst i det här rummet."

Kommentaren fick henne att resa sig och börja traska runt. Hon tittade bakom min platt-tv på väggen och bakom mina tavlor. Jag log roat.

"Vilken dålig film har du sett den här gången? Tror du att polisen har buggat lägenheten?"

Hon återvände men inte till soffan. I stället satte hon sig i en av fåtöljerna mitt emot.

"Inte polisen. Mannen som smet iväg för en stund sedan kan inte vara någon annan än Lönn. Han lämnade tillbaka nyckeln efter att den gjort sin tjänst. Fundera på det. Han har haft fri tillgång till din lägenhet sedan Allock sköts."

Jag funderade på det och kände hur det bultade i bröstet. Det kändes inte alls behagligt. Men det var inte logiskt att lämna tillbaka nyckeln. Hade varit smartare att slänga den i kanalen. Jag mumlade fram funderingen. Jenny gjorde en likadan gest som jag gjort en stund tidigare. Det är sådana detaljer som avslöjar att vi är släkt.

"Han kanske hade tänkt ta den med sig men blev stressad när du kom hem. Ren tur för honom att dörren var olåst när han smet iväg."

Hon hade förstås rätt i det senare konstaterandet. Om dörren varit låst hade han tvingats låsa upp den med sin stulna nyckel och då hade jag blivit misstänksam och rusat ut i hallen. Jag fick ändå inte ihop det.

"Vad gjorde han här? Placerade ut buggningsutrustning?

"Det gjorde han långt tidigare."

"Du menar att det finns en mikrofon i rummet? I så fall var?"

"Var skulle du placera den för att få tillgång till allt som sägs här?

Jag lät blicken glida runt. Så nära soffan som möjligt förstås. Jag hann bara tänka tanken när jag såg hennes hand röra sig ner under fåtöljen. Själv dök jag ner för att titta under soffan. Det var när jag ålade mig upp igen som jag fick syn på ett litet okänt föremål som var fastklistrat under soffbordet. Jag sträckte ut handen för att plocka bort det när jag kom att tänka på att det kunde vara fullt av spår efter Lönn. Jag förklarade med låg stämma. Jenny var inte lika försiktig. Hon grabbade tag i den lilla lådan och rev loss den. Den var fastsatt med kardborreband. Jag hämtade en liten skruvmejsel och tillsammans pillade vi isär den och tog ur batteriet. Hela tiden försiktigt för att inte förstöra eventuella DNA spår. Jag säger *eventuella* med tanke på hur noga Lönn varit med att torka bort sina spår efter det förra besöket.

Vi betraktade föremålet en lång stund. Det förvånade mig att en så liten apparat kunde ställa till med så mycket skada. Eller vara till så stor hjälp beroende på vilken sida av lagen man befann sig. Jennys tankar tycktes vara inne på samma spår när hennes min växlade till lättnad.

"Nu kan han inte höra oss."

Dörrklockan ringde. Det var inte Jens den här gången heller. Hans käcka signal går inte att ta miste på. Jag traskade ut för att öppna. I titthålet såg jag två personer jag träffat tidigare samma dag. Kommissarien och blivande kommissarien. Jag öppnade dörren och upptäckte att jag glömt låsa igen. Poliserna klev in och tittade sig bistert omkring. Lena såg bedrövad ut.

"Vi fick ett samtal för en stund sedan. Anonymt."

Jag anade vad som var på gång och förekom genom att dra en snabbversion av händelseförloppet. Jag hörde själv att det lät svagsint att en person rusat ur lägenheten medan jag suttit i soffan men den här gången hade jag mer på fötterna. Avlyssningsapparaten, nyckeln och Jennys vittnesmål. Robertson rörde inte en min. Jag gick före in till kontoret. Jenny tittade lugnt på besökarna och gjorde en gest mot apparaten på soffbordet.

"Jag gissar att ni har Lönns DNA. Här får ni ett varuprov till."

Till hennes och min förvåning gick de ut ur rummet och ut till köket. Vi tittade på varandra, ryckte på axlarna och följde efter. Lena lät blicken glida runt. De gamla lägenheterna i den här delen av staden har ganska stora kök. Hennes blick fastnade på dörren till mitt lilla städskåp.

"Personen gav en detaljerad beskrivning av gömstället."

Beskrivning av gömstället lät hotfullt. Jag tittade mig omkring men såg bara stenansikten. Utom Jenny som blixtrade med ögonen. Precis som jag hade hon räknat ut att personen måste vara Bernard Lönn. Lena öppnade skåpet och rotade en stund. Min dammsugare plockades ut och ställdes på golvet. Därefter drogs den välkända portföljen ut. Välkänd för mig eftersom jag öppnat den och skakat ur innehållet under Allocks överinseende. Lena hade plasthandskar på sig och en stor genomskinlig plastpåse i ena handen. Robertson gjorde en slapp gest.

"Personen sade att han träffat dig på puben för en timme sedan och att du druckit för mycket och skrutit om hur smart du är och att du lurat alla inklusive polisen och att du berättat om det smarta gömstället. Han nämnde även summan. Du skröt om att du varit så smart att du bara lät fem miljoner ligga i portföljen. Resten hade du stoppat undan någon annanstans."

Jag kunde bara skaka på huvudet. Jenny gjorde en hjälplös rörelse.

"Jag gissar att ni har att göra en stund med att leta DNA och fingeravtryck. Mina hittar ni på avlyssningsapparaten."

Jag nickade mot glasen på soffbordet.

"Jag slank in på puben men jag tog bara min vanliga whisky. Jag babblade inte, satt bara och lyssnade till en figur som spydde galla över internet. Bartendern kan bekräfta att jag inte var påverkad. Om jag babblat som "personen" påstår skulle ni fått tio samtal, inte ett. Och alla hade inte varit anonyma."

Jag uttalade "personen" så att citationstecknen hördes. Lena öppnade portföljen och drog fram sedelbuntarna.

"Han kanske menade ett annat tillfälle." Hon drog med tummen genom en av buntarna. Det prasslade oroväckande. "Om summan inte stämmer ligger du fortfarande risigt till, Freddy."

Jenny protesterade med upphetsad stämma.

"Varför skulle Freddy ligga risigt till? Fem miljoner är bara ett påstående från en anonym källa. Och om han dessutom påstår att Freddy babblade och skröt vid ett annat tillfälle – varför ringde han inte då? Bara en person vet att det finns fem miljoner i väskan. Han som lade dit dem och ringde till er. Pengarna som fattas har han naturligtvis stoppat undan och tänker ha kul för när krutröken lagt sig."

Jag tänkte tillägga att de inte skulle hitta mina fingeravtryck på väskan men kom att tänka på att jag faktiskt hållit hårt i den när jag skakade. Mot det talade att Lönn alltid varit noga med att torka bort sina avtryck och då borde mina försvunnit också. Jag höll med Jenny.

"Summan stämmer naturligtvis. Det var den anonyme personen själv som var här och placerade portföljen i köket."

Jag skakade uppgivet på huvudet. I min deckarvärld hade Lönn avslöjat sig när han ringde polisen. Robertson läste mina tankar som han alltid gör och berättade att samtalet kommit från en telefon som tillhörde en nyligen avliden person. Jag väntade att han skulle nämna den avlidnes namn eller eventuellt släktskap till Lönn men det kom inga sådana upplysningar.

Poliserna gick in i sina roller som omutliga tjänstemän. De plockade ihop allt som rörde ärendet och stoppade ner i plastpåsen Lena höll i handen. När de gått såg jag att de glömt nyckeln som låg på byrån. Jenny hejdade mig när jag sträckte mig efter den.

"Rör den inte."

"Varför?"

"Intuition."

Jag bad inte om en förklaring eftersom jag visste att det bara skulle leda till den gamla vanliga klyschan om kvinnor och deras intuition.

Men det kom en annan kommentar som berörde samma ämne. Hon log när hon slog sig ner i soffan och grabbade tag i sitt glas.

"Finns tydligen manlig intuition också."

Jag sköljde munnen med lite whisky.

"Verkligen?"

"En man som gömmer en sak bakom din dammsugare känner intuitivt att den får vara ifred det närmaste halvåret."

"Dammsugaren?"

"Den också."

Jag log och hoppades att hon inte skulle kommentera dumheten om att jag babblat bredvid mun på puben. Men Jenny vet att jag aldrig dricker för mycket. Jag somnar innan jag blir larvig. Hon hade ingen lust att gå hem och bad att få sova över. Jag suckade. För mig innebar det en natt på min hårda soffa. Men jag var så trött att jag inte protesterade. Tröttheten var psykisk så jag anade att jag skulle få svårt att somna. Det var fel. Jag slocknade så fort huvudet hamnade på kudden och sov djupt och lugnt till nästa morgon.

Ofrivilligt frivillig

Jenny har det väl förspänt på det yrkesmässiga området. Hon jobbar som konsult på ett dataföretag och tycks bestämma sina arbetstider själv. När vi åt frukost frågade jag oroligt om hon inte måste skynda sig till jobbet. Hon log och plockade fram ett USB-minne.

"Jag kan jobba var jag vill. Idag tänker jag jobba här hos dig. Måste redigera en text som skall skickas till en kund i USA."

Jag tänkte protestera och säga att jag behövde min dator själv. Måste redigera några fakturor som skulle iväg. Men det är ingen idé att säga så till Jenny. Då erbjuder hon sig att göra det åt mig och tillägger att hon tar betalt per timme, inte per minut. Det är hennes sätt att tala om vad hon anser att mitt administrativa arbete kräver i tidsinsats. Jag svalde sista tuggan av min rostade brödskiva. I samma ögonblick ringde mobilen. Displayen visade att det var Robertsons inofficiella nummer. Jag berättade för Jenny som avslutade sin skål med musli och tittade intresserat på mig. Hon anade precis som jag vad han hade för ärende. Jag såg att hennes uttryck ändrades i takt med mitt minspel. Min röst skar sig när jag kommenterade uppgifterna.

"Men någonstans måste ni hitta hans DNA. Har ni kollat portföljen och pengarna?"

Jag fick höra att de kollat allting inklusive ett antal sedlar. De hade inte hittat mina DNA och fingeravtryck. Inte Allocks eller Lönns heller. Robertson sade att en brottsplatsundersökare var på väg för att undersöka dammsugaren och andra logiska platser i köket. Men jag skulle inte hoppas på någonting. Det fanns spår efter aceton på flera föremål. Tydligen hade personen torkat av med det starka medlet. Lämnade inget åt slumpen. Det oroade mig att Robertson fortfarande sade personen och inte Lönn. Omutlig tjänsteman igen. Han avslutade med att jag skulle infinna mig på polishuset för att identifiera Lönn via ett foto. Jag lovade att vara där om ett par timmar.

Vi slog upp var sin kopp kaffe och tittade tomt på varandra. Lenas ord att jag ligger risigt till om polisen inte hittar Lönns DNA knackade till i bakhuvudet. I Jennys också förstod jag när hon gjorde en grimas.

"Nu har de vänt på hela ärendet. Det är inte deras sak att bevisa att du sköt Allock, det är upp till dig att bevisa att du inte gjorde det. Ord mot ord. Lönn kommer aldrig att medge att han har med detta att göra."

Precis de tankarna dunsade emot mitt skallben i samma ögonblick.

"Det är ju själva fan. Lönns DNA måste finnas någonstans i lägenheten."

Dörrklockan ringde. Jag knallade ut till hallen för att släppa in vad jag trodde var brottsplatsundersökaren. Det var rätt men han hade sällskap med Jens. Danskens muntra min berättade att han såg fram emot en stunds underhållning. De traskade in och stannade i hallen. Polismannen bad oss inte röra något utan hans medgivande. Jag följde honom ut till köket. Han sken upp när Jenny log men inte på det tillgjorda sättet som många män gör vid första anblicken av hennes söta ansikte. Jag visade honom städskåpet och berättade att Lena hade lyft ut dammsugaren. Han nickade torrt och tittade undersökande på redskapet jag ställde på golvet. Jag noterade att den var ganska dammig men det kanske dammsugare skall vara.

Vi lät honom vara ifred och knallade in till deckarkontoret. Jens var på väg till sin arbetsplats som numera är universitetet. Han fick en sammanfattning och rynkade ögonbrynen bekymrat när det gick upp för honom hur allvarligt detta var.

"När du identifierat Lönn på fotot kommer saken i ett annat läge. Har han sett något foto av dig?"

"Han kommer naturligtvis att påstå att han aldrig sett mig. "

Brottsplatsmannen kom in med sin väska och satte sig vid mitt skrivbord. Han plockade upp en dator och pillade en stund. Vi satt tysta och iakt-tog honom. Han hörde inte till de mest pratsamma figurer jag träffat men när han till slut tog till orda önskade jag att han inte sagt det heller.

"Finns bara Mansings och dina avtryck. För övrigt ren som en Ferrarri på bilutställning."

Jag har aldrig varit på bilutställning men jag kan föreställa mig att lyxåken är polerade till gränsen för sterilisering. Mannen plockade ihop sina grejer. Jag följde honom ut i hallen och hej-dade mig när jag fick syn på nyckeln på byrån. Jag förklarade sammanhanget och han lade nyck-eln i en plastpåse.

Jens sade att han skulle titta in efter jobbet för rapport och skyndade iväg. Jenny slog sig ner vid min dator och stack in USB-minnet. Jag kände mig överflödig och bestämde att jag lika gärna kunde åka ner till polishuset och få identifiering-en överstökad. Det var fint väder idag också och jag tog cykeln.

När jag trampade över Heden började jag plöts-ligt känna mig nervös. Tänk om jag inte kände igen Lönn. Eller ännu värre, om det inte var Lönn som varit i min lägenhet. Mannen spökade på allvar i mitt huvud nu. När jag parkerade cykeln utanför polishuset slog det mig att hela min till-varo hängde på vad som hände de närmaste minu-terna.

Robertson såg lika bister ut som senast. Lenas leende gjorde inte saken bättre. Det var som om hon ville uppmuntra mig inför vandringen till galgen. Fast det var nog bara min uppjagade hjärna som skapade den bilden.

Identifieringen var väl planerad. Tio stora tydliga foton radades upp det ena efter det andra. Paniken smög sig på igen när jag kom till det åttonde och fortfarande inte kände igen Lönn, eller mannen som varit i min lägenhet. Påfallande många män i Göteborg har tjockt brunt eller brunaktigt hår och är smala i ansiktet. Jag är en av dem. Men den nionde bilden räddade mig. De två mörka ögonen som betraktade mig tillhörde omisskännligt mannen som kommit objuden med en portfölj och blivit bjuden på en whisky. Fast då hade han presenterat sig som Brian Allison. Jag log ansträngt och lättat medan jag vaggade fingret mot fotot.

"Det är han. Tveklöst."

Jag tyckte inte om Robertsons blick. Han granskade mig så länge och så tyst att jag tänkte fan, det är inte Lönn. Han flyttade blicken till fotot och granskade den personen på samma sätt.

"Jo, det är Lönn. Nu måste vi få tag i honom. Och eftersom han kommer att förneka all kännedom om dig och din lägenhet måste vi på något sätt binda honom till brottsplatsen."

Jag förklarade att han varit där flera gånger efter mordet. En gång för att plantera buggningsutrustningen och en gång för att plantera portföljen i mitt städskåp. Jag berättade att teknikern som varit hemma hos mig fått med sig den nyckel Lönn använt och som han tydligen glömt i paniken när Jenny och jag befunnit oss samtidigt i lägenheten. Robertson nickade först och skakade på huvudet sedan. Det kändes inte bra. Jag tittade på Lena. Hon pressade fram ett leende.

"Nyckeln är på labbet nu. Vi får resultatet under dagen."

Det blev tyst en stund. Robertson knackade förstrött med pennan på skrivbordet.

"För oss är det under alla omständigheter viktigt att få tag i Lönn. Jag tänker sätta honom under hård press i förhörsrummet."

Jag förstod att dilemmat bestod i att få tag i honom. En tanke flög genom mitt huvud men jag erinrade mig hur känsligt det är att presentera idéer som är på kollisionskurs med Robertsons planering. Jag harklade mig.

"Om jag förstod tonen i Lönns brev rätt så är han övertygad om att han kan klara sig genom att blåneka. Och du sade att han kanske planerar att återvända till sin lägenhet."

Jag slutade som Jenny brukar göra men inte för att sätta myror i huvudena utan för att jag insåg att jag måste välja mina ord väldigt noga.

"Om man kan få honom att tro att polisen har gripit en annan misstänkt kanske han känner sig så säker att han ger sig till känna."

Jag väntade spänt på en sarkastisk kommentar om sorglösa amatörer kontra seriöst arbetande proffs men det kom ingen sådan. Tvärtom såg jag i deras ögon att jag sått ett frö. Åtminstone tolkade jag blickarna så. Senare skulle jag få veta att

Robertson övervägt den möjligen men att den presumtive misstänkte måste vara trovärdig i Lönns ögon. Uteslöt alla utom mig. Men i upplägget fanns en risk. Enligt våra teorier hade Lönn mördat en person. Alltså var han en farlig person som kunde tänkas hitta på fler dumheter om han kände sig pressad. Det faktum att jag ställt upp frivilligt underlättade för polisen även om alla förstod att jag erbjöd mig av egoistiska skäl.

Tystnaden bröts av Lenas spända stämma.

"Vi kan gå ut med ett pressmeddelande. Men media blir inte glada om de får reda på att vi utnyttjar dem."

Jag förstod det dilemmat också och föreslog att jag på fullt allvar kunde betraktas som misstänkt. Robertson lade armarna myndigt över bröstet.

"Då hoppas jag att du förstår att vi inte kan låta en mordmisstänkt röra sig fritt. Du får tillbringa en tid i häktet. Igen."

Det gjorde mig ingenting. Jag såg det som semester. Jag förklarade att jag måste meddela några kunder att leveranserna skulle bli försenade. Kommissarien skakade på huvudet.

"Du tror att polisen låter mordmisstänkta fortsätta med sin affärsverksamhet som om det handlar om några dagars betald ledighet."

Jag insåg att det inte fungerade så och bad i stället om några dagars respit för att förbereda mig. Deras blickar talade om att det förslaget var lika dumt. Robertson tog ett djupt andetag.

"Du har kanske beställt tid hos frisören. Eller du har en fiskfilet liggande i kylskåpet och den måste paneras och stekas före klockan åtta."

Lena log medlidsamt.

"Lönn har redan försökt kasta misstankar på dig. För att det här skall verka trovärdigt måste vi agera snabbt som om det var hans tips som fick oss att slå till. Han är inte dum."

Jag suckade och tänkte på att Jenny satt vid min dator och väntade att jag skulle dyka upp och berätta att jag var fri från misstankar. Jens skulle dyka upp senare och sprickfärdig av nyfikenhet vänta på att jag skulle servera min dyraste whisky medan jag berättade om pratstunden på polishuset. Jag suckade tungt. Båda skulle få höra genom polisen att jag var häktad och senare skulle de läsa i tidningen om det. Även om jag inte skulle namnges skulle alla som känner mig veta att det var jag. Det var inte så jag tänkt mig utvecklingen när jag anmält mig som frivillig. Min tanke hade varit att allt det här skulle ske medan jag levde mitt liv som vanligt. Satt på puben och drack min whisky medan Bernard Lönn och ingen annan skulle läsa i tidningen om min häktning. Så är det att vara naiv. När jag traskade vid Lenas sida mot häktet slog det mig att om Lönn inte nappade på betet kunde min sejour bli ganska långvarig. Det slog mig också att Lönn spanade på mig enbart för att just detta skulle hända. Troligen var allt vi sagt medan buggningen pågick inspelat. En tanke var att sätta tillbaka apparaten och säga något som fick honom att tro att han hade bevis. Infallet var så dumt att jag var glad att jag inte formulerade det. Nästa fasansfulla tanke var att detta var helt i enlighet med polisens planer. Jag hade omedvetet spelat med i deras intrigspel och hade indirekt erkänt ett mord. Alla hade gillrat fällor för mig och jag hade glatt trampat i dem. Jag kunde nästan höra ljudet av en björnfälla som slog igen och högg in i köttiga delen av underbenet med sylvassa taggar. Om det fanns ett pris i dumhet borde det tillfalla mig. Och en häktad måste erbjudas advokat. En till som skulle invigas i spektaklet. Inte nog med det. Ett mordfall måste överlämnas till åklagaren. Vad hade jag gett mig in på?

Tunga fall

Kommer du ihåg att du brukar säga att jag var väl omhändertagen när jag var liten?"

Jag tittade häpet på henne. Inte minst för att polisen till min förvåning hade tillåtit besök redan nästa förmiddag. Jenny hade kommit instövlande precis när min frukost bars ut. För att spela den tröstande systern, trodde jag. Men när jag lyssnat en stund önskade jag att hon inte kommit.

"Du blev omhändertagen även av storebror."

Jag är tio år äldre och refererade till barnpassning. Hon gjorde en grimas.

"Och nu är storebror omhändertagen – av polisen."

Hennes sätt att uttrycka sig är ibland lite för rakt på sak. Hon satte sig på sängen och pekade på stolen med tummen på ett sätt som man gör när man vill skicka ut en misshaglig person ur rummet. Men hon ville att jag skulle sitta på den enda stolen för att vi skulle ha ögonkontakt. Jag satt också på sängen och flyttade mig motvilligt. Hon inledde samtalet med att stöta ett finger mot pannan.

"Har du tappat det lilla förstånd du har? Vet du vad det här innebär?"

Jag hade funderat på min aktion men de fasansfulla slutsatserna som väntade på hennes tunga hade jag inte analyserat så ingående.

"Du är helt beroende av att polisen får tag i Lönn och att de kan bevisa att han är skyldig. Om de får tag i honom och han nekar och de inte hittar hans DNA i din lägenhet så har du i praktiken erkänt ett mord."

Mitt leende var nog inte det mest smittande jag presterat. Skrattet eller ljudet som steg ur min strupe kunde inte heller räknas till kategorin Larssons charmigaste. Det scenario hon presenterat var kusligt likt det jag gått igenom kvällen innan men som jag gjort mitt bästa för att förtränga. Jennys smattrande röst går inte att förtränga. Jag grep efter ett halmstrå.

"Han har gjort för många tabbar. Det anonyma samtalet till exempel."

"Det samtalet ledde misstankar till dig. Det ledde också till bevis i din garderob. Kallar jag inte för misstag sett ur hans synvinkel."

"Falska bevis är inga bevis."

"Dom är naturligtvis värdelösa om det går att bevisa att de är falska." Hon gjorde en obehaglig paus. "Om inte?"

'Om inte' hängde så länge i luften att jag fick hejda en rörelse för att sopa bort det som när man viftar bort en envis fluga. Jag fick medge att hon hade en poäng. Min mun var så torr att läpparna klistrade ihop när jag skulle öppna dem för att säga att det alltid finns ett ljus i tunneln. Så jag förblev tyst. Lika bra för hon hade antagligen svarat att ljus i tunneln kan vara mötande tåg. Efter en lång stund av plågsam tystnad reste hon sig och skakade länge på huvudet.

"Omhändertagen? Av dig?"

Hennes skratt skallade i det nakna lilla rummet medan hon gick mot dörren. Vakthavande låste upp nästan med en gång. Hon vände sig om i dörren.

"Din enda chans är fem miljoner. Och din lycka är att du har en smart syster."

Jag höjde handen för att hejda henne och be om en förklaring. Men då var hon redan ute. Klicket när vakten låste dörren lät i mina öron som gonggongen efter en brutal knockout.

Det tog en lång stund innan det slutade snurra i huvudet. De avslutande kommentarerna tydde på att hon hade en plan. Jag visste att ju större press hon befann sig under desto bättre fungerade hennes hjärna. Skräckscenariot hon målat upp växte i min skalle och pumpade hårt och länge. Om Lönn nekade och inga bevis hittades för hans närvaro i min lägenhet, vilka chanser hade jag då. Din chans är fem miljoner? Vad menade hon med det? Fem miljoner i portföljen var en av anledningarna till att jag satt här. Jag insåg att mitt öde var helt i händerna på Robertsson och Lena Mansing och bad en bön att de skulle hitta Lönn tillsammans med DNA och andra bevis. Jag sträckte ut mig på sängen och lade händerna bakom nacken. Min favoritposition när jag behöver tänka. Så naturligtvis somnade jag.

När det knackade hårt på dörren trodde jag att det gått tio minuter och blev förskräckt när jag tittade på klockan och såg att tre timmar hade försvunnit. Bronsberg knallade in och gjorde en irriterad gest att jag skulle följa med honom. Jag for upp, stoppade fötterna i skorna, drog fingrarna genom håret och kontrollerade att plånboken var på plats i bakfickan. Han sade ingenting och jag fick småspringa för att hinna med fast jag har mycket längre ben.

Jag blev visad in till Robertssons kontor och anvisad en stol. Rummet var tomt på folk och medan jag gjorde en frågande gest hörde jag dörren stängas bakom min rygg. Jag fattade ingenting. Bronsberg var tydligt förnärmad. Jag visste att det var förfärligt lätt att irritera den lille vesslan och brydde mig inte om att leta orsaker. Närvaron av min person brukade för all del räcka som irritationsmoment men det vägdes upp av det faktum att jag var häktad. Det brukar pigga upp honom.

Det gick säkert tio minuter innan dörren öppnades igen. Den här gången av Lena Mansing. Hon log men inte uppmuntrande när hon ställde sig med rumpan mot fönsterbänken och förblev stående som om hon bara var på tillfälligt besök. Öppningsrepliken var lika överraskande som blicken hon gav mig.

"Vet du om att du har en smart syster, Freddy?"

Inte en gång till, tänkte jag men förstod att det fanns ett budskap.

"Hon brukar påpeka det. Vad har hon hittat på nu?"

Lena svarade inte direkt utan plockade fram sin mobil och lät ett finger fara över skärmen. När hon hittat vad hon sökte satte hon ögonen på mitt undrande ansikte.

"Vad har hon hittat? Sade du så?"

Jag förstod att budskapet var att Jenny hittat någonting och gav ett nytt prov på min välkända korkade gest. Den som börjar som en fråga, övergår i demensliknande darrning och slutar med kramp i långfingret.

"Ungefär."

"Lönn."

"Förlåt."

"Hon har hittat Bernard Lönn."

Innan jag hann svara öppnades dörren och nämnde person leddes in av Robertson. Jag noterade att Lönn såg stursk ut. Kommissarien tryckte ner honom i en stol och satte sig i sin egen snurrfåtölj. Han gjorde en gest mot mig.

"Känner du igen den här personen, Lönn?"

"Aldrig sett."

"Har du varit i hans lägenhet?"

"Naturligtvis inte eftersom jag aldrig sett honom."

Jag kunde inte låta bli att le. När man får en fråga om man sett en person som är närvarande tittar man en stund på personen medan man letar i minnet. Lönns svar kom nästan innan kommissarien hunnit ställa frågan. Lönn såg mitt leende och blev knallröd i ansiktet. Aha, tänkte jag. Den svaga punkten. Han rodnar när han ljuger. Jag kastade en blick på Robertson medan jag väntade på att han skulle säga att man kan vara i någons lägenhet även om hyresgästen inte är där och att man kan se folk på andra ställen än i deras lägenheter. Detta för att antyda stöld av nyckel och placering av buggningsutrustning. Det gjorde han inte men frågade i stället om han hört namnet Freddy Larsson. Lönn gjorde en gest som idiotförklarade hela poliskåren och en stor del av övriga mänskligheten men svarade inte på frågan. Så behandlar man inte Robertson, tänkte jag och väntade intresserat på fortsättningen.

Skuggan som drog över kommissariens ansikte var så snabb att jag undrade om jag verkligen uppfattat den. Men jag uppfattade att hans röst sjönk en halv oktav till den hotfulla ton som får det att krypa i känsliga personer.

"Du ringde ett samtal och anklagade Freddy Larsson för att ha gömt undan ett antal miljoner. Du berättade exakt var pengarna fanns att hämta."

"Jag har inte ringt något samtal. Finns ett sådant samtal registrerat på min mobil?"

"Det finns ett samtal registrerat vid den tidpunkten men på en annan persons mobil."

"Vems mobil?"

"Det tänkte jag du skulle berätta för mig."

"Eftersom jag inte har ringt något samtal har jag inget att berätta."

Jag fick en känsla av att lyssna till en dialog med färdigskrivna repliker. Lönns svar lät så repeterade att jag förstod att han gått igenom det här förhöret i fantasin mer än en gång. Jag förstod också att Robertson letade efter blottor som en boxare i första ronden. Min egen roll i spektaklet hade jag nästan glömt fast jag var huvudperson. Just nu var jag bara en fascinerad åhörare.

Robertson gjorde en av sina notoriska pauser. Utdragen och med en min som om han inte koncentrerade sig. Jag visste av erfarenhet att då var han som mest koncentrerad. Frågan lät också slö och ointresserad.

"Var bor du nu?"

"På ett hotell i Majorna."

Han berättade med en röst och min som blev allt stöddigare att det var polisen som tvingat honom på flykt med absurda anklagelser om både mord och stöld. Det skrapade lätt när Lena flyttade rumpan en bit på fönsterbänken. Hennes röst var bitande skarp.

"Vi har pratat med en person som utgav sig för att vara släkting till Bruno Nortum. Hon beviljades tillträde till Nortums lägenhet. Men hon bluffade. Hon är inte mer släkt med Nortum än du. När hon förstått att du hade bluffat till dig tillgång till lägenheten på samma sätt som hon ringde hon till din mobil och stämde träff med dig på caféet på Linnégatan."

Det blev tyst. Äntligen såg jag en spricka i Lönns fasad. Käkarna började mala som om han tuggade på någonting. Lena vred om kniven lite till.

"Hyresvärden var inte den ende hon bluffade. Det var aldrig hennes avsikt att komma till kaféet. När hon konstaterat att du gått på bluffen – hon såg dig gå in på kaféet – gick hon till lägenheten och öppnade med den nyckel hon fått låna av värden. När hon rotat en stund i lägenheten ringde hon polisen. Hon berättade också att vi kunde hämta dig på kaféet. Våra tekniker är just nu i lägenheten och säkrar spår. Bland annat har de hittat fingeravtryck och DNA. På sedlar undanstoppade i en garderob. De uppgår till den runda och trevliga summan fem miljoner."

Robertson tog över igen.

"Värden berättade för kvinnan som kontaktade dig att han redan gett någon tillträde till lägenheten. Också till en släkting. En som råkade ha samma namn som Bruno Nortum och kunde visa legitimation. Han kan lätt peka ut den personen. Lång, smal, tjockt brunt hår. Är det någon du känner?"

Tystnaden sänkte sig igen. Alla tittade på Lönn. *Lång, smal, tjockt brunt hår* tycktes pulsera i de närvarandes ögon när de betraktade honom. Hans skådespelartalang tog slut som om någon tryckt på en knapp och ersattes av ett uttryck jag tolkade som erkännande. I mitt ansikte syntes antagligen bara lättnad. Lena avbröt igen.

"Känner du någon som kan ha kommit över Nortums legitimation? Någon som kände honom, hans vanor och visste var han bodde? Som råkade vara i Köpenhamn vid tiden när han mördades?"

Jag förstod att teknikerna redan hört av sig angående andra graverande fynd i lägenheten. Jag invände tyst för mig själv att Allock använt Nortums pass för att flyga till Zürich men om han haft det på sig när han blev skjuten i min lägenhet hade Lönn lätt kunna plocka det ur innerfickan. Plötsligt brast det för Lönn. Hans timida ansikte förvreds till en min som en skräckfilmsskådespelare hade blivit avundsjuk på. Han spottade ut sina ord så att alla i rummet instinktivt höll upp skyddande händer.

"Förbaskade tjej! Vad skulle hon lägga sig i för!"

Utbrottet gav mig den gamla känslan av deja vu. *Förbaskade tjej* brukade jag säga eller tänka när Jenny lagt näsan i blöt eller muttra motvilligt när hon löst hårda knutar i mina fall. Jag såg att Lena tittade på mig och log. En erkännande huvudrörelse fick slanten att ramla ner och snurra en lång stund innan den lade sig tillrätta. *Vet du att du har en smart syster,* ringde länge och envetet. Jenny hade räknat ut att samtalet från en avliden persons mobil kunde involvera Nortum. Hon hade tagit reda på var den mördade mannen hade bott och helt fräckt utgett sig för att vara en släkting. Naturligtvis hade hon kollrat bort värden med sin charm samtidigt som hon lurat Lönn med sin fräckhet. Och räddat sin korkade bror ur den mest penibla situation han försatt sig i.

En uniformerad polisman kom in och tog ett bastant tag om Lönns arm. Det var inte en stursk man som leddes ut, det var en förskrämd pojke. Jag hade inte blivit förvånad om han ropat på mamma. Förändringen var nästan skrattretande.

Mina blickar vandrade från Robertsons ansikte till Lenas och tillbaka. Ingen sade någonting men jag såg leenden jag trodde inte fick förekomma i omutliga tjänstemäns ansikten. Det skulle strax bli värre.

En person kom tyst in genom den öppna dörren och satte sig på Robertsons skrivbord precis som Jens brukar sätta sig på mitt. Hon placerade sina vackra ögon stadigt på mig. Jag har sett ett och annat triumferande uttryck i det ansiktet men inget som kommer i närheten av det här. När hon började skratta var ingen som kunde hålla sig. Inte ens jag som just blivit gjord till mitt livs största åtlöje. Förbaskade tjej.

Skuggan av ett skeende

”Excuse me. I'm Pat from Cincinnati and I'm looking for the house where my president Bush met your king and queen. Can you tell me where I can find it?”

Vi tittade roat på den kortvuxna energiska kvinnan. Jag log mest åt *min president och er kung* som om vi pratade om personliga bekanta. Vi hade just satt oss på en minimal uteservering ett hundratal meter ifrån byggnaden i fråga och väntade på var sin kall öl. Jens lade handen på hennes axel och pekade. Torstenssonska palatset är inte särskilt iögonenfallande. Ser ut som ett lite elegantare bostadshus. När jag var barn gick min pappa och jag ofta den vägen när vi skulle till centrum. Han berättade aldrig att det var något märkvärdigt med huset så det var inte förrän jag började skolan som jag fick höra historien om Torstensson som inte ville låta sig adlas.

Jens förklarade att huset inte bara var residens åt landshövdingen utan också stängt för allmänheten. Det bekymrade inte Pat. Hon tog för givet att de skulle släppa in henne när hon berättade att hon kommit hela vägen från Cincinnati bara för att betrakta möblerna celebriteterna hade suttit i.

Vi betraktade hennes stadiga rumpa som vaggade i rutiga bermudashorts när hon skyndade mot palatset. Samtidigt dunsade våra öl ner på bordet. Jens nickade roat efter den frejdiga damen.

"Skulle inte förvåna mig om dom släpper in henne."

Min mobil spelade sin käcka melodi och jag svarade med ett leende. Jenny undrade var vi höll hus. Jag berättade att vi satt i ett gathörn och väntade på att hon skulle ringa och berätta var hon fanns. Jag lade till att vi hade intressant information. När hon hörde var vi befann oss lät hon förnärmad. Så simpla ställen besöker hon aldrig. Hon berättade att hon satt på den stora uteserveringen i Brunnsparken. Hon hade också intressant information och påminde mig om att jag stod i tacksamhetsskuld till henne.

Jag tryckte bort samtalet och ryckte på axlarna. Jens grin retade mig. Jag är känd för att göra bort mig men så grundligt som i det här fallet hade jag inte dabbat mig på länge. Uträknad, utburen och utbuad. Vi drack upp våra öl och traskade iväg. Det var hundra meter till Brunnsparken.

Vädret hade återgått till behaglig sommarvärme efter några regniga dagar. Lejontrappan vid stora hamnkanalen var full av ungdomar med burkar i händerna. När vi kom närmare såg vi att alla jordens nationaliteter tycktes vara på plats. Jens påminde mig om att Gothia cup pågick och att det betydde tusentals spelare och ledare plus anhöriga och massor av lediga göteborgare som bara njöt av atmosfären och stämningen.

Jenny hade valt ett bord i det mörkaste hörnet så det tog en stund innan vi upptäckte henne. Hon var inte ensam. Bredvid henne vid bordet för fyra satt Sara Allock i ledig blus och tajta jeans. Jag förstod inte anledningen till hennes närvaro men skulle strax bli informerad. De båda ryckte till när våra skuggor plötsligt föll över bordet. Såg ut som om vi tagit dem på bar gärning. De hade suttit med huvudena tätt ihop som skolflickor med en hemlighet. Tvungna leenden underströk misstanken. Vi slog oss ner och Sara inledde med att lägga handen på min arm och titta på mig en lång stund. Tacksamt, tyckte jag.

”Utan dig och dina vänner hade jag inte suttit här.”

Troligen inte, tänkte jag och trodde att hon pratade om inbjudan från Jenny. Det var fel. Då gissade jag att hon menade att hon skulle suttit i häktet, misstänkt för delaktighet i både det ena och det andra. Det var också fel och dessutom ett känsligt ämne förstod jag när munnar snörptes ihop. Det handlade om något helt annat. Hon berättade att som enda överlevande i härvan hade hon fått alla miljonerna. Ingen annan hade gjort anspråk på dem och hon var änka efter en av ägarna. Den andre ägaren hade inga efterlevande. Men inte nog med det. Hon väntade även på försäkringspengarna efter sin man. Jag log blekt medan min inbyggda räknemaskin lade ihop summorna. Mina gratulationer lät nog inte helt uppriktiga. Men det var något som inte stämde. Hon borde vara misstänkt för delaktighet i komplotten mot Dan Allock. Hur mycket hon än förnekade inblandning gick Jennys inspelning från det sjabbiga ölkaféet inte att snacka bort. Jag formulerade inte mina funderingar men mitt frågande ansikte avslöjade mig. Hon tog handen från min arm som om hon bränt sig och plockade upp ett kuvert ur sin handväska.

"Lite tack för besväret och plåster på såren."

Jag råkade fånga Jennys blick. Hon såg egendomligt lugn ut. Sara fortsatte som om hon var instruerad.

"Jenny har berättat att ni alltid delar beroende på vad ni åstadkommit i ärendet."

Jag tittade på Jenny igen och såg att leendet blivit sötsurt. *Delar beroende på vad ni åstadkommit* innehöll ett budskap. Vi brukar dela lika oavsett vem som åstadkommit vad. Det brukar jämna ut sig i nästa fall. I det här fallet hade jag inte åstadkommit mycket och Jens ännu mindre. Jennys leende växlade till spydigt.

"Berätta för Sara vad du har åstadkommit, Freddy. När det är gjort – om cirka tio sekunder – skall jag informera om mina bidrag. Inledningsvis kan jag berätta att utan mig hade Freddy suttit kvar i häktet och sett gråtfärdig ut."

Medan jag tänkte ut en dräpande replik kände jag att kuvertet rycktes ur min hand. Av Jens, inte Jenny. Ännu en dolkstöt, tänkte jag och kände att den dräpande repliken försvann innan den blivit formulerad. Men Jens öppnade inte kuvertet utan dinglade med det i luften en stund. Han vände sig till Sara.

"Har Freddy berättat om tidigare fall han löst? Inte? Freddy, berätta om ditt första fall. Det som fortfarande varit olöst om inte Jenny och jag gripit in. Fallet där det krävdes intelligens och kunskap för att hitta de tre miljonerna som klienten Madeleine var rättmätig arvinge till. Där du fick lära dig lite om konst. Och då menar jag inte konsten att leka deckare."

Det fanns ingen anledning att dra upp det gamla ärendet. Jag såg framför mig ett scenario där Jenny och han bläddrade upp två lika stora högar medan de under proceduren då och då kastade spydiga blickar åt mitt håll. Min räddning blev att Sara krävde tillbaka kuvertet, öppnade det och bläddrade bland sedlarna en stund. Mina ögon blev större och större och var nära att poppa ut när hon delat upp summan i tre buntar. Det var mycket pengar. Hon räckte en bunt till Jenny, en till Jens och den tredje – efter en stunds tvekan till mig. Jag log blekt igen och svalde den gamla ramsan att vi alltid delade i fyra delar, en till var och en av oss och en till firman. Det var jag som hade utgifterna. Men summan var så väl tilltagen att jag nöjde mig med bunten jag blivit tilldelad. Min halvhjärtade fråga om hon ville ha kvitto och faktura möttes med en huvudskakning. Som att fråga Bill Gates om han ville ha kvitto på en burk

Coca-Cola, tänkte jag. Sara tog en klunk ur sin drink som såg ut som Rom och Coca-Cola. Till min lättnad bytte hon ämne.

"Varför klantade Lönn till det så förbaskat, tror ni?"

Jenny var den som haft kontakt med Lönn och hon hade satt dit honom. Alla blickar placerades på hennes vackra ansikte. Jag väntade mig en svavelosande salva om giriga och korkade vita män. Det kom ingen sådan. Hon såg tvärtom förlåtande ut.

"Han gjorde egentligen bara ett misstag. Att ringa på Nortums mobil."

Jens slog ut med en hand.

"Berättade polisen att han ringt på just den mobilen?"

"De sade bara att han använt en mobil som tillhört en avliden. Inte svårt att räkna ut vem vi talade om. Resten är elementärt, Watson."

"Så om polisen tänkt på det och gått in i Nortums lägenhet hade bilden klarnat."

"Ja, men de hade inte fått tag i Lönn. Jag tror inte han bodde där, han använde bara lägenheten som tillfälligt gömställe för pengarna."

"Ett misstag till?"

"Inget misstag."

Vi väntade under tystnad på fortsättningen. Hennes irriterande vana att sluta mitt i ett resonemang gick åtminstone mig på nerverna. På Jens nerver också förstod jag när han manade på henne.

314

"Att sno pengarna i Zurich var helt okej?"

Hon tittade på honom som om hon var förvånad att han var närvarande.

"Vi talar om misstag ur hans synvinkel. Misstaget i det sammanhanget var att han inte stack med pengarna direkt och gömde sig i Paraguay och levde gott resten av livet."

Jens fick ölet han beställt och smakade på det.

"Och varför stack han inte?"

"För att han ville försäkra sig om att han inte var misstänkt för mord och få Interpol efter sig."

Jag gjorde en slapp gest.

"Du tycker inte det var ett misstag att placera hälften av pengarna i mitt städskåp."

Jenny hade kommit upp i varv. Smida ränker eller att avslöja andras smidda ränker var ett av hennes favoritämnen.

"Hade han låtit bli att ringa polisen och namnge dig tillsammans med en beskrivning av gömstället, kunde det gått hem."

Sara ställde tillbaka sitt glas efter en klunk. Det slog mig att vi aldrig fått reda på hennes roll i en annan smidd ränk – arrangerandet av bilbombsattentatet. Nu kunde hon bara neka till all kännedom om det. Ingen kunde varken bevisa eller motbevisa. Utom Brian Allison och om han knystade om saken skulle han avslöja sin egen roll. Fast Jennys inspelning från det sjabbiga kaféet skulle förändra den bilden. Jag undrade hur polisen kunde låta Sara gå fri med det facit i hand.

Jag sneglade på Jenny men hon tittade demonstrativt åt ett annat håll.

Det blev tyst en stund. En konstig spänning kändes plötsligt i luften. Sara kastade en förstulen blick på Jenny och fick ett hemlighetsfullt leende i retur. Jag erinrade mig att de två varit inbegripna i något väldigt privat när vi anlände. Jens såg ögonkasten och skärpte sitt eget uttryck och sin röst.

"Vad säger polisen om inspelningen på kaféet?"

Jennys svar kom så snabbt att jag förstod att frågan var väntad och svaret väl förberett.

"Vilken inspelning?" Lång förvånad paus. "Vilket kafé?"

Jag kunde inte låta bli att le. Hon hade inte lämnat över videon till polisen. Om hon gjort det hade Sara inte suttit här och vi hade inte fått några pengar. Jag kunde inte låta bli att dra slutsatsen att de två kvinnorna hade en överenskommelse; förstör videon så blir du belönad. Var det kriminella pengar vi satt och gottade oss åt? Utpressning? Dela med dig annars får polisen videon. Fast Jenny skulle aldrig uttrycka sig så sniket. *Jag råkade komma över den här videon. Undrar var den kommer ifrån? I alla fall tror jag att polisen gärna vill titta på den.* Så brukar hon lägga fram sina ärenden i oskyldig ton. Jag kunde tänka mig att resonemanget, ursäkten eller självbedrägeriet – kärt barn många namn – hade varit att övriga presumtiva delägare till pengarna – Allock, Nortum och sergeant Dennis – ändå var döda och banditen Lönn bakom lås och bom. Varför trassla till det när det egentligen var så enkelt. Jenny var mästare på att vända resonemang till sin fördel och få det att låta naturligt. Att få till stånd en överenskommelse med Sara med de argumenten hade nog varit ganska lätt och jag såg framför mig hur de två med minspel och gester avgjort ärendet. Och varför inte, det var ju officiellt Saras pengar. Jag erinrade mig att jag uppfattat Jennys redogörelse för polisen när vi träffats på pizzerian som ofullständig. Hon hade inte nämnt inspelningen.

Sara lade handen på min arm igen som om hon anade mina misstankar och ville dra uppmärksamheten från sidospåret. Hon återknöt med hektisk röst till ämnet Lönns ödesdigra samtal till polisen.

"Hade han inte ringt det samtalet och om Freddy hade hittat pengarna hade Freddy varit vinnare." Hon flyttade blicken till mitt ansikte. "Om du hållit tyst och behållit pengarna. Nu tror jag att du är så ärlig att det bara är en vild spekulation."

Skrattet som följde fick folk att vända sig på hela uteserveringen. När Jens och Jenny skrattar tillsammans hörs det. När oljudet lagt sig gjorde jag en ursäktande gest mot Sara.

"Lönns största misstag var att gå på Jennys bluff om att träffas på ett kafé." Jag gjorde en ny gest. Den här gången en frågande åt Jennys håll.

"Hur fixade du till det förresten? Utan att han blev misstänksam."

Jenny ställde tillbaka sitt glas efter en klunk medan leendet växte i hennes ansikte.

"Du har nog aldrig förstått det här med charm, farbrorn. Redan när jag träffade Lönn där bomben smällde av förstod jag att han var lika framgångsrik som du när det gäller det otäcka könet. Jag berättade helt enkelt att jag var tjejen han sprungit på flera gånger och att jag ville lära känna honom närmare. Sade ingenting om mobilsamtal, nycklar till Nortums lägenhet eller ärendet i övrigt."

Naturligtvis hade jag gissat att charmen varit inblandad. Tydligen såg jag ut som jag brukar när jag blir bortkollrad, förnärmad. Hon log med hela ansiktet igen.

"Har du tänkt på att ord som låter likadant kan vara varandras motsatser?"

Jag kastade en blick på Jens och såg att han var på väg att explodera igen. Jenny stoppade sin sedelbunt i innerfickan på sin tunna sommarjacka.

"Smaka på de här, *charm och harm.*"

Hon demonstrerade charm med ögonkastet och leendet som brukar vara reserverat för grabbarna i George Clooneys division.

"Beskrivningar av dig och mig?"

Antagligen illustrerade mitt uttryck det andra begreppet – harm. Jag väntade på att hon eller Jens skulle undra hur någon så harmlös som jag kunde vara så full av harm. Det gjorde de inte. Jenny sade en gång att ugglor är feminina varel-

318

ser, kloka och vackra. Just nu kände jag mig som ugglans värsta fiende, kråkan. Jag tröstade mig med att kråkor också är kloka. Men inte vackra.

Sejouren på Robertsons kontor gick i repris i mitt trötta huvud. Samma avslutande fras pumpade envetet men den här gången fanns det ingen underton av beundran. Förbaskade tjej.